江西省社会科学院学术文库

SHIZHUAN YU ZHONGGUO WENXUE XUSHI CHUANTONG

史传与中国文学叙事传统

■ 倪爱珍 著

中国社会科学出版社

图书在版编目（CIP）数据

史传与中国文学叙事传统／倪爱珍著．—北京：中国社会科学出版社，
2015.10
ISBN 978－7－5161－7223－0

Ⅰ.①史… Ⅱ.①倪… Ⅲ.①史传文学—文学研究—中国
Ⅳ.①I207.5

中国版本图书馆 CIP 数据核字（2015）第 283870 号

出 版 人	赵剑英
责任编辑	冯春凤
责任校对	张爱华
责任印制	张雪娇

出 版	中国社会科学出版社
社 址	北京鼓楼西大街甲 158 号
邮 编	100720
网 址	http：// www. csspw. cn
发 行 部	010 － 84083685
门 市 部	010 － 84029450
经 销	新华书店及其他书店

印 刷	北京君升印刷有限公司
装 订	廊坊市广阳区广增装订厂
版 次	2015 年 10 月第 1 版
印 次	2015 年 10 月第 1 次印刷

开 本	710×1000 1/16
印 张	14.5
插 页	2
字 数	236 千字
定 价	56.00 元

凡购买中国社会科学出版社图书，如有质量问题请与本社营销中心联系调换
电话：010 － 84083683

目　　录

序

傅修延

倪爱珍的《史传与中国文学叙事传统》问世，是一件值得庆贺的事情。这些年来我一直在思考与中国叙事传统相关的问题，指导的博士生也自然而然地跟着我进入了这一领域，他们的工作不但延伸和深化了这方面的研究，还常常反过来给我启发和激励，这就是带学生的好处与乐趣。所谓教学相长，主要来源于师生之间的这种思想激荡。倪爱珍毕业后花了不少时间与精力，对自己的博士学位论文进行了充实完善，最终形成读者所见到的这部学术著作。学术著作的出版是一个人学术道路上的重要里程碑，我为她收获的第一枚有分量的学术果实感到由衷的欣喜。

史传是中国叙事文学的源头，在我们这个"史贵于文"观念长期流行的文明古国，研究叙事传统不可能不首先注意史传。本书选择的这一方向虽有不少人拓垦在先，但作者仍能找到前人研究中的一些空白，另辟蹊径提出自己的创见。作者认为文史共处的母体生产了文学叙事的可能性与规则，它们在后世的文学叙事中打下了根深蒂固的烙印，后来的叙事形式和功能虽然发生了一定程度的变化，但却割不断与史传的血脉联系。书中对史传叙事到文学叙事的发展脉络做出了较为细致的梳理与勾勒，所讨论的一些问题，如虚构与真实、预叙与应验以及"春秋笔法"等，在古代文学领域虽然是司空见惯，但由于引入了当代叙事学的一些范畴与概念，从理论高度进行烛照和分析，因而读来仍不乏新意。作者的文笔素来流畅，她对域外理论的援引不是时下常见的简单搬运，而是有较强针对性的自如化用，做到这一点并不容易。普林斯顿大学的汉学教授浦安迪（有《中国叙事学》等著作）当初在主持作者的博士学位论文答辩时，便和其他答辩委员一样对她的这种努力给予了认可。

　　当然，本书也不可能一举解决与中国叙事传统有关的所有问题。史传之所以会对文学叙事产生影响，归根结底要到古人的观念意识中去寻求答案。罗兰·巴特在《文之悦》中说"写"本是"一体无分"的，小说家的"写"与其他人的"写"都是"文的编织"，这样的认识在我们古人那里其实早有产生，他们对虚构与非虚构的区别并不执着就是明证。先秦之后文史虽然分道扬镳，但在主流意识形态中，《春秋》和"春秋笔法"仍然是衡量一切叙事的标准：将某部小说比之为《春秋》，乃是对其叙事水平的最大赞誉；说某位作者深谙"春秋笔法"，亦为对其叙事能力的高度肯定。戚蓼生《〈石头记〉序》称《红楼梦》"如《春秋》之有微词，史家之多曲笔"，就是此类评论的典型。《史记》与《汉书》横空出世之后，"史迁"、"班马"之类又成了叙事高手的代名词，古人所说的"史才"、"史笔"并非专指修史才能，而"六经皆史"在一定意义上也可理解为"六经"之中皆有叙事——不管是什么样的叙事。20世纪美国的文学理论家雷·韦勒克和奥·沃伦曾经指出叙事的"跨文类"性质，西方叙事学近期呈现出来的"跨学科趋势"印证了这一先见之明，但我觉得我们的古人早就察觉到讲故事行为不受任何文类约束。因此只有开展"知识考古"般的四处寻访与刨根问底，从人类学、宗教学、神话学、语言学、符号学、民俗学和社会学等相关领域广泛征求材料，才有可能最终探明和缕清中国文学叙事的谱系，为中国叙事传统的发生与形成提供更为合理的解释。

　　如此看来，本书的出版对作者来说意味着既有研究告一段落，更具挑战性的学术攀登还在前头。庄子《逍遥游》说"适百里者，宿舂粮；适千里者，三月聚粮"，为了给自己新的攀登准备理论粮草，作者目前正在四川大学赵毅衡教授旗下接受博士后训练，这一抉择体现了她"三月聚粮"的决心与勇气——赵毅衡教授是真正当得起"学贯中西"四字的学者，在符号学大本营里的深造将给作者带来脱胎换骨般的变化，使其具备"适千里"的长途跋涉能力。从我与作者的多年接触中，我感到她身上最不缺乏的便是敢于面对挑战的决心与勇气——2009年她向我表示要报考叙事学博士生时，脸上流露的就是这样一种义无返顾的表情，当时我担心她的现当代文学基础可能难于适应叙事学专业的理论要求，但她最终以刻苦的学习消除了我的担心。

　　《优婆塞戒经》讲述了一个"三兽渡河"的故事："兔不至底，浮水而过；马或至底，或不至底；象则尽底。"假如说把做学问看成是渡河，那么当前许多人追求的是像兔子那样"浮水而过"，他们进入学术领域为的是获取学位、职称或其他好处；还有一些人是像马儿一样半浮半沉地渡河，其学术脚步并不是每一下都触到实处；只有少数人能像大象那样一步一个脚印地走到对岸，凡成大事业者必定都取这种脚踏实地的跋涉方式。《光明日报》最近以《独骑瘦马取长途》为标题报道了扬州大学的车锡伦教授，这位年近八旬的退休教师一直默默无闻地为自己的宝卷研究做着辛苦的田野调查，直到最近其成果获得教育部优秀成果一等奖等奖励之后，学界才有更多人理解其工作的意义。我自己这辈子的学业最多是深一脚浅一脚的"马渡"，但我希望倪爱珍和有志于学的青年才俊都能像车锡伦先生那样，坚持用"象渡"方式走向自己的学术目标，这就是"三兽渡河"故事给我们的启示。

　　是为序。

2015 年 6 月 1 日

绪　　论

　　叙事学，毫无疑问是当今文学理论中一个不可缺少的关键词。它于20世纪60年代在法国正式诞生，80年代中期陆续传入中国。学者们在学习研究西方叙事理论的同时，也开始了对中国叙事传统的研究。用傅修延在《先秦叙事研究·绪论》中的话说，这是一次"补课"。因为中国文论的主体从来都是诗论。明清之际，伴随着小说创作的繁荣，出现了金圣叹、毛宗岗、张竹坡等人的小说评点。但这种随感而发的评点肯定不足以与几千年形成的系统的诗论相抗衡。其后，由于政治、战争等因素的影响，对中国叙事文学做理论总结的课题一直没有被提上议事日程。20世纪80年代末，在西方叙事理论的激励与启示下，一批学者展开了对中国叙事传统的研究，其中就包括对《左传》《史记》等史传文本的研究。毫无疑问，这门新的理论为漫长的史传研究旅程带来了新的风景。但同样毫无疑问的是，中西方叙事有着不同的传统、发展路径，用西方理论研究中国文本必然会遇到水土不服的障碍。从中国的叙事文本出发，建构符合中国叙事实践的理论话语势在必行。史传是最具中国特色的叙事文本，深刻地影响了国人的叙事思维，深远地影响了后世的文学叙事，所以本文把它称作一种"叙事范型"应不为过。那么，对这种叙事范型的内涵进行全面地研究，概括、提升、总结出系统的史传叙事理论，并进一步深入地研究它对中国后世叙事文学（主要是古典叙事文学）的影响，以此来管窥中国的叙事传统，建构真正属于中国本土的叙事理论话语，丰富和完善当今的叙事学，则是本文的目的。

　　本文中的"史传"主要取义于南朝梁刘勰的《文心雕龙·史传》。此文在解释左丘明作《左传》时说："然睿旨存亡幽隐，经文婉约；丘明同时，实得微言，乃原始要终，创为传体。传者，转也，转受经旨，以授于后，实圣文之羽翮，记籍之冠冕。"也就是说，《左传》乃传体之作，是解经的——"实圣文之羽翮"，也是载史的——"记籍之冠冕"。刘勰在《史传》篇中，除论述《左传》这部解经之作外，还论述了《战国策》《楚汉春秋》《史记》《汉书》《后汉书》《三国志》等众多非解经之作。可见，他对"史传"的界定，实指上起唐虞、下至东晋的各种史书。因为本文是从源头上研究史传叙事对文学叙事的影响，所以涉及的史传文本偏于先秦两汉时期的，以《史记》为界。因为《史记》无疑是文学性最高的史传作品了，其后的《汉书》《三国志》的文学性呈逐渐降低趋势。这是因为此时文与史开始分道扬镳。唐刘知几在《史通·核才》中说："昔尼父有言：'文胜质则史。'盖史者当时之文也。然朴散淳销，时移世异，文之与史，较然异辙。故以张衡之文，而不闲于史；以陈寿之史，而不习与文。"刘知几认为文史分家在陈寿的《三国志》中表现很明显。但其实早在班固的《汉书》中就已经有这种趋势了。总体来说，《汉书》体例严谨有余，而描写生动不足。

本文中的"文学叙事"是个特定的概念。受史传叙事影响最直接的、最大的是中国古代的叙事文学作品，尤其是小说。但"小说"这个概念本身比较复杂。古代目录学中的小说概念和现代意义上的小说概念差异很大。本文中的小说概念指后者，具体的指称对象主要参考鲁迅的《中国小说史略》《中国小说的历史变迁》。由于《汉书·艺文志》中所录小说均已散佚，今所见汉人小说又几乎全是后人伪托之作①，所以六朝志怪、志人常常被认为是最早的小说。本文中的"文学叙事"中的"文学"主要指六朝志怪志人小说、唐传奇、宋话本、明清白话小说，也涉及笔记小说、传记文学等其他叙事文类。

关于史传的叙事研究，自古至今已出现很多成果。它们成为本文研究的起点和基础。由于《左传》和《史记》是史传发展的两座高峰，所以所谓的史传叙事研究主要就集中在这两部书的叙事研究上。

关于《左传》的研究，唐朝以前，更多的是从经学、史学角度进行，

---

① 鲁迅在《中国小说史略》中说："现存之所谓汉人小说，盖无一真出于汉人，晋以来，文人方士，皆有伪作，至宋明尚不绝。文人好逞狡猾，或欲夸示异书，方士则意在自神其教，故往往托古籍以衒人；晋以后人之托汉，亦犹汉人之依托黄帝伊尹矣。"《四库全书总目提要》也认为《汉武洞冥记》《拾遗记》等均可能为六朝人的伪托之作。

对其文学性的关注较少。韩愈虽然看到了《左传》叙事不同于历史叙事，但却以"左氏浮夸"而言之，没有注意到"浮夸"对孕育文学叙事的重要性。相比之下，刘知几虽为史学家，却在《史通·杂说上》中对《左传》的文学叙事进行了精彩的描述："《左氏》之叙事也，述行师则簿领盈视，嗫呫沸腾；论备火，则区分在目，修饰峻整；言胜捷，则收获都尽；记奔败，则披靡横前；申盟誓则慷慨有余；称谲诈则欺诬可见；谈恩惠则煦如春日；纪严切则凛若秋霜；叙兴邦则滋味无量；陈亡国则凄凉可悯。或腴辞润简牍，或美句入咏歌，跌宕而不群，纵横而自得。若斯才者，殆将工侔造化，思涉鬼神，著述罕闻，古今卓绝"。此段评论涉及《左传》的谋篇布局、事件讲述、气氛渲染、情感抒发等。刘知几推崇《左传》为"述者之冠冕"，对其叙事艺术极为欣赏，赞其言事相兼，烦省合理，情节连贯曲折，场面描写逼真，人物形象鲜明，语言简洁而内蕴丰厚，远远高出其他"二传"。

自宋代开始，《左传》研究出现舍传求经的倾向，元明时期更进一步走向政治化。宋真德秀的《文章正宗》中，将文章分为辞命、议论、叙事、诗赋四类。这实际上标志着宋人一种新的文章观念，是对此前《文章流别论》《文选》不从子史中摘选文章惯例的一个突破。他从《左传》中摘选文章并对其叙事文法加以评点。这种从文学角度对《左传》的评点至清代时大盛，其中一个重要内容就是对叙事文法的总结，主要表现在以下几个方面：第一，篇法。代表者如冯李骅《左绣》的"整齐论"和王源的"错综论"。前者认为《左传》行文最大的特色是散中有整，以整驭散。当时以整齐法论《左传》的还有方苞、李文渊。方苞在《左传义法举要》中称："叙事之文，最苦散漫无检局，惟左氏于通篇大意贯穿外，微事亦两两相对。"李文渊在《左传评》中也强调左氏为文"两两相对""往往以对待出之"，于散行中求整齐。这与明末清初"以古文为时文"的社会风气有关。王源论文好错综，谓"必错综而后可以言文，未有印板整齐而谓之文章者"，并指出了《左传》的多种错综之法，如多头绪、化整为散、变偶为奇、以整齐为错综等。第二，章法。评点中关于《左传》章法的论述包括伏应、过渡、宾主、详略、虚实等，其中尤以冯李骅的评点为甚。他在《左绣》把左氏埋伏之法分为八种：倒伏、顺伏；明伏、暗伏；正伏、反伏；因文伏事、因事伏文。第三，叙法。关于

《左传》的叙事手法，冯李骅总结为："其中有正叙，有原叙；有顺叙，有倒叙；有实叙，有虚叙；有明叙，有暗叙；有预叙，有补叙；有类叙，有串叙；有摊叙，有簇叙；有对叙，有错叙；有插叙，有带叙，有搭叙，有陪叙；有零叙，有复叙；有间议夹叙，有连经驾叙，有述言代叙，有趁文滚叙，有凌空提叙，有断案结叙。"由上可见，他的分类是按不同标准进行的，而且没有作进一步的详细论述。王源则结合文本对其中的顺序、倒叙、追叙作了更明确的界定。吴闿生对《左传》的"逆摄""横接""旁溢""反射"等叙事法进行了探讨。

除评点外，文论、史论中也有很多涉及《左传》文学叙事的研究。章学诚在《文史通义》中把《左传》所使用的叙事方式归纳为二十余种："盖其为法，则有以顺叙者，以逆叙者，以类叙者，以次叙者，以牵连而叙者，断续叙者，错综叙者，假议论以叙，夹议论以叙者，先叙后断，先断后叙，且叙且断，以叙作断，预提于前，补缀于后，两事合一，一事分两，对叙插叙，明叙暗叙，颠倒叙，回环叙。"刘熙载在《艺概》中说："左氏叙事，纷者整之，孤者辅之，板者活之，直者婉之，俗者雅之，枯者腴之，剪裁运化之方，斯为大备"，这是对《左传》情节编排艺术的精练总结。

关于《史记》叙事的特点，早在西汉的扬雄就有所论述，他在《法言·重黎篇》中说："或问周官，曰：立事；左氏，曰：品藻；太史迁，曰：实录"，在《法言·君子篇》中说："子长多爱，爱奇也。""实录""爱奇"两说对后世影响很大，前者揭示了《史记》作为历史叙事的根本特点，后者揭示了《史记》中文学性叙事产生的深层动机。东汉班固对《史记》的"实录"又进行了详细的解释，即"善叙事理，辨而不华，质而不俚，其文直，其事核，不虚美，不隐恶，故谓之实录"。刘勰在《文心雕龙》中也说司马迁撰史"实录无隐"、秉笔直书，肯定了其开创纪传体之功，但对其"爱奇反经"表示微词。不过，他同时又深刻地揭示了史传中出现虚构因子的必然性及其原因，即"然俗皆爱奇，莫顾实理。传闻而欲伟其事，录远而欲详其迹，于是弃同即异，穿凿傍说，旧史所无，我书则传，此讹滥之本源，而述远之巨蠹也。"

《史记》在史学史和文学史上的地位是在唐宋时期奠定的。唐宋科举考试的内容之一即是"三史"——《史记》《汉书》《后汉书》。以司马贞《史记索隐》和张守节《史记正义》为代表的《史记》注释的问世，对《史记》的传播发挥了巨大作用。唐代中后期，随着古文运动的兴起，对《史记》的文学批评开始走向独立，专门论《史记》的文章、笔记数量大增。这些文章除进一步对《史记》的叙事体例进行肯定外，还对《史记》的叙事风格、写作技法进行了初步的总结。韩愈赞其"雄深雅健"，柳宗元称其"甚峻洁"，这些都成为后世评价《史记》风格的核心词。洪迈在《容斋随笔》中指出司马迁善于运用"重沓熟复"使文章有"如骏马下驻千丈坡"的气势和力量。刘将孙在《萧达可文序》中指出《史记》善于以小见大的叙事特点，"太史公之鼓舞变化，类常事小节，他人以为不足传者"。苏洵在《嘉祐集》中总结出的《史记》叙事的一个特点——"本传晦之，而他传发之"，也即"互见法"，为人们的研究提供了新的思路。此外，唐代的一部影响深远的史学理论著作——刘知几的《史通》中有专门一章"叙事"，在充分肯定《史记》叙事的优点后，对司马迁将一些凭空虚构之事编入史书进行了严厉的批判，"自战国以下，词人属文，皆伪立客主，假相酬答。至于屈原离骚辞，称遇渔父于江渚；宋玉高唐赋，云梦神女于阳台。夫言病文章，句结音韵。以兹叙事，足验凭虚。而司马迁习凿齿之徒，皆采为逸事，编诸史籍，贻误后学，不其甚邪！"

明清两代掀起的评点高潮，使先秦两汉的史传备受关注，其中《史记》的评点率最高。明代《史记》评点家有 80 多位，清代有 300 多位，其评点中跟叙事有关的思想主要集中在两个方面：一是叙事章法。评点家普遍认为《史记》叙事章法谨严，脉络清晰。明茅坤说："读前段，便可识后段结按处，读后段，便可识前段起按处。于中欲损益一句一字处，便如于匹练中抽一缕，自难下手。"清惠栋说："《史记》长篇之妙，千百言如一句，由其线索在手，举重若轻也。识得此法，便目无全牛。"二是叙事手法。评点家认为《史记》的叙事手法变化多端，不拘一格。明王维桢说："迁史之文，或由本以之末，或操末以续颠，或繁条而约言，或一传而数事，或从中变，或自旁出，意到笔随，思余语止，若此类不可毛举，竟不得其要领。"明冯班说："《史记》叙事，如水之傅器，方圆深浅，皆自然相应。"清汤谐认为"《史记》之文，一篇自有一法，或一篇兼具数法。"清刘熙载说："《史记》叙事，文外无穷，虽一溪一壑，皆与长江大河相若。"

总体来说，古代关于史传叙事的研究，主要集中于评点、文论、史论中。它们更多的是文体论，就文论文，对叙事文的谋篇布局、锻句炼字等进行细致分析，目的是通过对史传文法的总结，揭示叙事类古文的创作规律。他们的观点有很多精彩之处，但由于受中国传统文论思维、体例的影响，多用形象化、概括性的语言进行片言只语式的论述，缺乏全面、细致、系统的研究。

近现代关于史传叙事的研究更多了，特别是80年代末西方叙事学进入中国后。学者们做出了很多对本文研究具有启发性的研究成果，主要有：

第一，关于史传中的虚构问题。章太炎先生在《国史讲演录》中认为《史记》"列传中琐屑之事，则不可尽信……记载人物，往往奇传非常……曾涤笙谓《庄子》多寓言，《史记》所载，恐亦太史公之寓言"。钱锺书在《管锥编》中以《左传》为例提出了"史有诗心、文心之证"的卓越见解。美籍学者王靖宇的《中国早期叙事文研究》运用西方经典叙事学理论框架对《左传》《国语》《史记》等早期叙事文进行探讨，认为这些文本中包含着虚构成分，是因为历史家在编造情节时往往和小说家一样，所考虑的是叙事的合理性和完整性。傅修延的《先秦叙事研究》以"虚毛实骨"精练地概括了《左传》中事实与虚构相互交融的状态。

第二，关于史传的叙事策略问题。叙事时间研究主要集中在对史传中的顺叙、倒叙与预叙的特征及文化内涵上，虽然每个学者所用概念有异，但基本观点大致相同的，以丁琴海的《中国史传叙事研究》最为详细。该书对史传尤其是《左传》的时间标示、顺时叙述、倒叙的技巧和功能、预叙的文化内涵、连贯叙述风格的文本因素等进行了细致深入的分析。在众多研究中，《左传》的预叙成为研究的焦点。学者们对其进行种种分类，如以语言、行动来预叙的实写性预叙和以梦、占卜、异象来预叙的虚写性预叙，直觉的经验的预言和技术的知识的预言，人事预叙和占卜预叙，为占卜、星象等的"神秘预叙"和通过人物性格暗示其命运的"理性预叙"等。关于预叙的功能，学者们有安排情节结构、制造悬念、政治伦理的训诫诱导、预设人物性格、暗示人物命运等观点。关于史传叙事视角研究也很多。石昌渝的《中国小说源流论》对史传的第三人称客观叙述特征及其对后世文学叙事的影响论述得比较翔实，其观点也具有一定的代表性。他总结这种叙述的特点是全知视角和客观叙述，认为"春秋笔法"即是典型的客观叙述，并对杜预所总结的"春秋笔法"五种类型进行了详解。丁琴海在《中国史传叙事研究》一书中对《左传》的史家式全知叙述的内容特征、形式特征及功能也进行了详细研究。关于叙述者干预的研究，主要表现在"君子曰"和"太史公曰"上。从文学角度的研究集中在它的思想内容、结构方式、语体风格及其对后世小说的影响上。

第三，关于史传的情节编排问题。童庆炳的论文《中国叙事文学的起点与开篇——〈左传〉叙事艺术论略》认为中国古代叙事文学强调"故事情节化"，最早就是从《左传》开始的。《左传》通过揭示事件之间的因果关系而把史实情节化。《左传》叙事按自然时间演进的占了绝对多数，这主要是受中国古代农业文明的守时、顺时观念的影响。《左传》标示时间按照年、季、月、日的顺序进行，这是中国文化的"以大观小"法在起作用。台湾学者张高评的著作《左传之文学价值》从中国传统文章义法的角度，将《左传》的情节编排方法分为正叙法、原序法、逆序法、对叙法、类叙法等四十余种。韩国学者朴宰雨《〈史记〉〈汉书〉比较研究》总结《史记》的情节安排技巧有"上升法""对称法""对比法""插叙法""减轻法""悬疑法"等。

第四，关于史传的叙事体例、结构问题。董乃斌在《中国古典小说的文体独立》中认为《史记》为小说文体的孕育所作的一大贡献就是"这部书从头到尾贯串了以人物及其命运为核心的叙事线索"。石昌渝在《中国小说源流论》中认为《左传》《史记》的"编年体和纪传体的结构方式为后世长篇小说的结构类型的形成奠定了基础"。郭丹在专著《史传文学：文与史交融的时代画卷》中论述了《史传》"以人为中心"的叙事体例、文学化的叙事模式、结构之美等问题。此外，对《史记》"互见法"的探讨也比较多。关于它的源头问题，有的追溯到《吕氏春秋》，有的追溯到《左传》《国语》，有的认为是受了庄子的影响等；关于它的作用价值问题，有的认为其具有省略、虚实、详略、互补、存疑等多种艺术功能，有的认为它使人物在本传中道德和精神变得明确单一，便于史官评判人物等。

第五，关于史传中的人物问题，学者们的研究主要集中在人物典型、人物形象系列、人物描写方式、人物审美价值、人物文化内涵等，主要是依托传统文论中的人物理论来进行研究，也有少数几篇文章从符号学、人类学、社会学、地理学等角度去研究。孙绿怡在《〈左传〉与中国古典小说》中将《左传》中的人物分为两种类型：闪现型和累积形。前者指仅写一件事就勾勒出某一人物的形象或表现其某一方面的性格要素，后者指由分年记事逐渐展示某一人物的性格，构成完整的形象。这个研究角度比较独特，影响也很大。

除上述的《左传》和《史记》外，先秦其他史传的叙事研究较少。傅修延在《先秦叙事研究》中首次从叙事的角度对甲骨卜辞和青铜铭文进行研究，指出卜辞带来了一种简练经济的叙事风格，开启了一种从问答导入正文的叙事程式，成为中国叙事史上一种源远流长的传统。青铜铭文中虚构性因素隐约出现，文学性叙事开始萌芽。他认为《尚书》论事具有直陈、动情、用威、烦琐四个语体特征，并且频繁使用比喻修辞。此外，还有几篇论文研究《国语》《战国策》叙事。

上述研究成果为本文的研究打下了坚实的基础，也留下了一些尚需进一步探索的空间，主要有：第一，很多关于史传的叙事研究虽冠以"叙事"之名，在研究中也借用了叙事学的一些概念术语，但真正属于叙事学研究的并不多。叙事学总体来说属于形式研究，比如表达的形式（如叙述者、叙事时间、叙事视角、叙事结构等）、内容的形式（叙事语法、叙事逻辑等）以及形式对意义生成的影响等。新叙事学虽已扩展至修辞叙事、认知叙事、语境叙事的研究，但仍然是从形式出发来研究这些问题。第二，总体来说，已有的成果多是用西方叙事学理论去研究史传文本，所以主要是对文本内容的分析，而且分析多停留于叙事策略上，特别是叙事时间、叙事视角、叙事结构这几个方面。他们所运用的理论主要是经典叙事学，理论资源和研究角度比较单一，即使是叙事学的重要组成部分——后经典叙事学的理论成果都没有吸收进来，更遑论其他理论了。第三，史传是独具中国特色的一种叙事范型，但目前尚缺乏从理论的高度对其内涵进行概括、提升，以总结出系统的史传叙事理论。关于其在后世文学中的传承和演变，也即它对后世文学的影响，有些学者的研究虽有所涉及，但他们或者是在研究中国古典文学时把史传作为其中一个源头进行研究，或者是研究某个史传文本时指出其对后世文学叙事的影响，不够全面和系统。

鉴于此，本书想在这方面做一些尝试，具体思路为：

中国叙事文学与西方叙事文学有着不同的源头。西方叙事文学的开山鼻祖是史诗①，而史诗在本质上属于虚构叙事。在它影响下形成的西方叙事，从一开始就明确地表现了肯定虚构的传统。亚里士多德在《诗学》中认为："悲剧是对一个严肃、完整、有一定长度的行动的摹仿。"② 悲剧是模仿现实而不是实录现实。雷·韦勒克认为小说"是史诗和戏剧这两种伟大文学形式的共同的后裔"，"想象性的文学就是'小说'（fiction），也就是谎言。'fiction'这一词的词义中仍然残留有古代柏拉图派对文学的控诉"。③ 英文"fiction"本身就含有虚构、杜撰之义。

中国叙事文学的重要源头是史传，而史传属于纪实叙事。小说是叙事文学的代表。中国小说的源头一般认为有三个，即神话、子书和史书。杨义对此作了一个形象的比喻，"神话和子书是小说得以发生的车之两轮，史书则是驾着这部车子奔跑的骏马"。④ 中国的神话具有"非叙述、重本体、善图案"⑤ 的特点，不同于希腊神话的"叙述性"，在思维方式上，前者呈现空间化特征，后者则为时间化。其后，由于多种原因导致了神话历史化，这使本就不成体系的神话更加破碎化、零散化。所以，它对后世叙事文学的影响偏重于叙事思维和叙事题材上。⑥ 子书的叙事性不强，寓言算是叙事成分较多的了。但因为其叙事是为了说理，所以短小凝练，艺术性不高，其影响偏重于虚构思维的培育上。以实录为原则的史书对文学

---

① 这是因为史诗是至今可以见到的最早的叙事文本。神话虽比史诗产生早，是各国叙事文学共同的源头。但由于神话是口传，没有文字文本，所以现今只能从史诗、悲剧中见到它零散的身影。

② ［古希腊］亚里士多德：《诗学》，陈中梅译注，商务印书馆1996年版，第63页。

③ ［美］雷·韦勒克、奥斯汀·沃伦：《文学理论》，刘向愚等译，江苏教育出版社2005年版，第236—237页。

④ 杨义：《中国古典小说史论》，中国社会科学出版社1995年版，第16页。

⑤ ［美］浦安迪：《中国叙事学》，北京大学出版社1996年版，第43页。

⑥ 石昌渝在《中国小说源流论》中认为影响表现在题材和精神上，杨义在《中国古典小说史论》中认为表现在民间信仰和趣味、题材形态上。傅修延在《先秦叙事研究——关于中国叙事传统的形成》中认为《山海经》对后世叙事文学的影响表现在故事胚胎、神话思维上。

叙事的影响则是全面而深刻的。中国后世文学叙事的很多根都在史传里面。这是因为中国自古即有重史的传统，史官文化源远流长，"史贵于文"观念的产生，使中国人的叙事能力首先是在修史行为中得到锻炼和成熟的。关于这一点，自古即有论说。唐刘知几认为"夫史之称美者，以叙事为先"①，宋真德秀有"叙事起于史官"②之说，清章学诚也认为"古文必推叙事，叙事实出史学"③。这是因为中国的先秦时期文史不分。傅修延认为，"历史与文学在先秦时代尚未分道扬镳，史家之文并非独属于历史，在这个母体内同时孕育着一对龙凤双胎——历史性叙事与文学性叙事"④。

米歇尔·福柯在《作者是什么？》一文中说：

"作为'话语实践的拓荒者'，其作者的独特贡献在于，他们不仅生产自己的作品，而且生产构成其他文本的可能性和规则"。

"另一方面，一种话语实践的创始对其后来的转变是异质性的。按照弗洛伊德初创那样拓展精神分析实践，并不是要假定一种开始不曾提出的形式的普遍性；它是要探讨多种可能的运用。对它加以限定就是要在原始文本中分离出一小批命题或陈述，它们被认为具有某种创始价值，并且表明其他弗洛伊德式的观念或理论是衍生性的。"

"马克思和弗洛伊德不仅使可以为更多文本采纳的'相似'成为可能，而且同样重要的是，他们还使某些'差异'成为可能。他们为引入非自己的因素清出了空间，然而这些因素仍然处于他们创造的话语范围之内。"⑤

以此来观中国的史传，特别是先秦时期的史传。它处于中国叙事史的

---

①　（唐）刘知几撰，（清）浦起龙释：《史通通释》，上海古籍出版社1978年版，第165页。

②　（宋）真德秀：《文章正宗·纲目》四库全书，集部，总集类。

③　（清）章学诚：《章氏遗书补遗·上朱大司马论文》，文物出版社1982年版。

④　傅修延：《先秦叙事研究——关于中国叙事传统的形成》，东方出版社2007年版，第138页。

⑤　〔美〕米歇尔·福柯：《作者是什么》，逢真译，见朱立元、李钧主编：《二十世纪西方文论选》（下卷），高等教育出版社2002年版，第193页。

拓荒阶段，史家之文，也即史传，既不独属于史，也不独属于文，而是史与文共处的母体。这母体不分文史，说文亦可，说史亦可，一体无分。史传的作者不仅生产了自己的作品，而且生产了文学叙事的可能性和规则，在后世文学叙事中打下了根深蒂固的烙印。史传作为母体，为文学叙事培育了众多的要素，如叙事体裁、叙事模式、叙事修辞、叙事语法、叙事策略、情节类型、人物塑造艺术等，这些要素在进入文学后，虽然会发生"差异"，会出现"非自己的因素"，却割不断与史传的血脉联系。所以，本文首先想从理论的高度把史传作为最具中国特色的一种叙事范型去研究，力求全面、系统地从理论上概括出这种叙事范型的内涵，建构具有中国特色的叙事理论话语，以丰富和完善曾经以西方叙事文本为基础建立起来的叙事学理论。其次，全面、系统地研究史传叙事范型对中国文学叙事的影响，梳理从史传叙事到文学叙事的发展历程，总结出在史传影响下形成的中国文学叙事传统的特点。

第一章 史传纪实型叙事特征及对文学的影响

中国自古即有重史的文化传统，史官文化源远流长。唐刘知几在《史通》中说："盖史之建官，其来尚矣。昔轩辕氏受命，仓颉、沮诵实居其职。至于三代，其数渐繁。案《周官》《礼记》，有太史、小史、内史、外史、左史、右史之名。"① 说黄帝时便有史官，这当然只是一种传说了。夏代是否有史官，也没有确切史料可考，只有《吕氏春秋·先识览》中有这样的记载："夏太史令终古出其图法，执而泣之。夏桀迷惑，暴乱愈甚，太史令终古乃出奔如商。"② 但是，殷商时期有史官却是证据凿凿了。甲骨文中即有"作册""史""尹"等与史官有关的字了。《说文解字》中说："史，记事者也。从又，持中。"③ "史"的最初意义是记事的人，相当于后来的史官。西周时期，不仅周天子有史官，一些诸侯国也有史官。《周礼·春官》记载周王室设有五史，即大史、小史、内史、外史、御史，五史各有分工，尊卑有别。《汉书·艺文志》说："古之王者，世有史官，君举必书，所以慎言行，昭法式也。左史记言，右史记事，事为《春秋》，言为《尚书》，帝王靡不同之。"④ 《礼记·玉藻》则曰："动则左史书之，言则右史书之。"⑤ 尽管两书所记不同，但都说明了至春秋时，史官的分工更加细致和明确了。此后历朝历代，史官制度一直

---

① （唐）刘知几撰，（清）浦起龙释：《史通通释》，上海古籍出版社1978年版，第304页。

② 许维遹：《吕氏春秋集释》卷十六，中国书店1985年版。

③ （汉）许慎：《说文解字》，中华书局1963年版，第65页。

④ （汉）班固：《汉书·艺文志》卷三十，中华书局1962年版，第1715页。

⑤ 杨天宇注：《礼记译注》，上海古籍出版社2004年版，第362页。

存在并发展。

　　史官文化的发达促成了"史贵于文"观念的产生，中国人的文学叙事能力也因此而在修史行为中得到锻炼和成熟。史家叙事，追求的是实录。这是因为史家之文的意义非比寻常。它是为了"慎言行，昭法式""彰善瘅恶，树之风声"①，真实是其生命。不仅史官作史时如此，而且人们读史时也是如此。所以，史传叙事属于纪实型叙事②，它的体裁③性质是纪实。所谓纪实，不是说史传的内容没有虚构的成分，而是说读者对这种文本的接受方式是把它看作在陈述事实，也即赵毅衡所说的："纪实叙述体裁的本质特点，不在文本形式，也不在指称性的强弱，而在于接受方式的社会文化的规定性：读者可以要求纪实叙述的作者提供'事实'证据。纪实型叙述是'与指称有关'的叙述，而虚构是'与指称无关'的叙述。这并非因为虚构叙述内容与经验世界无关，而是其体裁程式并不要求有关。因此，虚构型与纪实型叙述的区别，在于文本如何让读者明白他们面对的是什么体裁，不仅是靠热奈特说的'封面标注'"，"所有的纪实叙述，不管这个叙述是否讲述出'真实'，可以声称（也要求接受者认为）始终是在讲述'事实'。虚构叙述的文本并不指向外部'经验事实'，但它们不是如塞尔说的'假作真实宣称'，而是用双层框架区隔切出一个内层，在区隔的边界内建立一个只具有'内部真实'的叙述世界"④。史传作为纪实型叙事，意味着作者所叙述的事件是有指称的，即指向历史上的真实事件，而读者在接受时，也把它与历史上的真实事件联系在一起。这是一份作者与读者默认签订的文化契约。它的这一特征必然会对中国文学叙事的发展产生重大的影响。

---

　　① （清）阮元校刻《十三经注疏·尚书正义》，卷十九，中华书局1980年版，第245页。

　　② "纪实型叙事"这一概念来自赵毅衡的《广义叙述学》，四川大学出版社2013年版。

　　③ 这里的"'体裁'观念不是通常所说的小说，诗歌、散文、戏剧之类的体裁概念，其外延更大，其内涵是弗雷德里克·唐姆逊所说的，体裁是'一种机制'，作家与特定公众间的社会契约，其功能是具体说明一种特殊文化制品的适当运用。"见其著作《政治无意识——作为社会象征行为的叙事》，中国社会科学出版社1999年版，第93页。

　　④ 赵毅衡：《广义叙述学》，四川大学出版社2013年版，第72、73页。

第一节 史传与中国纪实型文学叙事的优先发展

史传的纪实型叙事特征对中国文学叙事的重大影响，首先表现在使中国文学中的纪实型叙事比虚构型叙事优先发展，其突出表现为笔记小说和传记文学这两个体裁的产生和繁荣上。

一 史传纪实型叙事特征与笔记小说

笔记小说是文言小说的一个重要门类。所谓"笔"，最早是与辞赋等韵文相对而言的。南朝梁刘勰在《文心雕龙》中云："今之常言，有文有笔，以为无韵者笔也，有韵者文也。"① "笔记"二字作为书名最早出现在北宋宋祁的《笔记》三卷中。笔记在此已演变为一种以随笔的形式记录见闻杂感的文体，篇幅短小，形式灵活，成为古代小说的重要一部分。"小说"二字第一次出现是在《庄子·外物》篇中，"饰小说以干县令，其于大达亦远矣"。这里的"小说"指琐屑之言，跟现代文体意义上的"小说"概念毫无联系。《汉书·艺文志》首次将"小说家"作为一种门类列入《艺文志》，并说："小说家者流，盖出于稗官，街谈巷语，道听途说者之所造也，孔子曰：'虽小道，必有可观者焉，致远恐泥，是以君子弗为也'，然亦弗灭也。闾里小知者之所及，亦使缀而不忘。如或一言可采，此亦刍荛狂夫之议也。"② 这一说法影响甚大。中国古代目录学中的"小说"概念即源于这里。

在古代，笔记小说的归类始终是个复杂的问题。《隋书·经籍志》首次确立了图书的四部分类法——经史子集。被现代人视为最早的笔记小说的两部代表作——干宝的《搜神记》和刘义庆《世说新语》被列入不同的类属，前者属史部的"杂传"类，后者属子部的"小说"类。但是，它们对于纪实的追求却是一致的。干宝在《搜神记》的自序中说：

---

① 黄霖编著：《文心雕龙汇评》，上海古籍出版社 2005 年版，第 142 页。
② （汉）班固：《汉书·艺文志》卷三十，中华书局 1962 年版，第 1745 页。

虽考先志于载籍，收遗逸于当时，盖非一耳一目之所亲闻睹也，又安敢谓无失实者哉。卫朔失国，二传互其所闻，吕望事周，子长存其两说。若此比类，往往有焉。从此观之，闻见之难，由来尚矣。夫书赴告之定辞，据国史之方册，犹尚若此；况仰述千载之前，记殊俗之表，缀片言于残阙，访行事于故老，将使事不二迹，言无异途，然后为信者，固亦前史之所病；然而国家不废注记之官，学士不绝诵览之业，岂不以其所失者小，所存者大乎。今之所集，设有承于前载者，则非余之罪也。若使采访近世之事，苟有虚错，愿与先贤前儒，分其讥谤。及其著述，亦足以发明神道之不诬也。群言百家，不可胜览；耳目所受，不可胜载。亦粗取足以演八略之旨，成其微说而已。幸将来好事之士，录其根体，有以游心，寓目，而无尤焉。①

干宝在《搜神记》自序中强调了自己所记之事都是有事实依据的，或者"考先志于载籍"，或者"采访近世之事"。其实，他所强调的也就是《搜神记》的纪实型体裁特征，即所叙述的事件是有来源的，有指称的，不是凭空杜撰的。至于这些鬼神灵异之事本身是否为真，则另当别论。因为那要走出文本世界到经验世界才能得到求证。而在经验世界中，这又与科学发展水平、人们的认知能力有相关。现代人认为它纯属虚构，但当时人可能真的认为是世间实有之事，如鲁迅所言："其书（指魏晋志怪小说）有出于文人者，有出于教徒者。文人之作，虽非如释道二家，意在自神其教，然亦非有意为小说，盖当时以为幽明虽殊途，而人鬼乃皆实有，故其叙述异事，与记载人间常事，自视固无诚妄之别矣。"②

这是从创作者来说的，那么当时的读者又是怎么看待笔记小说的纪实性呢？先看《世说新语》中的两个小故事：

裴郎作《语林》，始出，大为远近所传。时流年少，无不传写，

① 丁锡根编著：《中国历代小说序跋集》，人民文学出版社1996年版，第49页。

② 鲁迅：《中国小说史略》，浙江文艺出版社2000年版，第28页。

各有一通。载王东亭作《经王公酒垆下赋》，甚有才情。①

——《世说新语·文学》

庾道季诧谢公曰："裴郎云：'谢安谓裴郎乃可不恶，何得为复饮酒？'裴郎又云：'谢安目支道林，如九方皋之相马，略其玄黄，取其俊逸。'"谢公云："都无此二语，斐自为此辞耳？"庾意甚不以为好，因陈东亭《经酒垆下赋》。读毕，都不下赏裁，直云："君乃复作裴氏学！"于此《语林》遂废。今时有者，皆是先写，无复谢语。②

——《世说新语·轻诋》

《语林》盛极一时，受人欢迎，却因所记谢安之语不实，竟至"遂废"的地步。再如南朝梁萧绮在为《拾遗记》（作者为东晋人五嘉）作序时说："绮更删其繁紊，纪其实美，搜刊幽秘，捃采残落，言匪浮诡，事弗空诬，推详往迹，则影彻经史，考验真怪，则叶附图籍。"③ 可见在当时的社会文化中，《世说新语》《拾遗记》都是被当作纪实体裁来接受的。这些笔记小说所处的魏晋南北朝时期，社会动荡，朝代更迭，但文学艺术获得了前所未有的发展，被称为文学自觉的时代，笔记小说也在这样的背景下迎来了第一个高峰④。志怪小说是笔记小说的重要部分，其繁荣一般认为有两个原因：一是受到《山海经》的影响，因为《山海经》"稍显于汉而盛行于晋"⑤；二是与当时的社会风气密切相关。明胡应麟说："魏晋好长生，故多灵变之说；齐梁弘释典，故多因果之谈。"⑥ 鲁迅也说："中国本信巫，秦汉以来，神仙之说盛行，汉末又大畅巫风，而鬼道愈炽；会小乘佛教亦入中土，渐见流传。凡此皆张皇鬼神，称道灵异，故自晋迄隋，特多鬼神志怪之书。"⑦ 但此外，还与另一个重要因素有关，即史传。

---

① 余嘉锡：《世说新语笺疏》（上册），上海古籍出版社 1993 年版，第 269 页。

② 余嘉锡：《世说新语笺疏》（下册），第 843—844 页。

③ 丁锡根编著：《中国历代小说序跋集》，人民文学出版社 1996 年版，第 359 页。

④ 本文关于笔记小说发展的"高峰"论源于见苗壮的《笔记小说史》，浙江古籍出版社 1998 年版。

⑤ 鲁迅：《中国小说史略》，浙江文艺出版社 2000 年版，第 20 页。

⑥ （明）胡应麟：《少室山房笔丛》卷二十九丙部《九流绪论下》，中华书局 1958 年版，第 375 页。

⑦ 鲁迅：《中国小说史略》，第 28 页。

因为从编撰目的来看，志怪小说本就是用来补正史之不足的。托名郭宪的《汉武洞冥记·自序》即云："宪家世述道书，推求先圣往贤之所撰集，不可穷尽，千室不能藏，万乘不能载，犹有漏逸。或言浮诞，非政教所同，经文史官记事，故略而不取，盖偏国殊方，并不在录。愚谓古曩余事，不可得而弃。况汉武帝明俊特异之主。东方朔因滑稽浮诞以匡谏，洞心于道教，使冥迹之奥昭然显著。今籍旧史之所不载者，聊以闻见，撰《洞冥记》四卷，成一家之书，庶明博君子，该而异焉。"① 郭宪很明确地指出《洞冥记》是"籍旧史之所不载者"编撰而成。从作者来看，有些志怪小说的作者本就是史官，如东晋的干宝（《搜神记》）、南朝的任昉（《述异记》）、南朝的吴均（《续齐谐记》）等。唐代长孙无忌在《隋志·杂传类序》中指出，像《列仙》《列士》《列女》《风俗》《列异》《高士》等此类杂传，"因其事类，相继而作者甚众；名目转广，而又杂以虚诞怪妄之说。推其本源，盖亦史官之末事也。"这些所谓的杂传，和志怪小说本就没什么区别。为正史补阙，与正史参行，可以说是很多志怪小说的编撰目的。

　　唐代时，出现了传奇这一文体。它在文学发展史上具有非常重要的意义，被认为标志着中国古典小说文体的独立②，其中一个重要原因是其作者有意虚构，如明胡应麟所说："凡变异之谈，盛于六朝，然多是传录舛讹，未必尽幻设语；至唐人乃作意好奇，假小说以寄笔端"③，所以传奇与现代意义上的小说观念非常接近。但作为一种倡导纪实的体裁——笔记小说并没有消失，而且迎来了第二高峰。唐传奇是在笔记小说的基础上发展起来的，在具体的叙事手法上又模仿借鉴了史传④。正如鲁迅所说："传奇者流，源出于志怪，然施之藻绘，扩其波澜，故所成就乃特异，其间虽抑或托讽喻以纾牢愁，谈祸福以寓惩劝，而大归则究在文采与臆想，与昔之传鬼神明因果而外无他意者，甚异其趣矣。"⑤ 唐代时，笔记小说与传奇小说并行

① 丁锡根编著：《中国历代小说序跋集》，人民文学出版社 1996 年版，第 33—34 页。

② 董乃斌：《中国古典小说的文体独立》，中国社会科学出版社 1994 年版。

③ （明）胡应麟：《少山房笔丛》卷三六巳部《二酉缀遗中》，中华书局 1958 年版，第 486 页。

④ 关于这点，后文各章有详细论述。

⑤ 鲁迅：《中国小说史略》，浙江文艺出版社 2000 年版，第 50 页。

发展。中唐时，传奇创作达到高峰，笔记小说的数量也非常大，但是到唐末五代时，传奇小说开始走下坡路，而笔记小说则异常繁荣，其数量超过前面所有时期。这与其时人们关于小说的观念有密切关系。

《隋书·经籍志》中，志人小说《世说新语》被列入子部小说家类，而像《搜神记》《搜神后记》《齐谐记》《幽明录》《汉武洞冥记》之类的志怪小说则均被列入史部杂传类。影响很大的理论著作《史通》更是把笔记小说归为"史氏流别"：

> "爱及近古，斯道渐烦。史氏流别，殊途并骛。榷而为论，其流有十焉：一曰偏纪，二曰小录，三曰逸事，四曰琐言，五曰郡书，六曰家史，七曰别传，八曰杂记，九曰地理书，十曰都邑簿……国史之任，记事记言，视听不该，必有遗逸。于是好奇之士，补其所亡。若和峤《汲冢纪年》、葛洪《西京杂记》、顾协《琐语》、谢绰《拾遗》。此之谓逸事者也……街谈巷议，时有可观，小说厄言，犹贤于已。故好事君子，无所弃诸。若刘义庆《世说》、裴荣期《语林》、孔思尚《语录》、阳玠松《谈薮》。此之谓琐言者也……贤士贞女，类聚区分，虽百行殊途，而同归于善。则有取其所好，各为之录，若刘向《列女》、梁鸿《逸民》、赵采《忠臣》、徐广《孝子》。此之谓别传者也……阴阳为炭，造化为工，流形赋象，于何不育。求其怪物，有广异闻。若祖台《志怪》、干宝《搜神》、刘义庆《幽明》、刘敬叔《异苑》。此之谓杂记者也……大抵偏纪、小录之书，皆记即日当时之事，求诸国史，最为实录。然皆言多鄙朴，事罕圆备，终不能成其不刊，永播来叶，徒为后生作者削稿之资焉。逸事者，皆前史所遗，后人所记，求诸异说，为益实多。及妄者为之，则苟载传闻，而无铨择。由是真伪不别，是非相乱。如郭子横之《洞冥》，王子年之《拾遗》，全构虚词，用惊愚俗。此其为弊之甚者也……"①

从这段话可见，刘知几强调"逸事""琐言""别传""杂记"均应

---

① （唐）刘知几撰，（清）浦起龙释：《史通通释》，上海古籍出版社 1978 年版，第 273—274 页。

实录，批评其作者作"虚辞"的行为。这种倾向必然导致纪实型的笔记小说的繁荣。"笔记小说家在这种观点的影响下，使刚刚摆脱对史传依附的小说又向史传靠拢，其创作目的是'因见闻而备故实'（李肇《国史补序》），'以备史官之阙'（李德裕《次柳氏旧闻序》），写出来的只能是笔记体，而不可能是传奇体"①。由此可见，中国重史的文化传统再次推动了纪实叙事文学的繁荣。而且，即使是被称为"作意好奇"的传奇，其作者为了让自己的作品更好地被当时人接受和传播，也喜欢给作品披上"真实"的霓裳。他们常在故事结束时，补上一段文字，或说这个故事是作者自己亲身经历的，或说是作者听某人讲的，并且这个讲的人往往跟故事的主人公是亲戚或者朋友关系等，以此来证明自己所叙之事是千真万确的，如：

> "玄祐（指作者）少常闻此说，而多异同，或谓其虚。大历末，遇莱芜县令张仲规，因备述其本末。镒（指作品主人公）则仲规堂叔，而说极备悉，故记之。"
>
> ——陈玄祐《离魂记》
>
> "建中二年，既济自左拾遗于金吾。将军裴冀，京兆少尹孙成、户部郎中崔需、右拾遗陆淳，皆适居东南，自秦徂吴，水陆同道。时前拾遗朱放，因旅游而随焉。浮颖涉淮，方舟沿流，昼宴夜话，各征其异说。众君子闻任氏之事，共深叹骇，因请既济传之，以志异云。沈既济撰。"
>
> ——沈既济《任氏传》
>
> "予（指作者）伯祖尝牧晋州，转户部，为水陆运使。三任皆与生（指主人公）为代，故谙详其事。贞元中，予与陇西公佐，话妇人操烈之品格，因遂述汧国之事。公佐拊掌竦听，命予为传。乃握管濡翰，疏而存之。时乙亥岁秋八月，太原白行简云。"②
>
> ——白行简《李娃传》

宋代时，文学领域出现了一个新的文类——以白话写成的话本小说，

---

① 苗壮：《笔记小说史》，浙江古籍出版社1998年版，第153页。

② 以上引文依次见鲁迅：《唐宋传奇集》，见《鲁迅全集》第十卷，人民文学出版社1973年版，第219、279、209页。

但文言体的笔记小说依然比较繁荣，"就笔记体小说而言，虽稍逊于唐代，但能承其余绪，并形成自己的特色，成为笔记小说创作第二高峰的组成部分"①。这除了与宋代佛道二教的发展有关外②，还有一个重要原因，即与史书的影响有关，小说"补史之阙"的观念在宋代依然很盛行。比如欧阳修等人编撰《新唐书·艺文志》时说："至于上古三皇五帝以来世次，国家兴灭终始，僭窃伪乱，史官备矣。而传记、小说，外暨方言、地理、职官、氏族，皆出于史官之流也。"黄伯思在《跋西京杂记后》中说："此书中事皆刘歆所记，葛稚川采之，以补班史之阙耳。"③ 曾慥在《类说序》④ 中说："小说可观，圣人之训也。余乔寓银峰，居多暇日，因集百家之说，采摭事实，编纂成书，分五十卷，名曰《类说》。可以资治体、助名教、供谈笑、广见闻，如嗜常珍，不费异馔，下笔之处，水陆俱陈矣。览者其详择焉。"⑤ 他仍将小说"资治体"的功能位列第一，与史书《资治通鉴》的"鉴于往事，有资于治道"⑥ 之说如出一辙。强调小说是用来裨补正史之阙漏，也就是强调了小说的纪实性。洪迈在《夷坚乙志序》中说："夫《齐谐》之志怪，庄周之谈天，虚无幻茫，不可致诘。逮干宝之《搜神》，奇章公之《玄怪》，谷神子之《博异》，《何东》之记，《宣室》之志，《稽神》之录，皆不能无寓言于其间。若予是书，远不过一甲子，耳目相接，皆表表有据依者。"⑦ 洪迈强调自己所记均有据可依。在《夷坚支丁序》中还说："《夷坚》诸志，皆得之传闻，苟以其说至，斯受之而已矣。聱牙畔奂，予盖自知之。支丁既成，姑摭其数端以证异。如合州吴庚擢绍兴丁丑科，襄阳刘过擢淳熙乙未科，考之登科

---

① 苗壮：《笔记小说史》，浙江古籍出版社 1998 年版，第 245 页。

② 鲁迅在《中国小说史略》中说："宋代虽云崇儒，并容释道，而信仰本根，夙在巫鬼。"宋徽宗信奉道教，自称教主道君皇帝，大建宫观。他曾多次下诏搜访道书，设立经局，整理校勘道教典籍，编成了我国第一部全部刊行的《道藏》——《政和万寿道藏》；而且他还下令编写"道史"和"仙史"，亲自作《御注道德经》《御注冲虚至德真经》和《南华真经逍遥游指归》等书。

③ 丁锡根编著：《中国历代小说序跋集》，第 248 页。

④ 《类说》为宋代笔记总集，曾慥编撰，共六十卷，从 250 种笔记小说集中选录而成。

⑤ 丁锡根编著：《中国历代小说序跋集》，人民文学出版社 1996 年版，第 1779 页。

⑥ 宋神宗即位后，司马光进呈《历代君臣事迹》，宋神宗认为这部书"鉴于往事，有资于治道"，于是赐名为《资治通鉴》。

⑦ 丁锡根编著：《中国历代小说序跋集》，第 94 页。

记，则非也。永嘉张愿得海川一巨竹，而蕃商与钱五千缗；上饶朱氏得一水精石，而苑匠与钱九千缗；明州王生证果寺所遇，乃与嵊县山庵事相类。蜀僧智则代赵安化之死，世安有死而可代者。蕲州四祖塔石碣，为郭景纯所志，而景纯亡于东晋之初，距是时二百岁矣。凡此诸事，实为可议。予既悉书之，而约略表其说于下，爱奇之过，一至于斯。读者曲而畅之，勿以辞害意可也。"① 洪迈对自己所记的合州吴庚、襄阳刘过两人登科的事进行考证，发现不是这样的。这进一步证明了纪实型体裁文学的特点"在于接受方式的社会文化的规定性：读者可以要求纪实叙述的作者提供'事实'证据。纪实型叙述是'与指称有关'的叙述，而虚构是'与指称无关'的叙述。"说笔记小说是一种纪实体裁，并不是说作者所记之事件件都是现实中发生的，有的也可能是作者虚构的。但是读者可以像洪迈一样在现实世界中进行求证。当然，就像洪迈所说的，有时即使明知事件不真实，如蜀僧智则代赵安化之死、蕲州四祖塔石碣等，也因为"爱奇"之故而记录下来。所以，笔记小说中的虚构是难免的，而且也是必然的。《夷坚支戊序》云："《夷坚》诸志记梦，亡虑百余事，其为憿怡朕验至矣，然未有若《吕览》所载之可怪者，其言曰：齐庄公时，有士曰宾卑聚，梦有壮子，白缟之冠，丹缋之【袧】，东布之衣，新素屦，墨剑室。从而叱之，唾其面。惕然而寤，终夜坐不自乐。明日，召其友而告之曰：'吾少好勇，年六十而无所挫辱。今为是人夜辱，吾将索其形。期得之则可，不得则死之。'于是每期与其友俱立于衢，三日不可得，退而自殁。予谓古今人志趣虽若不同，其直情径行者，盖有之矣。若此一事，决非人情所宜有，疑吕氏假设以为词。不然，乌有梦为人所凌，且而求诸衢，至于以身死焉而不悔。所谓其友，亦一痴物耳。略无片言以开其惑，可不谓至愚乎！予每读其书，必为失笑。支戊适成，漫戏表于首，以发好事君子捧腹。"② 洪迈认为这个验梦的故事虽"假设以为词"，但可以"发好事君子捧腹"，也是值得记录的。至此可以看出，洪迈关于小说功能、虚实的观念也是不断变化的。

宋代除了笔记小说外，还有话本小说。鲁迅在《中国小说的历史变

---

① 丁锡根编著：《中国历代小说序跋集》，人民文学出版社1996年版，第99页。

② 同上。

迁》中说："这类作品,不但体裁不同了,文章上也起了改革,用的是白话,所以实在是中国小说史上的一大变迁。"① 但由于话本小说的素材很多来自笔记小说,所以有的也难免笼罩上纪实的影子,如罗烨在《醉翁谈录·小说引子》中说:"小说者流,出于机戒之官,遂分百官记录之司。由是有说者纵横四海,驰骋百家,以上古隐奥之文章,为今日分明之议论。或名演史,或谓合生,或称舌耕,或作挑闪,皆有所据,不敢谬言。"② 罗烨此处的"皆有所据,不敢谬言"是指据史实铺陈,故事的主干是真实的。这也反映了中国古典小说的一种重要创作思维——踵事增华。

元明时期,由于政治高压和文化专制,正史不景气,作为"史之外乘"③的笔记小说也成绩平平,处于唐宋和清两个高峰之间。白话小说则跃上巅峰,短篇有凌濛初的"三言二拍",长篇有大量的章回体小说。清代时,无论是白话小说还是文言小说,都呈现出一片繁荣景象。笔记小说的代表作是蒲松龄的《聊斋志异》和纪昀的《阅微草堂笔记》,而且两人因文体之异而颇有争端。盛时彦在《姑妄听之》跋文中引述了纪昀对《聊斋志异》的评价:"《聊斋志异》盛行一时,然才子之笔,非著书者之笔也。虞初以下,干宝以上,古书多佚矣。其可见完帙者,刘敬叔《异苑》、陶潜《续搜神记》,小说类也;《飞燕外传》、《会真记》,传记类也。《太平广记》事以类聚,故可并收。今一书而兼二体,所未解也。小说既述见闻,即属叙事,不比戏场关目,随意装点。伶玄之传,得诸樊姬,故猥琐具详,元稹之记,出于自述,故约略梗概。杨升庵伪撰《秘辛》,尚知此意,升庵多见古书故也。今燕昵之词,媟狎之态,细微曲折,摹绘如生,使出自言,似无此理,使出作者代言,则何从而闻见之,又所未解也。"④ 这里所说的"传记类"不是指史传类的传记,而是指

---

① 鲁迅:《鲁迅全集》第九卷,人民文学出版社 2005 年版,第 329 页。

② 罗烨:《醉翁谈录》,古典文学出版社 1957 年版,第 2 页。

③ 南朝梁殷芸撰志人小说集《殷芸小说》,这是我国历史上第一部以"小说"为书名的短篇小说集。清人姚振宗《隋书经籍志考证》卷三十二中说该书"殆是梁武帝作《通史》时,凡不经之说为通史所不取者,皆令殷芸别集为《小说》。是《小说》因《通史》而作,犹《通史》之外乘。"

④ 曾祖荫、黄清泉等选注:《中国历代小说序跋选注》,长江文艺出版社 1982 年版,第 201—202 页。

"细微曲折、摹绘如生"的传奇；所说的"小说类"则指笔记小说。纪昀在《四库全书总目·小说家类》中又说："（小说）迹其流别，凡有三派，其一叙述杂事，其一记录异闻，其一缀辑琐语也。唐、宋而后，作者弥繁。中间诬谩失真，妖妄荧听者固为不少，然寓劝戒，广见闻，资考证者亦错出其中。班固称小说家流盖出于稗官，如淳注谓'王者欲知闾巷风俗，故立稗官，使称说之'。然则博采旁搜，是亦古制，固不必以冗杂废矣。今甄录其近雅驯者，以广见闻，惟猥鄙荒诞，徒乱耳目者则黜不载焉。"可见，纪昀所持的小说观是传统目录学的小说观，也即笔记体小说，传奇体小说是被排除在外的。这两种文体的一个重要区别即在对待虚构的态度上。笔记体注重真实，强调所叙之事必须是博采旁搜之所得，功能如史书那样"寓劝戒、广见闻、资考证"；传奇体则注重虚构，追求"随意装点""文采与臆想"，主要功能是消遣娱乐，如元虞集在《道园学古录》卷三八"写韵轩记"中所说："唐之才人，于经艺道学有见地者少，徒知好为文辞。闲暇无可用心，辄想象幽怪遇合才情恍惚之事，作为诗章答问之意，傅会以为说。盍簪之次，各出行卷以相娱玩。非必真有是事，谓之'传奇'。元稹、白居易犹或为之，而况他乎！"《聊斋志异》中的作品既有传奇体，又有笔记体。纪昀的《阅微草堂笔记》则纯为笔记体。在这两部巨著的影响下，清代出现了大量的笔记小说，如王士禛的《池北偶谈》、钮琇的《觚剩》、袁枚的《子不语》、屠绅的《内外六合琐言》等。

由以上论述可见，笔记小说作为一种以随笔的形式记录见闻杂感的文体，其最初是作为"史之外乘"而诞生的，目的是为正史补阙，与正史参行。所以，它受史传之影响，追求实录，强调所叙之事是有依据的，即或是有籍可考，或是耳闻目睹，绝非凭空杜撰，无中生有。无论是创作者，还是接受者，在当时的社会文化氛围中，都是把它作为纪实型体裁来对待。它的盛衰与史书的盛衰相一致。魏晋南北朝时期是中国史学发展史上的重要阶段，史家辈出，史籍数量众多。笔记小说也是在这个时候如春笋般勃发。尽管原因还有其他，但不可否认史传这个母体的影响是巨大的。隋唐时期，官方修史制度逐渐形成。唐代影响甚大的史学家刘知几将笔记小说归为"史氏流别"，重申纪实，排斥虚辞，使笔记小说再次向史传靠拢，并走向繁荣。宋代是史学发展的又一高峰，小说补史之阙的观念依然很盛行，笔记小说也出现了洪迈的《夷坚志》这样的巨著。元明时期，在政治高压和文化专制的氛围下，正史不景气，作为"稗史""遗史"的笔记小说也萧条冷落。清代前期，在黄宗羲、顾炎武的"经世致用"思想的影响下，史学出现繁荣景象，笔记小说又一度繁荣起来，如梁启超所说，"清初诸师皆治史学，欲以为经世之用"①，"明清鼎革之交一段历史，在全部中国史上，实有重大的意义。当时随笔类之野史甚多，虽屡经清廷禁毁，现存者尚百数十种。"② 可以说，正是中国重史的文化传统，正是史传文体的直接影响，推动了以纪实为特点的笔记小说的产生与繁荣。

二　史传纪实型叙事特征与传记文学

受史传纪实型叙事特征直接影响的文类除了上述的笔记小说外，还有传记文学。本文中的笔记小说和传记文学不是在同一个标准下进行分类的，所以两者在外延上有交叉现象。本文的笔记小说是指用文言形式、本着实录原则写成的志怪、志人、逸事、琐言、杂录等作品。其中自然包括了以写人为内容的传记，如《东方朔传》《汉武帝故事》《汉武帝内传》《汉武洞冥记》《列女传》《列异传》等，但还有一些如《献帝传》《曹瞒传》《管辂传》《法显行状》《高僧传》之类的传记则没有被包括进去，而它们的产生、繁荣与史传紧密相关，在文学发展史上同样具有重要意义，如日本学者吉川幸次郎所说："从汉代司马迁的《史记》开始的史传文学，以及作为史传文学另外一派的以蔡中郎③为祖，以韩文公④为续，后来众多作家写出的碑志传状为主的文学作品，实际上占有相当于西文文学中的小说地位。只是在西方，作者人生观、世界观的表达，通过新奇的事件进行架空的创作；在中国，则始终要求事件是实在的经验，人物是实

---

① 梁启超著，朱维铮校注：《梁启超论清学史二种》，复旦大学出版社 1985 年版，第 43 页。

② 梁启超：《中国近三百年学术史》，东方出版社 1996 年版，第 333 页。

③ 蔡中郎，即蔡邕，东汉著名书法家、文学家，官至左中郎将，故后人称之为"蔡中郎"。《蔡中郎集》有碑文诔文 30 余篇。

④ 韩文公，即韩愈，"唐宋八大家"之一，《韩昌黎文集》有碑志、行状、传记等 70 余篇。

在的人物，这反映了在文质彬彬之中讲求踏实的中国文化的倾向。"①

传记文学的概念很复杂。韩兆琦在《中国传记文学史》的"前言"中列了五类传记文学：以《史记》《汉书》为代表的史传；以人物为主写成的杂传或曰类传，如《列女传》《列仙传》《唐才人传》；单篇传记或与其性质相近的行状、碑铭、自序等，又称之为散传，如韩愈的《张中丞传后叙》、柳宗元的《段太尉逸事状》、苏轼的《方山子传》；中篇以上的单人传记，又称之为专传，如《大慈恩寺三藏法师传》；传记体小说，如《长恨传》《李师师传》等，它们是模仿传记体而写成的小说，严格来讲则不能算作传记。② 朱东润在《八代传叙文学述论》中认为"传记文学"这个概念本身是不准确的，而应为"传叙文学"。他认为依据《四库全书总目》史部传记类的说明文字："案传记者，总名也，类而别之，则叙一人之始末者为传之属，叙一事之始末者为记之属"，可以看出传和记的界限是很清楚的。《四库全书卷五十七·史部十三·传记类一》中对传记进行了具体分类，"一曰《圣贤》，如孔孟年谱之类。二曰《名人》，如《魏郑公谏录》之类。三曰《总录》，如《列女传》之类。四曰《杂录》，如《骖鸾录》③ 之类。其杜大圭《碑传琬琰集》、苏天爵《名臣事略》诸书，虽无传记之名，亦各核其实，依类编入。至安禄山、黄巢、刘豫诸书，既不能遽削其名，亦未可薰莸同器。则从叛臣诸传附载史末之例，自为一类，谓之曰《别录》。"朱先生认为其中的"圣贤""名人""总录""别录"为传之属，"杂录"则为记之属，认为《左传》《史记》是史而不是传叙，因为"《左传》写人，仍旧着重在人性发展中的事态，而不是事态发展中的人性。主要的对象还是事而不是人。""传叙文学是史，但是他的主要对象是人，所重视的不是事实具体的记载，而是人性真相的流露。这是重大差异。"④ 朱先生认为传叙文学包括：行状；类似行状的德行、言行、故事、本事、伪事；画赞，包括圣贤画像、刺史郡守画像、乡

---

① ［日］吉川幸次郎：《纪实与虚构——文学革命与中国文学的未来》，吉林教育出版社1990年版，第226页。

② 韩兆琦：《中国传记文学史》，河北教育出版社1993年版，第4—5页。

③ 《骖鸾录》为宋范成大所做，记载乾道八年十二月七日至乾道九年三月十日，作者自苏州赴广南西路桂林就任的旅途见闻。

④ 朱东润：《八代传叙文学述论》，复旦大学出版社2006年版，第2—3页。

贤流寓画像；家传；内传，即神仙传；别传①，即《四库全书》中的总录，也可称之为总传。韩先生所说的类传、散传、专传和朱先生所说的传叙文学大致相当，也即是本文所论述的传记文学的范围。

传记文学毫无疑问属于纪实型体裁，无论是作者还是接受者，对文本真实性的要求都非常高。"传叙文学的价值，全靠它的真实。无论是个人事迹的叙述，或是人类通性的描绘，假如失去了真实性，便成为没有价值的作品。真是传叙文学的生命。要能取信，第一便须有徵。"② 即使是神仙传，其主人公在今天的人们看来是子虚乌有的，但当时的作者和接受者是把它当作真实人物去作传的。文中所叙之事可能是虚幻不实的，但并不影响其属于纪实型叙事这种体裁，就像谎言，虽然说的是假话，但其体裁性质是纪实型的，否则就没必要去求证它是真话还是谎言了。朱东润也说："至如《太清真人内传》《无上真人内传》这一类的传主，便成为亡是公乌有先生了。内传的记载，除去一部分汗漫之谈外，其余都在真实的传叙或幻想的小说之间。这里界限很难确定。不过我们应当知道，在一般生活或个别作家受着宗教的，或类似狂热支配的时候，常常认幻为真，在旁人认为作者是在颠倒梦想，他自己也许认为正在描写实境，一字不苟。所以即使认定内传一类的著作也是传叙，其中自有部分的理由。"③

传记文学的产生与繁荣毫无疑问源于史传。先秦时期的《春秋》《尚书》《左传》是比较成熟的叙事文本，在这之前漫长的历史长河中，还存在其他诸多叙事文本，如甲骨、钟鼎、金石、陶器、玉片、竹简、缯帛等上的文字。但是由于有些叙事载体经不住岁月的磨蚀，所以至今我们能够见到的早期的叙事文本只能是甲骨卜辞和青铜铭文了，前者记录占卜之事，后者记录祖先之事。《春秋》也是纯粹的记事。《左传》比《春秋》记事要翔实丰赡得多，有的地方人物形象已经开始鲜活起来了，但其记事的本质还是没有变。《史记》一改《春秋》的编年体为纪传体，在史学发展史上具有重要意义。关于其特征，《史通》中有详细解释："《史记》

---

① 刘知几在《史通·杂述》中说："贤士贞女，类聚区分，虽百行殊途，而同归于善。则有取其所好，各为之录，若刘向《列女》、梁鸿《逸民》、赵采《忠臣》、徐广《孝子》。此之谓别传者也。"

② 朱东润：《八代传叙文学述论》，复旦大学出版社2006年版，第5页。

③ 同上书，第33页。

者，纪以包举大端，传以委曲细事，表以谱列年爵，志以总括遗漏，逮于天文、地理、国典、朝章，显隐必该，洪纤靡失。此其所以为长也。""夫纪传之兴，肇于《史》《汉》。盖纪者，编年也；传者，列事也。编年者，历帝王之岁月，犹《春秋》之经；列事者，录人臣之行状，犹《春秋》之传。《春秋》则传以解经，《史》《汉》则传以释纪。"① 为什么《史记》在"纪"、"传"之外还要列"世家"？《史通》认为："自有王者，便置诸侯，列以五等，疏为万国。当周之东迁，王室大坏，于是礼乐征伐自诸侯出。迄乎秦世，分为七雄。司马迁之记诸国也，其编次之体，与本纪不殊。盖欲抑彼诸侯，异乎天子，故假以他称，名为世家。"② 纪传体以人为编撰的线索，通过人来把相关的事情编排在一起，依人记事，而不是依时记事，体现了对人在历史发展中作用的重视。用梁启超的话说，《史记》"最异于前史者一事，曰以人物为本位"③。钱穆也说："历史上一切动力发生在人，人是历史的中心，历史的主脑，这一观念应该说是从太史公《史记》开始。"④《史记》所开创的纪传体直接启发、孕育了传记文学。

　　西汉流传下来的第一部传记是《东方朔传》。《隋书·经籍志》中有《东方朔传》八卷之说，但没有注明撰者。其后的《唐书·经籍志》《新唐书·艺文志》沿袭了这一说法。可惜现在该书只剩下一些断简残章了。此外，西汉还有一部重要传记，即刘向的《列女传》⑤。《汉书·楚元王传》载："向睹俗弥奢淫，而赵、卫之属起微贱，逾礼制。向以为王教由内及外，自近者始。故采取《诗》《书》所载贤妃贞妇，兴国显家可法则，及孽嬖乱亡者，序次为《列女传》，凡八篇，以戒天子。"《列女传》按照"母仪""贤明""任智""贞顺""节义""辩通""孽嬖"七个门类对战国以前典籍中的女子进行分类，然后依时间顺序分别介绍，少则三五百字，多则千字，末尾附上"颂"。由此可见，无论编撰目的，还是编

---

① （唐）刘知几撰，（清）浦起龙释：《史通通释》，上海古籍出版社1978年版，第28、46页。

② （唐）刘知几撰，（清）浦起龙释：《史通通释》，第42页。

③ 梁启超：《中国历史研究法》，上海古籍出版社2006年版，第19页。

④ 钱穆：《中国史学名著》，生活·读书·新知三联书店2000年版，第70页。

⑤ 《列仙传》《列士传》等其他典籍虽也题为刘向所作，据考证应是伪托。

撰体例,《列女传》都模仿《史记》,而《列女传》又被后世别传(又称总传、总录)奉为圭臬。传记文学,除了传人,还有自传。自传常常又被称之为"自叙"或"自序"。最早的应是司马相如自叙,但原文已经失传,只能在史籍中循其踪迹,如《史通·序传》中说:"盖作者自叙,其流出于中古乎?案屈原《离骚经》,其首章上陈氏族,下列祖考;先述厥生,次显名字。自叙发迹,实基于此。降及司马相如,始以自叙为传。然其所叙者,但记自少及长,立身行事而已。逮于祖先所出,则蔑尔无闻。至马迁,又征三闾之故事,放文园之近作,模楷二家,勒成一卷。于是扬雄遵其旧辙,班固酌其余波,自叙之篇,实繁于代。"① 其后便有传记名篇——司马迁的《太史公自序》、扬雄的自序②。

东汉时期,传记文学开始发展。不仅有像《列女传》之类的总传,如赵岐的《三辅决录》、王粲的《英雄传》,还出现了两个新兴的种类。其一是郡书,记载乡邦耆旧之事,和总传性质相同。刘知几《史通·杂述》中说:"汝、颍奇士,江、汉英灵,人物所生,载光郡国。故乡人学者,编而记之,若圈称《陈留耆旧》、周斐《汝南先贤》、陈寿《益都耆旧》、虞预《会稽典录》。此之谓郡书者也。"③ 其二是碑铭。碑铭由于需刻于碑石之上。所以篇幅受到严格限制,而且常常有重铭辞轻记事的倾向。也有学者,如朱东润,认为它不能算是传记文学。碑志的源头不是史传④,但在写法上和史传有相通之处。刘勰在《文心雕龙·诔碑》中说:"夫属碑之体,资乎史才。其序则传,其文则铭;标序盛德,比见清风之华;昭纪鸿懿,必间峻伟之烈。此碑之制也。"⑤ 东汉的传记文学,除以

---

　① (唐)刘知几撰,(清)浦起龙释:《史通通释》,上海古籍出版社1978年版,第256页。

　② 班固《汉书·扬雄传》:"雄之自序云尔。"颜师古注:"自《法言》目之前,皆是雄本《自序》之言也。"

　③ (唐)刘知几撰,(清)浦起龙释:《史通通释》,上海古籍出版社1978年版,第274页。

　④ 刘勰在《文心雕龙·诔碑》中说:"碑者,埤也;上古帝皇,纪号封禅,树石埤岳,故曰碑也。周穆纪迹于弇山之石,亦古碑之意也。又宗庙有碑,树之两楹,事止丽牲,未勒勋绩。而庸器渐缺,故后代用碑,以石代金,同乎不朽,自庙徂坟,犹封墓也。"姚鼐在《古文辞类纂》序中说:"碑志类者,其体本于诗。歌颂功德,其用施于金石。周之时有石鼓刻文,秦刻石于巡狩所经过,汉人作碑文又加以序,序之体,盖秦刻琅邪具之矣。"

　⑤ 黄霖编著:《文心雕龙汇评》,上海古籍出版社2005年版,第49页。

上所述之外，还有《王闳本事》《张纯别传》《钟离意别传》等，但如今均只剩残篇了。

三国时期，传记文学非常繁荣，朱东润将之称为传记文学的"自觉时期"，"在建安时代或其前，传叙文学固然是不断的产生，但是我们不容易看到传叙文学大家。除开自叙那一类的文字以外，纵使我们还能指出几部书或几篇的作者，但是他们的写作是不经意的，甚至是不自觉的……到了三国，一切都不同了。很多的篇幅都有切实的作者可指，而且我们也可断言，在他们写作的时候，都有一番的经意。所以从建安到黄初，不妨认为这时期的作者，从不觉走上了自觉。"① 朱先生还列出了这个时期的一大批优秀作品，包括：魏文帝的《典论自叙》《海内士品录》（二卷）《列异传》（三卷）；魏明帝的《海内先贤传》（四卷）；高贵乡公的《自叙》；周斐的《汝南先贤传》（五卷）；苏林的《陈留耆旧传》；王基的《东莱耆旧传》；刘艾的《汉灵献二帝纪》（三卷）；嵇康的《圣贤高士传赞》（三卷）；管辰的《管辂传》（三卷）；曹植的《列女传颂》；缪袭的《列女传赞》；钟会的《母传》；梁宽的《庞娥亲传》；李氏的《汉魏先贤行状》（三卷）；张胜的《桂阳先贤书赞》；谢成的《会稽先贤传》（七卷）；陆胤的《广州先贤传》（七卷）；陆凯的《吴先贤传》（四卷）；徐整的《豫章列士传》（三卷）；徐整的《豫章旧志》（八卷）。除此之外，还有作者尚不能确定的《曹瞒传》等。

总体来说，魏晋南北朝时期的传记文学非常繁盛，不仅数量非常大，而且品种也很丰富，包括：以类相从编撰而成的别传，如《高士传》《孝友传》《汝南先贤传》；有单人单篇传记，如《东方朔传》《管辂传》《高僧传》；有自传，即自叙生平经历、言志抒怀的作品，如袁准、傅贤、杜预等人的自叙；还有行状、家传、碑铭、诔文等。此外，《搜神记》《世说新语》这些志怪志人小说中也有很多类似传记的篇章。关于其繁荣的原因，韩兆琦认为："第一，魏晋士大夫的个体自觉与新思潮的出现，促进了单篇个人传记的兴盛……第二，杂传、散传的纷起与魏晋士大夫喜欢评论人物的社会风气有关，而人物评论的风气是当时乡举里选制度的产物……第三，从曹魏时开始创设的九品中正制是一种选拔官员的制度，选

---

① 朱东润：《八代传叙文学述论》，复旦大学出版社 2006 年版，第 71 页。

官用人只重门第而不讲才能。门阀之家，为夸耀本家的人才和门第往往写家传……第四，魏晋南北朝佛教盛行，僧尼增多，这促进了僧尼传的大量产生。"① 魏晋南北朝时期传记文学的繁荣除了与这几个具体因素相关外，还应该与当时大的社会文化背景——史学之盛，尤其是私家修史风气之盛有密切关系。

中国私家修史的开创期是春秋时期，发展到西汉时，这种风气已非常活跃，出现了《史记》这样的皇皇巨著。到了东汉，政府开始对私家修史进行压制。汉明帝明令禁止私家修史。但是东汉末年，社会动荡，政府管控力度下降，私人修史之风又大兴起来，如《隋书·经籍志》所说："自后汉灵献之世，天下大乱，史官更失其常守，博达之士，愍其废绝，各纪见闻，以备遗亡，后则群才景慕，作者甚众。"魏晋南北朝也因此成为私家修史的一个高峰期。私家修史的繁盛，意味着官府思想上的压制和约束较少，作者创作的相对自由，这对传记文学的发展具有重要推动作用。传记"叙一人之始末"②，其所叙之人虽非如史书那样的股肱辅弼之臣、扶义俶傥之士，但也是耆旧节士、明德先贤，而且必然会臧否人物，倡导风尚，若没有比较开明宽松的社会政治环境，作者断然不敢为之作传的，何况有很多传记的作者本身即是史官。《隋书·经籍志》史部杂传序中说，阮仓的《列仙图》、刘向的《列仙传》《列士传》《列女传》、魏文帝的《列异传》、嵇康的《高士传》等，"推其本源，盖亦史官之末事也"。明代焦竑在《国史经籍志·传记序》说："古者史必有法，大事书之策，小则简牍而已。至于风流遗迹、故老所传，史不及书，则传记兴焉。如先贤、耆旧、孝子、高士、列女，代有其书，即高僧、列仙、鬼神、怪妄之说，往往不废也。"③

但传记文学自唐以后，总体来说，趋于衰落的状态，出现的只是大量的碑志类短章，再也没有像魏晋南北朝时期那样的长篇佳作。《韩昌黎文集》中有碑志类作品 70 余篇，以"传"为题的传记和行状类作品加在一起才 6 篇。《柳河东全集》中有墓志类作品约 50 篇，而以"传"为题的

---

① 韩兆琦：《中国传记文学史》，河北教育出版社 1993 年版，第 141 页。

② 《四库全书总目》史部传记类。

③ 焦竑在《国史经籍志》，《续修四库全书》史部 916 册。

传记和行状类作品加在一起才 11 篇。从宋人编撰的《文苑英华》和《唐文粹》两个选集中可以看出，唐代其他文人的传记作品也呈现出这个特征。两宋时期也是如此。欧阳修所作的传记作品有 110 余篇，但几乎全跟墓志有关。南宋吕祖谦编的《宋文鉴》共收传记类作品 70 余篇，其中墓志铭、墓表、神道碑共 50 余篇，行状与人物只有 20 余篇。明清时期，传记文学的数量大为增加，门类上除延续唐宋以来的传记主体——碑志、行状外，还出现了一些以"传"为题的作品。清代人黄宗羲编的《明文海》中，传记文有 42 卷，分成 20 类，由此可见明代传记文之多。清代传记文学数量也很大。1987 年出版的《清代碑传全集》共收了清代 5500 余人的作品 7300 余篇，这还仅仅是碑传，没有包括其他种类的传记。

　　为什么自唐以后，其他叙事类文学，尤其是小说，取得了质的飞跃，而同属叙事体裁的传记反而衰落了？其间虽有数次私家修史的高峰，如两宋、明中叶以及清初，也没有能带动它的同步繁荣。个中原因，即朱东润所说的，自唐开始的文人不作传的传统。[①] 韩愈是史官，也是唐宋八大家之一，柳宗元劝勉其著书，他在《答刘秀才论史书》一文中说："唐有天下二百年矣，圣君贤相相踵，其余文武之士，立功名跨越前后者不可胜数，岂一人卒卒能纪而传之耶？仆年志已就衰退，不可自敦率，宰相知其无他才能，不足用，哀其老穷，龃龉无所合，不欲令四海内有戚戚者，猥言之上，苟加一职荣之耳，非必督责迫蹙，令就功役也。贱不敢逆盛指，行且谋引去。且传闻不同，善恶随人所见，甚者附党，憎爱不同，巧造语言，凿空构立善恶事迹。于今何所承受取信，而可草草作传记，令传万世乎？"文人不作传的传统一直延续到近代。顾炎武在《日知录》卷十九中说："列传之名，始于太史公，盖史体也。不当作史之职，无为人立传者，故有碑有志有状而无传。"[②] 清代最大的散文流派——桐城派的两位代表人物方苞、刘大櫆也持相同观点，"家传非古也，必阨穷隐约，国史所不列，文章之士乃私录而传之。独宋范文正公、范蜀公有家传，而为之者张唐英、司马温公耳。此两人故非文家，于文律或未审，若八家则无为

---

① 朱东润：《八代传叙文学述论》，复旦大学出版社 2006 年版，第 15—18 页。
② （清）顾炎武著，（清）黄汝成集释：《日知录集释》，上海古籍出版社 2006 年版，第 691 页。

达官私立传者"①，"古之为达官名人传者，史官职之。文士作传，凡为圬者、种树之流而已。其人既稍显，即不当为之传；为之行状，上史氏而已。"② 他们认为，作传是史家之事，不是史官则不应作传，文人作传为卑微低贱之行。

但是，桐城派另一代表人物姚鼐则持不同观点，并且亲身实践。他在《黄徵君传》一文中说得很明白："余读《明史》，记福世子既出亡之后事不详，而黄君述其先祖事必不谬。徵君节行可称，而福世子之终事，可以补史氏之阙，故为次其传云"③，在《周梅圃君家传》中又说："梅圃，乾隆间循吏也。夫为循吏传，史臣之职，其法甚严。不居史职，为相知之家作家传，容有泛滥辞焉。余嘉梅圃之治，为之传，取事简，以为后有良史，取吾文以登之列传，当无愧云。"④ 关于传记的功能，姚鼐认为是表彰善行，规谏后人，如《赠中宪大夫湖广道兼掌河南道监察御史加二级孟公墓表》云："所以劝天下之为善也"，《丹徒王氏秀山阡表》云："《传》曰：'既美其所称，又美其所为'，非是谓耶？斯亦可以为后人者劝矣。"⑤ 由此可见，尽管姚鼐与顾炎武、方苞、刘大櫆等人对传记所持的观点不同，但在传记理论和创作上面并没有什么大的突破和成就。总的说来，拟史是其理论和创作的核心原则。姚鼐的这一观点具有代表性，而且渊源很深，特别是对碑志类的传记而言。韩愈的碑志向来被视为典范，因为它改变了六朝以来碑志的华美靡丽之风和僵化的写作模式，变骈为散，变雅为奇，"以史传作之"⑥。宋代的欧阳修也是碑志创作大家，其观念基本也是拟史型的。关于碑志的功能，他认为是纪德昭烈，襄劝后世，如他在《镇安军节度使同中书门下平章事赠太师中书令程公神道碑铭》中说："臣修以谓古者功德之臣，进受国宠，退而铭于器物，非独私其后世，所以不忘君命，示国有人，而诗人又播其事，声于歌咏，以扬无穷。

---

① （清）方苞：《方苞集》卷六《答乔介夫书》，上海古籍出版社1983年版，第138页。

② （清）姚鼐：《古文辞类纂》序，浙江古籍出版社1998年，第7页。

③ （清）姚鼐：《惜抱轩诗文集》，刘季高标校，上海古籍出版社1992年版，第306页。

④ （清）姚鼐：《惜抱轩诗文集》，第317页。

⑤ （清）姚鼐：《惜抱轩诗文集》，第330、165页。

⑥ 明代王行在《墓铭举例》中说："由齐至隋唐诸家文集，传者颇多，然词皆骈偶。惟韩愈始以史传作之，后之文士率祖其体"，见《四库全书总目提要》卷一百九十六·集部四十九·诗文评类二。

今去古远，为制不同，而犹有幽堂之石、隧道之碑，得以纪德昭烈，而又幸蒙天子书而名之，其所以照临程氏，恩厚宠荣，出古远甚！而臣又得刻铭其下。铭，臣职也，惧不能称。"在《忠武军节度使同中书门下平章事武恭王公神道碑铭》中说："至于出入勤劳之节，与其进退绸缪君臣之恩意，可以褒劝后世，如古诗书所载，皆应法可书。"① 关于碑志撰写的基本原则，他认为也如史书一样，要实录，如他在《太尉文正王公神道碑铭》中所说："考国史、实录，至于缙绅、故老之传之作"②，在《再与杜䜣论祁公墓志书》中所说："然所纪事，皆录实，有稽据，皆大节与人之所难者。"③ 此外，对于碑志的叙事笔法，欧阳修也提出尚简的主张，与刘知几所倡导的国史之撰写笔法④一致。他在《内殿崇班薛君墓表》中说："然予考古所谓贤人、君子、功臣、烈士之所以铭见于后世者，其言简而著。及后世衰，言者自疑于不信，始繁其文，而犹患于不章，又备其行事，惟恐不为世之信也。若薛氏之著于绛，简肃公之信于天下，而予之铭公不愧于其兄，则公之铭不待繁言而信也。然其行事终始，予亦不敢略而志诸墓矣。今之碣者，无以加焉，则取其可以简而著者书之，以慰其子之孝思，而信于绛之人云。"⑤

　　总之，在中国文学史上，传记文学的产生与史传紧密相关，甚至可以说，《史记》所开创的纪传体直接推动了它的产生。传记文学最早都是作为"史氏流别"而创作和接受的，在创作目的、叙事模式上也都模拟史传。魏晋南北朝时期是传记文学的自觉期、繁荣期，不仅数量巨大，品种繁多，而且出现了一批精彩的长篇人物专传、类传。这与当时的史学之盛，尤其是私家修史风气之盛有关。但是，自唐代开始的文人不作传的传统使传记文学的发展受挫，其后出现的都是大量的短篇碑志类作品。历代碑志大家，如唐代的韩愈、宋代的欧阳修、清代的姚鼐等的碑志创作理论都是拟史型的，即创作目的上强调褒劝后世，创作原则上强调实录。传

---

① （宋）欧阳修：《欧阳修全集》卷二三，中华书局 2001 年版，第 364、359 页。
② （宋）欧阳修：《欧阳修全集》卷二二，第 344 页。
③ （宋）欧阳修：《欧阳修全集》卷七十，第 1021 页。
④ 刘知几在《史通·叙事》中说："夫国史之美者，以叙事为工，而叙事之工者，以简要为主。简之时义大矣哉。"
⑤ 欧阳修：《欧阳修全集》卷二十四，第 376 页。

记文学与史书，从体裁上看，都属于纪实型，无论是创作者还是接受者，都要求文本具有很高的真实性。但是两者又有区别，一重"事态发展中的人性"，一重"人性发展中的事态"，而以人为主还是以事为主会带来题材选材、详略安排、结构布局等各方面的不同。所以，如果传记文学一味地模拟史书，势必会阻碍它在文学道路上前进的步伐。

第二节　史传与文学叙事重事实轻虚构的倾向

史传是史官对历史上发生过的真实事件的一种叙述，虽然其中不乏虚构的成分，但并不影响其纪实型体裁的特质，如赵毅衡所说："纪实型叙述，并不是对事实的叙述：无法要求叙述的必定是'事实'，只能要求叙述的内容'有关事实'；反过来，虚构型叙述，讲述则'无关事实'，说出来的却不一定不是事实。"[①] 史传是一种"有关事实"的叙述。作为中国叙事文学最重要的源头，它的这一品质深刻影响了后世对叙事文学的理解，培育了一种重事实轻虚构的倾向。捷克学者雅·普实克曾说："在中国文人文学传统中，高度评价的是'实'，即确切的实事记录；文学中的幻想因素则因被认为是'虚'而被贬低或排斥。在中国传统的文人文学中，包含着大量文笔优美的事实记录，但往往并没有加工成高度艺术性的完整的文学作品。"[②] 夏志清在《中国古典小说导论》中说过这样一段话：

在中国的明清时代，作者与读者对小说里的事实都比对小说本身更感兴趣。最简略的故事只要里面的事实吸引人，读者也愿意接受。职业性的说话人一直崇奉视小说为事实的传统为金科玉律。《三言》中没有一则故事的重要人物没有来历，作者一定得说出他们是何时何地人，并保证其可靠性。讲史的小说当然是当作通俗的历史写，通俗的历史读，甚至荒唐不稽附会上一点史实而不当作小说看。所以描写家庭生活及讽刺性的小说兴起时，它们显然是杜撰出来的内容，常引

---

①　赵毅衡：《广义叙述学》，四川大学出版社 2013 年版，第 65 页。

②　[捷克] 雅·普实克：《中国文学中的现实和艺术》，见《国外中国文学研究论丛》，中国文联出版公司 1985 年版，第 52 页。

起读者去猜测书中角色影射真实人物，或导致它们作者采用小说体裁的特殊遭遇。前人对《金瓶梅》既作如是观，《红楼梦》亦然，被认为是一则隐射许多清代宫廷人物的寓言。他们不信任虚构的故事表示他们相信小说不能仅当作艺术品而存在，不论怎样伪装上寓言的外衣，它们只可当作真情实事，才有存在的价值。它们得负起像史书一样化民成俗的责任。①

中国文学叙事重事实轻虚构的传统主要表现在以下几个方面。

从题材上看，古典叙事文学创作对历史题材有着浓厚兴趣。汉魏六朝的杂史杂传之多自是不用多说了，即使是标志着中国古典小说文体独立的唐传奇中也有一些历史题材作品，如《长恨歌传》《东城老父传》《高力士外传》等。唐代的俗讲变文除了佛经故事外，还有大量的历史人物故事，如《伍子胥变文》《汉将王陵变文》《王昭君变文》等。到了宋代"说话"中，历史题材故事占有的分量更大。最早对说话家数进行分类的是南宋孟元老的《东京梦华录》，他把北宋京都开封瓦肆中的伎艺分成讲史、小说、诸宫调、商谜、合生、说浑话等门类。影响颇大的"说话四家"之说则来自于南宋灌圃耐得翁的《都城纪胜》："说话有四家。一者小说，谓之银字儿，如烟粉、灵怪、传奇。说公案，皆是搏刀赶棒及发迹变泰之事。说铁骑儿谓士马金鼓之事。说经谓演说佛书。说参请谓宾主参禅悟道之事。讲史书，讲说前代书史文传、兴废争战之事。"关于宋代说话家数的分类，还有其他说法。但不管哪家，都少不了"讲史"。而且更有趣的是，还有专门的"说三分"（专说三国故事）、"说五代史"家数。《东京梦华录·京瓦伎艺》中将两者与"讲史"分列，可见这两个历史题材故事的受欢迎程度。元代的"说话"更是以讲史为其主要特点，被称为讲史平话，而且都是长篇，如《新编五代史平话》《武王伐纣平话》《秦并六国平话》《吴越春秋连像平话》等。平话也即"说话"，到了明代又称为"评话"，因为说书人在说故事时经常插入评论。明清的章回体小说中历史演义小说是其中重要成员，据学者统计：从明弘治初年（1488 年）至万历二十一年（1593 年），大约一百年间诞生了 12 部；从

① 刘世德编：《中国古代小说研究》，上海古籍出版社 1993 年版，第 46 页。

明万历二十二年（1594 年）至泰昌元年（1620 年），明万历二十六年间则出现了 14 部；从明天启元年（1621 年）至清顺治十八年（1661 年）共四十年约 30 部；从康熙元年（1662 年）至乾隆六十年（1795 年），共一百三十三年约 15 部，从这个统计数字可以看出，它的发展经历了从初兴、拓展、因革到衰退的过程。①

从创作思维看，踵事增华成为一种习惯性思维。叙事文学，也就是讲故事，讲故事首先涉及故事的来源。是凭空虚构，还是从历史典籍、现实生活中择取？当然，这里指的是故事主干（或称核心事件）的来源。在以纪实为特征的史传传统的影响下，中国古典小说更倾向于后者，即在已有事实（源于历史典籍或现实生活）的基础上踵事增华。这从标志中国古典小说文体独立的唐传奇即开始。张稔穰、牛学恕对此有所论述：

> 小说创作离不开想象虚构，但在史传文学的影响下，古典小说的想象虚构在相当一段的时间内基本上停留在踵事增华的阶段，即在现有事实和传说的基础上进行创作。唐代传奇虽是有意幻设为文，但多是依照史传文学踵事增华的方法进行幻设。《古镜记》创作之前即有仆射苏威家有宝镜日亏则昧的传说，《补江总白猿传》依据的是状类猿猴的欧阳询与长孙无忌相互嘲讽的传闻。《枕中记》本之于《幽明录》中的《焦湖庙祝》，《离魂记》本之于同书中的《庞阿》。《任氏传》《庐江冯媪传》《李娃传》等是在文人相聚讲述故事的基础上写成的，《长恨歌传》写的是后世艳称的唐玄宗与杨玉环的故事，《莺莺传》叙述的是作者自己的经历。宋元话本中的大部分作品也是如此。其中取材于历史的作品固不必说，取材于现实的作品也大都有事实所本。如《碾玉观音》是据韩世忠有关故事敷衍而成，《错斩崔宁》是宋代流传很广的故事。②

明代谢肇淛说过这段话："凡为小说及杂剧戏文，须是虚实相半，方

---

① 纪德君：《明清历史演义小说的艺术流变》，《明清小说研究》2000 年第 3、6 期。
② 张稔穰、牛学恕：《史传影响与中国古典小说民族特征的宏观考察》，《齐鲁学刊》1988 年第 5 期。

为游戏三昧之笔，亦要情景造极而止，不必问其有无也。古今小说家，如《西京杂记》《飞燕外传》《天宝遗事》诸书，《虬髯》《红线》《隐娘》《白猿》诸传，杂剧家如《琵琶》《西厢》《荆钗》《蒙正》等词，岂必真有是事哉？近来作小说，稍涉怪诞，人便笑其不经，而新出杂剧，若《浣纱》《青衫》《义乳》《孤儿》等作，必事事考之正史，年月不合、姓字不同，不敢作也，如此则看史传足矣，何名为戏？"① 从这句话中可以窥出明代小说创作中确实存在这种尚实风气。创作如此，文学批评也同样如此。余邵鱼在《题全像列国志传引》中说："抱朴子性敏强学，故继诸史而作《列国传》。起自武王伐纣，迄今秦并六国，编年取法麟经，记事一据实录。"② 陈继儒在《叙列国传》中说："《列国》始自周某王之某年，迄某王之某年，事核而详，语俚而显。"③ 蒋大器在《三国志通俗演义序》中说："文不甚深，言不甚俗；事纪其实，亦庶几乎史。"④ 修髯子在《三国志通俗演义引》中说该书"可谓羽翼信史而不违"⑤。胡应麟在小说创作虚实问题上的观念是很进步的，比如他说："凡传奇以戏文为称也，亡往而非戏也。故其事欲谬悠而亡根也，其名欲颠倒而亡实也，反是而求其当也，非戏也。故曲欲熟而命以生也，妇宜夜而命以旦也，开场始事而命以末也，涂垢不洁而命以净也，凡此咸以颠倒其名也。中郎之耳顺而塂卓也，相国之绝交而取崔也，荆钗之诡而夫也，香囊之幻而弟也，凡此咸以悠谬其事也，由胜国而迄国初一辙。近为传奇者，若良史焉，古意微矣！"⑥ 但他对《三国演义》中关公秉烛夜读情节还是颇有微词，"古今传闻讹谬，率不足欺有识，惟关壮缪明烛一端，则大可笑。乃读书之士，亦什九信之，何也？盖緐胜国末，村学究编魏、吴、蜀演义，因传有羽守邳见执曹氏之文，撰为斯说，而俚儒潘氏，又不考而赞其大节，遂致谈者纷纷。按《三国志·羽传》及裴松之注，及《通鉴》《纲目》，并无

---

① （明）谢肇淛：《五杂俎》卷十五，上海书店出版社 2009 年版，第 312、313 页。

② 丁锡根编著：《中国历代小说序跋集》，人民文学出版社 1996 年版，第 861 页。

③ 同上书，第 862 页。

④ 同上书，第 886 页。

⑤ 同上书，第 888 页。

⑥ （明）胡应麟：《少室山房笔丛》卷四十辛部《庄岳委谈下》，中华书局 1958 年版，第 556 页。

其文，演义何所据哉？"① 可见，胡应麟认为，"演义"也要依据史籍而进行。

从叙事策略上看，后世叙事文学，尤其是古典小说对事实叙述具有浓厚的兴趣，在叙事结构、时间、叙述者、视角、人物塑造等方面均模拟史传，以"拟事实"——假装在叙述事实，为自己的审美追求。关于这一点，分散在以下各章节中论述，此处不再赘言。

第三节　实录：从史传叙事原则到文学叙事修辞

"实录"这一概念首次出现于班固的《汉书·司马迁传》中，是班固赞司马迁之语："自刘向、扬雄博极群书，皆称迁有良史之材，服其善序事理，辩而不华，质而不俚，其文直，其事核，不虚美，不隐恶，故谓之实录。"② 它是史传叙事的基本品格。在史传叙事传统影响下的中国文学，在很长一段时间内都对纪实型叙述有浓厚的兴趣。作者们总是千方百计地模拟史传叙述，以增强所叙述故事的真实感。正是在这种文化传统中，实录从史传叙事的基本原则逐渐发展成为文学叙事的一种修辞策略，而其内涵也从事件信息之真、事件意义之真演变为文本艺术之真。

一　事件信息之真

殷商时期的甲骨卜辞是现今保存下来的最古老的文字叙事。殷人崇信天帝，在从事祭祀、战争及与农业、牧业有关的重大行为之前必先占卜。卜辞就是对占卜情况的如实记录。从卜辞中可以窥见国家发生的重大事件，卜辞也因此而具有了"史"的性质。一篇完整的卜辞包括前辞、命辞、占辞和验辞，是对占卜的时间、地点、人物、事件的实录。这里的实录是指事件信息的实录，即"事件信息之真"。这是因为卜辞的受述者是天上的神明，所以其叙事具有无比的神圣性、严肃性。"甲骨问事可看成是人神之间的通讯，操作者'贞人'或'卜人'具有巫史身份，他们根据卜书对烧灼后爆裂的甲骨'兆'纹作出判断，译解想象中的天帝的答

---

① （明）胡应麟：《少室山房笔丛》卷四十一辛部《庄岳委谈下》，第565页。

② （汉）班固：《汉书》卷六十二，中华书局1962年版，第2738页。

复，然后向殷王传达。""尽管后代的受述者不复为冥冥中的神道，但甲骨问事的精神却在记事者血脉中代代流淌。中国的史官精神，其核心就是认为记事外关神明内系良知，对所记之事绝对不能苟且。"① 关于这一点，从"史"的造字法上也可以看出。《说文解字》中说："史，记事者也。从又，持中。中，正也。""史"的本意即是记事者，也即史官。这个字从诞生时就携带着一个胎记，即"持中"、"正"，意味着史官应持中秉正地记事，实录之意自然寓于其中了。

中国的史官文化源远流长。《汉书·艺文志第十》说"左史记言，右史记事"，《礼记·玉藻》说"动则左史书之，言则右史书之"，虽然两书所言有异，但都指出了早期史官的功能是记言、记事，其间必然包含着真实的事件信息，比如《史记·廉颇蔺相如列传》中的一段叙述：

> （赵王）遂与秦王会渑池。秦王饮酒酣，曰："寡人窃闻赵王好音，请奏瑟。"赵王鼓瑟。秦御史前书曰："某年月日，秦王与赵王会饮，令赵王鼓瑟"。蔺相如前曰："赵王窃闻秦王善为秦声，请奏盆缻秦王，以相娱乐。"秦王怒，不许。于是相如前进缻，因跪请秦王。秦王不肯击缻。相如曰："五步之内，相如请得以颈血溅大王矣。"左右欲刃相如，相如张目叱之，左右皆靡。于是秦王不怿，为一击缻。相如顾召赵御史书曰"某年月日，秦王为赵王击缻"。

从这个事件中可以看出，史官叙事所传达的事件信息的真实性。因为史书的功能是"慎言行，昭法式"，是"彰善瘅恶，树之风声"，为后人的言行提供榜样、模范，真人真事毫无疑问更具有让人信服的力量。实录精神是史官最基本的也是最神圣的品行，"君子以博文多识为工，良史以直录其书为贵"。②《左传·襄公二十五年》齐国崔杼杀死国君后发生的南史氏的故事便是最好的证明。

---

① 傅修延：《先秦叙事研究——关于中国叙事传统的形成》，东方出版社2007年版，第41、43页。

② （唐）刘知几撰，（清）浦起龙释：《史通通释》，上海古籍出版社1978年版，第409页。

　　大史书曰:"崔杼弑其君。"崔子杀之。其弟嗣书而死者,二人。其弟又书,乃舍之。南史氏闻大史尽死,执简以往。闻既书矣,乃还。

　　史官为了维护实录精神不惜牺牲生命,可歌可泣! 越早期的史书,记录得越简单,传递的信息越具有真实性。比如"某年月日,秦王与赵王会饮,令赵王鼓瑟"、"某年月日,秦王为赵王击缶"、"崔杼弑其君"等等。但是,史官记事不可能仅仅满足于如此简单的叙述,就像柯林伍德所说的,"一个历史学家首先是一个讲故事者。历史学家的敏感性在于从一连串的'事实'中制造出一个可信的故事,这些'事实'在其未经过筛选的形式中毫无意义"①。他要以叙事的形式呈现一段历史,就要从纷繁复杂的历史事件中挑选出某些事件,然后进行编排,使事件之间产生联系,这样才能成为一个可以阅读的故事。那么;事件是如何联系的呢? 诺埃尔·卡罗尔在《论叙事的联系》中认为:"当话语再现了至少两个事件和/或情况,其方式是总体向前看,这种方式至少关于一个统一的主题,在这些主题中,事件和情况之间或它们各自内部的时间关系具有清楚明了的顺序,并且当序列中前面的事件至少是出现后面的事件和/或情况的具有因果性的必要条件(或是对它们的促进)时,才能获得叙事性的联系。"②卡罗尔列出了"叙事的联系"的要素——两个以上的事件、同一个主题、有时间顺序和因果关系。当史官叙述较为复杂一点的故事时,就涉及"叙事的联系"这个问题,也即如何把一些事件组织编排起来进行叙述的问题。此时,尽管他可能依然遵循着实录原则,但这里的"实"不仅指事件信息的真实,更多的则是指意义的真实了。

二　事件意义之真

　　事件意义之真是指史官在对事件进行选择、编排过程中所蕴含的阐释的真实、意义的真实。关于这一点,可从《春秋》宣公二年"晋赵盾弑

---

① 张京媛主编:《新历史主义与文学批评》,北京大学出版社1993年版,第162页。
② [美]诺埃尔·卡罗尔:《超越美学——哲学论文集》,李媛媛译,商务印书馆2006年版,第200页。

其君夷皋"的叙述中见一斑。弑晋灵公的人是赵穿而非赵盾，而太史却书"赵盾弑其君"。《左传》对事情的前因后果做了详细叙述：

> 乙丑，赵穿攻灵公于桃园。宣子未出山而复。大史书曰："赵盾弑其君。"以示于朝。宣子曰："不然。"对曰："子为正卿，亡不越竟，反不讨贼，非子而谁?"宣子曰："乌呼，'我之怀矣，自诒伊慼，其我之谓矣!"孔子曰："董狐，古之良史也，书法不隐。赵宣子，古之良大夫也，为法受恶。惜也，越竟乃免。"

太史坚持以庄严神圣之笔记下"赵盾弑君"，所维护的不是事件信息的真实，而是意义的真实，是从当时的道义出发对事件进行阐释后所得到的真实。历史事件经过作者的叙述变成文本后，就成为一种独特的话语。一切历史话语都是事件及其阐释的二元结合体，如海登·怀特所说："一部历史被看作是关于一个'指涉物'（过去，历史事件等）的一条'信息'，其内容一方面是'信息'（事实），另一方面是'解释'（'叙事性'叙述）。"[1] 他借用丹麦语言学家叶尔姆斯列夫建构的双重二元模式来分析历史话语，认为历史叙事是一个结构复杂的多层次话语结构和认知模式，它有两种所指关系——字面和比喻——之间的差别。他认为：

> 特定系列的历史事件的"故事"在话语"内容的形式"层面上展开，而情节建构则在"表达的本质"层面上运作。这样，历史故事可以因为"内容的形式"（讲述的故事）与历史指涉物的形式（历时排列的事件）之间的"对立"而被认为是真实的。而讲述的故事通过在"表达的本质"层面上赋予历史事件的情节类型的结构而赋予这些事件以比喻意义，即意识形态的解释意义。讲述的故事根据其"事实性"来评估，而用来产生对事件阐释的情节类型则应据其逼真性来评估。也即是说，关于历史叙事的真实，发生在两个层面上，一是字面意义上的真实，一是比喻意义上的真实，后者才是历史修撰的真正目的。

---

[1]　[美]海登·怀特：《后现代历史叙事学》，陈永国、张万娟译，中国社会科学出版社2003年版，第146页。

判断后者的标准是符合特定时代社会的公共伦理标准和审美趣味。但是这个标准会随着社会时代的变化而变化，所以是不稳定的。①

《春秋》记录为"赵盾弑君"，一个"弑"字就对事件的性质进行了定位，归类，包含了作者对这个事件的阐释，其阐释所用的标准是符合当时社会的公共伦理标准，也就是孔子所要维护的君臣之礼，"天有十日，人有十等，下所以事上，上所以共神也。故王臣公，公臣大夫，大夫臣士，士臣皂，皂臣舆，舆臣隶，隶臣僚，僚臣仆，仆臣台"②，君臣之礼是绝对不可逾越的。所以，即使人们弑杀的是暴君、昏君，也是违反礼制的。赵盾身为掌国大臣，"亡不越竟，反不讨贼"，严重失职，虽未亲手弑君，但难逃弑君的重大干系。"赵盾弑君"的记载有利于实现史书"慎言行、昭法式"的功能。《春秋》中像这样的事例还有宣公四年郑公子归生弑其君夷、昭公十九年许世子止弑其君买等。孔子修《春秋》使用"春秋笔法"，目的是追求微言大义，这本身就说明了其叙事所追求的是意义的真实。所以，美国学者浦安迪说："真实（Truth）一词在中国则更带有主观的和相对的色彩，并且因时因事而异，相当难以捉摸。可以说，中国叙事传统的历史分支和虚构分支都是真实的——或是实事意义上的真实或是人情意义上的真实。尽管中国的叙事里会有种种外在的不真实——明显虚假夸张的神怪妖魔形象和忠、孝、节、义等意义形态的包装——但其所'传述'的却恰恰是生活真正的内在真实。所以，中国的文人中，同时既修正史又写虚构性叙事文者——比如班固、干宝、欧阳修等——不乏其人。"③

与此相类的是，《左传》《史记》的历史话语所要传达给读者的，不仅有关于过去的事件信息，还有作者对事件的理解与阐释，如海登·怀特所说："历史话语并不生产关于过去的新的信息，因为占有关于过去的新旧信息是建构这样一种话语的先决条件。仅就知识是一种独特探究方法的产物而言，也不能说历史话语提供了关于过去的新知识。历史话语所生产的东西是对历史学家掌握的关于过去的任何信息和知识的阐释。这些阐释

① ［美］海登·怀特：《后现代历史叙事学》，第366页。
② （晋）杜预集解：《春秋经传集解》，上海古籍出版社1988年版，第1287页。
③ ［美］浦安迪：《中国叙事学》，北京大学出版社1996年版，第32页。

可以采取多种形式，从简单的编年史或事实的罗列一直到高度抽象的
'历史哲学'，但它们的共性在于它们都把一种再现的叙事模式当作理解
作为独特'历史'现象的指涉物的根本。用克罗齐的一句名言来说，没
有叙事，就没有独特的历史话语。"① 比如《左传》庄公十年关于齐鲁长
勺之战这个历史上著名的以弱胜强的战例的叙述：

> 十年春，齐师伐我。公将战，曹刿请见。其乡人曰："肉食者谋
> 之，又何间焉。"刿曰："肉食者鄙，未能远谋。"乃入见。问何以
> 战。公曰："衣食所安，弗敢专也，必以分人。"对曰："小惠未遍，
> 民弗从也。"公曰："牺牲玉帛，弗敢加也，必以信。"对曰："小信
> 未孚，神弗福也。"公曰："小大之狱，虽不能察，必以情。"对曰：
> "忠之属也，可以一战，战则请从。"
>
> 公与之乘。战于长勺。公将鼓之。刿曰；"未可。"齐人三鼓，
> 刿曰："可矣。"齐师败绩。公将驰之。刿曰："未可。"下视其辙，
> 登轼而望之，曰："可矣。"遂逐齐师。
>
> 既克，公问其故。对曰："夫战，勇气也，一鼓作气，再而衰，
> 三而竭。彼竭我盈，故克之。夫大国难测也，惧有伏焉。吾视其辙
> 乱，望其旗靡，故逐之。"

作者只用了很少的几句话来叙述作战过程，描述战争场面的只有
"齐人三鼓""齐师败绩""遂逐齐师"三句话，极其简略，而把叙述重
点放在鲁庄公和曹刿在战前、战中和战后的对话上。这样的编排正是为了
传达作者对战争的理解，即政治上取信于民、采用正确的战略是取得战争
胜败的重要条件。作者还精心设计了战前曹刿与其乡人的对话，在战前、
战中、战后的整个过程中，也始终把曹刿作为故事的主角，展示他卓越的
政治远见和军事才能。可见，"肉食者鄙，未能远谋"不仅是曹刿的观
点，也是作者的观点。

再如《史记·高祖本纪》中关于高祖起兵之前的叙事，高祖不平常的

---

① ［美］海登·怀特：《后现代历史叙事学》，陈永国，张万娟译，中国社会科学出版社
2003 年版，第 294 页。

出生、非凡的外貌、醉卧时身上有龙、所居之处有云气、醉斩由白帝子化成的巨蛇等，就充分地传达了作者对刘邦称帝事件的理解，流露出鲜明的天命论思想。由此可见，班固赞司马迁具有"其文直，其事核，不虚美，不隐恶"的实录精神，这里的实录不仅有事件信息的真实，还有事件意义上的真实。司马迁如此叙事是符合他那个时代的社会公共伦理标准和审美趣味的。汉武帝时期，董仲舒的天人感应说、君权神授说盛行，司马迁生活在那样的时代，又师承董仲舒，他的天命观，他对于历史真实的理解必然受其影响。班固也同样受到董仲舒的天人感应思想的影响，而且与司马迁相比，他更是看到了这一思想对汉武帝以后的社会产生的巨大影响。他在《汉书》中为董仲舒单独作传，并收录了董仲舒的《天人三策》全文。

三 文本艺术之真——作为一种修辞

中国的叙事文学，尤其是小说，与史书有着不解之源。小说为稗官所做，乃正史之余，又称之为稗史、野史、逸史、外史。所以，最早具有小说性质的集子多是对杂史逸史的搜集编撰，被称为"史氏流别"。受史传叙事的影响，它们的作者在作品集的序言中都强调自己所作乃实录之辞。比如汉代东方朔撰（可能为六朝人假托之辞）《海内十洲记》时说："汉武帝既闻王母说八方巨海之中，有祖洲、瀛洲、玄洲、炎洲、长洲、元洲、流洲、生洲、凤麟洲、聚窟洲，有此十洲，乃人迹所稀绝处。又始知东方朔非世常人，是以延之曲室，而亲问十洲所在，所有之物名，故书记之。"[1] 当然，这些志怪小说中，也可能有一些不完全是实录史册典籍或耳闻目睹之辞，而是作者自己的虚构之辞。同时代的《世说新语·文学》《世说新语·轻诋》记载的"裴郎作《语林》"的故事一方面说明了魏晋时期小说崇实求真的倾向；另一方面也说明了作家在创作时难免有虚构之辞。志怪小说的作者在序言中强调实录也有将之作为一种叙事修辞之意[2]。因为中国"史贵于文"的观念由来已久，而小说的地位却非常低下，强调自己所书具有实录性质，既可以攀附史书提高自己的地位，也有

---

① （汉）东方朔：《海内十洲记序》，见丁锡根编著：《中国历代小说序跋集》，人民文学出版社 1996 年版，第 27 页。

② "叙事修辞"是叙事学中的概念，不是传统"修辞"概念。它是指叙事作品中作者（通过叙述者、人物等）与读者交流的一种技巧，影响、控制读者的一种手段。

利于作品的传播和接受。

　　小说发展到唐传奇，已经具有文体独立的性质了。董乃斌从政事纪要式向生活细节化转化、创造可以乱真的"第二自然"、叙事方式和结构的新变、语调的多样和谐谑化、形象塑造的突破、戏剧因素的介入等六个方面论证了这个问题。① 但是阅读唐传奇，依然感受到史传叙事的魅影。唐传奇在故事结束时，常常补上一段文字，强调自己所叙之事是千真万确的实有之事，那是不是那个时代的人们真的认为那些涉及神仙鬼怪、花妖狐魅、因果报应等的故事是真实的呢？可能并非如此。《旧唐书》卷二《本纪第二》引唐太宗语说："神仙事本虚妄，空有其名。秦始皇非分爱好，遂为方士所诈，乃遣童男女数千人随徐福入海求仙药，方士避秦苛虐，因留不归。始皇犹海侧踟蹰以待之，还至沙丘而死。汉武帝为求仙，乃将女嫁道术人，事既无验，便行诛戮。据此二事，神仙不须妄求也。"② 《资治通鉴》卷二○○引高宗语："自古安有神仙？秦始皇、汉武帝求之，疲敝生民，卒无所成，果有不死之人，今皆安在？"③ 唐李肇在《唐国史补·自序》说："予自开元至长庆撰《国史补》，虑史氏或阙则补之意，续传记而有不为。言报应，叙鬼神，徵梦卜，近帷箔，悉去之；纪事实，探物理，辨疑惑，示劝戒，采风俗，助谈笑，则书之。"④ 可见，李已将报应、鬼神、梦卜等事件排除在实录之外了。他在《唐国史补·韩沈良史才》中说："沈既济撰《枕中记》，庄生寓言之类。韩愈撰《毛颖传》，其文尤高，不下史迁。二篇真良史才也。"⑤ "史才"是后人赞扬唐传奇的常用语。宋赵彦卫《云麓漫钞》卷八云："唐之举人，多先籍当世显人，以姓名达之主司，然后以所业投献。踰数日又投，谓之温卷，如《幽怪录》《传奇》等皆是也。盖此等文备众体，可以见史才、诗笔、议论。"⑥ 陈寅

　　① 董乃斌：《中国古典小说的文体独立》，中国社会科学出版社 1994 年版，第 167—242 页。

　　② （后晋）刘昫撰：《旧唐书》卷二，《本纪第二·太宗上》。

　　③ （宋）司马光撰：《资治通鉴》卷二○○，《唐纪十六》。

　　④ （唐）李肇：《唐国史补》，卷首，台湾商务印书馆 1986 年景印文渊阁四库全书本，子部十二，小说家类一·杂事之属。

　　⑤ （唐）李肇：《唐国史补》，卷下。

　　⑥ （宋）赵彦卫：《云麓漫钞》，台湾商务印书馆 1986 年景印文渊阁四库全书本，子部十，杂家类三·杂说之属。

恪在《元白诗笺证稿》中引用了这段话，并解释了"史才"之意，"史才指小说中叙事之散文言。"①"真良史才也"强调的是他们的叙事能力，而非文本的实录品质。

《毛颖传》是古文运动领袖韩愈的作品，用拟人化的手法叙述毛笔身世，抒发心中块垒，影响很大。李肇赞其有"真良史才"，张籍却接连写信批评，认为是"驳杂无实之说"。韩愈自己在《答张籍书》《重答张籍书》中分别给予回应，"此吾所以为戏耳"，"昔者夫子有所戏，《诗》不云乎：'善戏谑兮，不为虐兮。'""张而不弛，文武不能也。恶害于道哉！"②韩愈认为，只要小说无害于道即可，不必在意所叙之事是实还是虚。当时的另一古文运动领袖柳宗元写了《读韩愈所著毛颖传后题》一文，从四个方面为"驳杂无实"的小说辩护，强调小说不在乎虚实，只要"有益于世"即可。③古文运动与唐传奇是分不开的。陈寅恪说："中国文学史中别有一可注意之点焉，即今日所谓唐代小说者，亦起于贞元元和之世，与古文运动实同一时，而其时最佳小说之作者，实亦即古文运动中之中坚人物是也。"④

由以上所论可以窥见，唐朝人，至少是上层人物、知识阶层应该已认识到神仙鬼怪、卜筮梦兆等事件的虚幻不实，认识到小说可以写"驳杂无实之说"。那么，作者们为什么还要在作品结束时强调自己所叙之事的实录性质呢？其实他们是将实录作为一种叙事修辞策略，目的是增强故事的真实性。而且，即使是在当今时代，实录作为一种叙事修辞策略仍在使用。比如，某些电影电视剧在片首时，加上"本故事是以某某事件为原型"，也同样有利于观众的接受，尽管也许它离事实已经很遥远了。

---

① 陈寅恪：《元白诗笺证稿》，生活·读书·新知三联书店2001年版，第5页。

② （宋）魏仲举编：《五百家注昌黎文集》卷十四，台湾商务印书馆1986年景印文渊阁四库全书本，集部二，别集类一。

③ （唐）柳宗元《柳河东集》卷二十一，台湾商务印书馆1986年景印文渊阁四库全书本，集部二，别集类一。

④ 陈寅恪：《元白诗笺证稿》，三联书店2001年版，第2页。

第二章　史传中虚构叙事的发生
及对文学的影响

　　亚里士多德说："诗人的职责不在于描述已经发生的事情，而在于描述可能发生的事情，即按照可然或必然的原则可能发生的事。历史学家和诗人的区别不在于是否用格律文写作，而在于前者记述已发生的事，后者描述可能发生的事。所以，诗是一种比历史更富哲学性、更严肃的艺术，因为诗倾向于表现带普遍性的事，而历史却倾向于记载具体事件。所谓'带普遍性的事'，指根据可然或必然的原则某一类人可能会说或会做的事——诗要表现的就是这种普遍性，虽然其中的人物都有名字。所谓'具体事件'，指阿尔基比阿得斯做过或遭遇过的事。"① 也就是说，文学创造的是一个可能的世界，而历史只是对现实世界的一种记录。但在中国的先秦时期，文史不分，历史性叙事与文学性叙事同时孕育于史传这个母体中。

　　史传为史官所作，目的是"慎言行，昭法式""彰善瘅恶，树之风声"，所以史官叙事奉行的原则是实录，读者接受时也是如此，这使史传成为一种纪实型的体裁。但是，这并不是说史传中没有虚构的成分，而虚构又是文学叙事的重要特征，"虚构是文学叙事区别于历史叙事的本质特征，叙事中的虚构性因素多到一定程度，它的性质就会由历史向文学转化，由实录性叙事向创造性叙事转化。历史性叙事和文学性叙事都是对社会生活的反应，但前者要求尊重历史真实，后者则可以驰骋想象，创造出艺术中的'第二自然'"②。史传中虚构成分的逐渐增多，必然导致其文学

---

　　① ［古希腊］亚里士多德：《诗学》，陈中梅译注，商务印书馆1996年版，第81页。
　　② 傅修延：《先秦叙事研究》，第211页。

性的增强，如果虚构成分多到一定程度时，其性质就会由历史转变为文学了，也即接受者就把它当作文学来接受了。当然，所谓"多到一定程度"，是无法用数字来精确衡量的，但在一定的社会文化中，还是有约定俗成的接受规则，比如陈寿的《三国志》和罗贯中的《三国演义》①，前者是被当作史书来接受的，而后者则是当作文学。

那么史传中为什么会发生虚构叙事呢？当然，我们所说的"文学叙事""虚构叙事"，都是以今天的标准来判断的。因为先秦时期文史不分，史官是有意虚构还只是实录了别人的虚构，而别人的虚构是有意为之，还是同样地来自于道听途说，今天已无从判断。但是，客观上来说，史传中的这些虚构成分，对于人们想象力的激发和虚构意识、虚构思维的培养，对于后世文学叙事的孕育和推动，起着重要的作用，这一点应该是不可否认的。就像魏晋志怪小说，尽管作者在序言中反复强调其实录的特性，但后世读者依然毫不犹豫地把它列入小说一样。

先秦时期出现的《春秋》《尚书》《左传》是比较成熟的叙事文本，在这之前漫长的历史长河中，还存在其他诸多叙事文本，如刻在甲骨、钟鼎、金石、陶器、玉片、竹简、缯帛等载体上面的文字。但是大部分都已经消失了，至今我们能见到的最早的叙事文本只能是甲骨卜辞和青铜铭文了。它们是史传叙事的源头，"依我们的研究，《春秋》的记事方式与殷代卜辞的记事方式有很多相同之点；同时，彝铭中的记事形式也与《春秋》中的记事形式相同。因此，我们可以说中国古史籍的记事方式在殷代卜辞与周代彝铭里都可以找到根据"②。

一篇完整的卜辞包括四个部分：前辞——某时（有时有某地），某人卜问；命辞——问所卜之事是否会发生；占辞——卜者（王或贞人等）视兆象后作出判断；验辞——事件应验的具体情况。严格地说，甲骨卜辞不能算是严格意义上的叙事，因为它虽然具备了基本的叙事要素，如时间、地点、人物、事件，但尚处于朦胧状态，并没有形成明确的叙事意识。与甲骨卜辞相比，西周铭文可视之为中国正式的叙事文的开端。它的

---

① 章学诚在《丙辰札记》中说："惟《三国演义》则七分实事，三分虚构，以致观者往往为所惑乱。"

② 刘节：《中国史学史稿》，中州书画社1982年版，第16页。

叙事范围大为扩展，涉及祭祀、册命、训诰、记事，记事又包括征伐、赏赐、律令、盟誓、纪功、出使等，叙事的基本要素已很完备，并且形成了相对固定的文体范式，时间地点的表述趋于规范和清晰，事件的起因、经过和结果比较完整，人物的名字、身份、性格开始有所呈现，人物的语言呈现出雄辩、生动和个性化的特点并带来一定的戏剧色彩，韵语的登场标志着周人开始讲究叙事的形式美。①

甲骨问事可以看成是人与神之间的通信，卜辞的应验证明了神灵世界的存在，殷王或干预或直接参与卜筮过程，这一切都是为了证明自己是理所当然的人间统治者。与之相比，铭文则更具有"史"的性质，因为它是有意识地要把某些重大事件刻在青铜器上以达到世代相传显扬功德的目的。《礼记·祭统》中说：

> "夫鼎有铭，铭者，自名也。自名，以称扬其先祖之美，而明著之后世者也。为先祖者，莫不有美焉，莫不有恶焉，铭之义，称美而不称恶，此孝子孝孙之心也。唯贤者能之。铭者，论譔其先祖之有德善，功烈勋劳庆赏声名，列于天下，而酌之祭器，自成其名焉，以祀其先祖者也。"

"铭者自铭"，"铭之义，称美而不称恶"，这样的指导思想使得铭文中必然会出现溢美之词，夸饰和曲笔在所难免，如傅修延所说："铭文无疑属于历史性叙事，但是由于前面提到的政治功能，铭文又不可能成为一种完全实事求是的叙事。它要赞美历代君主与今王，颂扬祖先的美德，夸饰自己的功业，这其中就难免溢美之辞，必然地会诉诸艺术加工，涉及虚构想象。"② 铭文中出现的指向事实但又与事实不相符的现象可称之为"伪事实叙述"。它有虚构的成分，但其虚构的目的与文学无关。这种现象在《春秋》中更是非常普遍。《春秋》是中国最早的、具有法典意义的历史著作，被后世视为历史叙事的楷模。孔子修《春秋》的原因，《孟

---

① 此处关于甲骨卜辞、西周铭文叙事特点的概述，引自傅修延《先秦叙事研究》中的第三章"甲骨与青铜：叙事载体的纷纭"，东方出版社1999年版。

② 同上书，第56页。

子·滕文公下》中说:"世道衰微,邪说暴行有作,臣弑其君者有之,子弑其父者有之。孔子惧,作《春秋》。《春秋》,天子之事也。是故孔子曰:'知我者其惟《春秋》乎!罪我者其惟《春秋》乎!'……孔子成《春秋》而乱臣贼子惧。"《孟子·离娄下》中说:"王者之迹熄而诗亡,诗亡然后《春秋》作。晋之《乘》,楚之《梼杌》,鲁之《春秋》,一也。其事则齐桓、晋文,其文则史。孔子曰:'其义则丘窃取之矣。'"微言大义是"春秋笔法"的核心。孔子借记事以传道,"我欲载之空言,不如见之于行事之深切著明也"①,这决定了他有可能为了"道"而不顾事件的真实性。所以《春秋》有直笔,也有曲笔。所谓的曲笔,就是"伪事实叙述"。《春秋》中的每一次叙述均指向历史事实,但是由于作者强烈的主观倾向性,所以他会伪造事实。

《尚书》是先秦时期与《春秋》并称的另一部重要著作。它是专门记载政治号令的,如《史通·六家》中所言:"盖《书》之所主,本于号令,所以宣王道之正义,发诰言于臣下。故其所载,皆典、谟、训、诰、誓、命之文。"《尚书》中也不乏虚构的因子。《孟子·尽心下》中说:"尽信《书》,则不如无《书》。吾于《武成》,取二三策而已矣。仁者无敌于天下,以至仁伐至不仁,而何其血之流杵也?"孟子所指的是《尚书》中的《武成》篇。其实,《尚书》中虚构性最强的一篇历来认为是《金滕》,其原文如下:

武王有疾,周公作《金滕》。

既克商二年,王有疾,弗豫。二公曰:"我其为王穆卜。"周公曰:"未可以戚我先王。"公乃自以为功,为三坛同墠。为坛于南方,北面,周公立焉。植璧秉珪,乃告太王、王季、文王。

史乃册,祝曰:"惟尔元孙某,遘厉虐疾。若尔三王是,有丕子之责于天,以旦代某之身。予仁若考能,多材多艺,能事鬼神。乃元孙不若旦多材多艺,不能事鬼神。乃命于帝庭,敷佑四方。用能定尔子孙于下地,四方之民罔不祗畏。呜呼!无坠天之降宝命,我先王亦永有依归。今我即命于元龟,尔之许我,我其以璧与珪归俟尔命;尔

①(汉)司马迁:《史记·太史公自序》,中华书局1959年版,第3297页。

不许我，我乃屏璧与珪。”

乃卜三龟，一习吉。启籥见书，乃并是吉。公曰：“体！王其罔害。予小子新命于三王，惟永终是图；兹攸俟，能念予一人。”

公归，乃纳册于金縢之匮中。王翼日乃瘳。

武王既丧，管叔及其群弟乃流言于国，曰：“公将不利于孺子。”周公乃告二公曰：“我之弗辟，我无以告我先王。”周公居东二年，则罪人斯得。于后，公乃为诗以贻王，名之曰《鸱鸮》。王亦未敢诮公。

秋，大熟，未获，天大雷电以风，禾尽偃，大木斯拔，邦人大恐。王与大夫尽弁，以启金縢之书，乃得周公所自以为功代武王之说。二公及王乃问诸史与百执事。对曰：“信。噫！公命我勿敢言。”

王执书以泣，曰：“其勿穆卜！昔公勤劳王家，惟予冲人弗及知。今天动威以彰周公之德，惟朕小子其新逆，我国家礼亦宜之。”王出郊，天乃雨，反风，禾则尽起。二公命邦人，凡大木所偃，尽起而筑之。岁则大熟。①

《金縢》的叙事非常完整，也非常精彩，属《尚书》中独一无二之作。这个故事充满了种种显而易见的前后矛盾以及不合因果逻辑、不合常情常理之处②，其虚构的色彩非常明显，这是史学的遗憾，却是文学生长的基点。

《尚书》中最具文学色彩的部分是神话。郭沫若认为：“凡《商书》以前的《尧典》《皋陶谟》《禹贡》，都是孔门做的历史小说。”③ 童书业说：“大约夏代以前（包括夏代）的历史大部分只是些神话的变相，而少康以前尤不可信。”④《尚书·虞夏书》中保留了大量的上古原始神话以及被改造的神话片段，其中尤以尧、舜、禹的神话传说最突出。《山海经》中的帝尧在《尧典》中化为一位人间的君王，其“帝曰”的声音仍然带

　　① （清）阮元校刻《十三经注疏·尚书正义》卷十三，中华书局1980年版。本书以下所有《尚书》的引文均来自于此书，不另注。

　　② 傅修延：《先秦叙事研究》，东方出版社1999年版，第174—175页。

　　③ 郭沫若：《郭沫若全集·历史编》第1卷，人民出版社1982年版，第197页。

　　④ 童书业：《春秋史》，上海古籍出版社2003年版，第2页。

有神话中天帝的威严。"乃命羲和，钦若昊天，历象日月星辰，敬授人时"中的羲和也来自于神话传说。《山海经·大荒南经》中羲和为羲和国一女子之名，帝俊之妻，生十日。在此处变成了两人——羲氏和和氏。羲和在《大荒南经》《大荒西经》《列女传》《淮南子》《离骚》《天问》《吕氏春秋》《世本》等文本中演变成各类人物。此外，《尚书》中的稷、鲧、皋陶、益、伯夷、共工、夔、龙、朱虎等诸多人物均是传说中的半人半神。神话传说与历史融汇在一起，使《尚书》充满了想象的成分，具有浓郁的文学性。如《尚书·虞夏书·益稷》中的一段：

　　夔曰："戛击鸣球、搏拊琴瑟以咏。祖考来格。虞宾在位，群后德让。下管鼗鼓，合止柷敔，笙镛以间，鸟兽跄跄。箫韶九成，凤皇来仪。"夔曰："于！予击石拊石，百兽率舞，庶尹允谐。"帝庸作歌曰："敕天之命，惟时惟几。"乃歌曰："股肱喜哉！元首起哉！百工熙哉！"皋陶拜手稽首，飏言曰："念哉！率作兴事，慎乃宪，钦哉！屡省乃成，钦哉！"乃赓载歌曰："元首明哉！股肱良哉！庶事康哉！"又歌曰："元首丛脞哉！股肱惰哉！万事堕哉！"帝拜曰："俞，往钦哉！"

　　这些本是神话传说，虽然历史化了，但是仍可看出其中的想象成分。场面描写极为精彩，笙管齐鸣，凤飞兽舞，君臣唱和，充满了神奇瑰丽的色彩。

　　从以上论述中可知，青铜铭文、《春秋》《尚书》由于作者的主观倾向性，都存在着伪事实叙述及神话等虚幻不实的成分，而作者的主观倾向性是可以无限膨胀的，它膨胀到一定程度就必然要摆脱历史事实的钳制而走向虚构的广阔天地。所在，从《春秋》《尚书》到《国语》《左传》《史记》，虚构叙事在不断地生长，主要表现在"卫量事件"的虚构和拟言，在言上，钱锺书用"史有诗心"① 来概括是最恰当不过了。可以说，正是史事与诗心的结合，才铸就了中国叙事史上的辉煌篇章。

_____

① 钱锺书：《管锥编》（第一册），中华书局1979年版，第164页。

第一节　事件:核心事件之实与卫星事件之虚

史传叙事首先涉及故事。故事由众多事件组成,这些事件不仅有逻辑联系,还有重要性之别。罗兰·巴特根据事件在故事序列中功能的不同把事件分为核心事件和催化事件。前者是叙事作品"真正的铰链",后者则只不过用来"'填实'铰链功能之间的叙述空隙"①。西摩·查特曼又对之进行了更详细的解释。"核心(kernel)是这样一些叙事时刻:他们在朝事件前进的方向上引发问题之关键。它们是结构上的节点或枢纽,是促使行为进入一条或两条(甚至更多)路径的分岔点……"② 史蒂文·科恩和琳达·夏尔斯又将这两类事件命名为"核心"和"卫星","由于核心是推进一个序列的行动关节点,它们就不可能被改动、打乱或替换而不从根本上改变那个序列。相反,卫星可以被省略、打乱或(被其他卫星)替换而不改动那个序列。正因为如此,西摩·查特曼把核心称作故事的'骨架',而把卫星称作'血肉'"③。

以此来观察史传叙事,可以发现,虚构都发生在卫星事件上。这是因为作为史书,尊重历史真实是其必要原则,所以史官们对于核心事件是不能改动、打乱或替换的,否则就从根本上改变了故事序列,也就改变了历史大方向。相反,对于卫星事件,他们不仅会省略、打乱或替换,还会增饰、悬拟、杜撰等,以提高叙事的文学性,比如故事的因果性、连贯性、曲折性、完整性,人物性格的一致性,言事的相兼与均匀,细节与场面的渲染等。在虚实程度上,《国语》《左传》《史记》三书又有所不同。总体说来,《史记》虚构成分最多,文学性也最强。《汉书·司马迁传》说:"司马迁据《左氏》《国语》,采《世本》《战国策》,述《楚汉春秋》,接其后事,迄于天汉",也就是说司马迁在写作《史记》时是依据了《国语》《左传》的。因此,本文以重耳流亡故事为例,比较三书对同一事件

---

① 张寅德编选:《叙述学研究》,中国社会科学出版社 1989 年版,第 14 页。

② [美]西摩·查特曼:《故事与话语——小说和电影的叙事结构》,徐强译,中国人民大学出版社 2013 年版,第 38—39 页。

③ [美]史蒂文·科恩、琳达·夏尔斯:《讲故事——对叙事虚构作品的理论分析》,张方译,骆驼出版社(台北)1997 年版,第 57—58 页。

的叙述的不同。由于从编著时间上看，《国语》《左传》相近而前者稍早，《史记》则远在其后，所以可以见出史传中虚构叙事发生发展的轨迹。

这个故事的核心事件是重耳的流亡，三书所叙完全相同，具体内容如下：

> 出亡奔狄。
>
> 居狄十二年将适齐，过五鹿遇野人。
>
> 过卫，卫文公不礼。
>
> 妻齐姜，安于齐，从者谋于桑下，蚕妾告之齐姜，齐姜杀之并劝，不听，遂与子犯谋，醉而遣之。
>
> 过曹，曹共公窥浴观其骈肋。僖负羁馈饷置璧，重耳受饷返璧。
>
> 过宋，宋襄公赠马二十乘。
>
> 过郑，郑文公不礼，叔詹谏，不听。
>
> 如楚，楚成王以礼待之，重耳言曰后晋楚交兵"辟君三舍"以报。令尹子玉请杀，成王曰不可。送重耳入秦。
>
> 秦伯以女五人妻重耳，包括怀嬴，重耳不受。司空季子劝，受。秦伯享重耳，赋诗。
>
> 秦伯派兵护送重耳入晋。至河，子犯请亡，重耳沉璧以质。卜筮，得吉卦。重耳即位，使人杀怀公于高梁。
>
> 寺人批求见，告之吕、郤之谋。求救于秦伯，秦伯杀吕、郤。重耳迎夫人于秦，秦送三千人为卫。

三书对卫星事件的处理则有很大不同，主要表现在以下几个方面：

1. 事件的因果

奔狄的原因，《国语》记载是因为狐偃对形势的分析。《左传》没解释原因。《史记》不仅以叙述者身份交代原因，"狄，其母国也"[①]，而且暗示这是重耳自己的策略。

奔齐的原因，《国语》记载也是狐偃的主意。《左传》没解释原因。

---

① （汉）司马迁：《史记》，中华书局1959年版。本书以下所有《史记》的引文均来自于此书，不另注。

《史记》先以叙述者身份交代了原因，是因为晋国内乱及政权变迁，然后又说，"重耳闻之，乃谋于赵衰等曰……于是遂行"，如此看来，应是重耳自己的主张了。

宋襄公以礼相待的原因，《国语》载是因为公孙固谏宋襄公要有礼。《左传》没解释原因。《史记》以叙述者身份交代了原因，是因为宋襄公国势不利，闻重耳贤。

离开宋国的原因，《国语》《左传》没交代，《史记》说是因为公孙固对狐偃说："宋小国新困，不足以求入，更之大国。"

子玉请杀重耳的原因，三书不一致。《国语》中子玉曰："弗杀，而反晋国，必惧楚师。"《左传》没有解释原因。《史记》所叙则是子玉怒曰："王遇晋公子至厚，今重耳言不孙，请杀之。"

离开楚国的原因，《国语》《史记》均以叙述者身份交代是因为晋怀公自秦逃归，秦伯召重耳于楚，所以楚子厚币以送。《左传》说是因为楚子认为重耳兴晋乃天意，不能违天，乃送诸秦。

综上比较，可以看出，《国语》《左传》叙事只注重时间上的相继，不注重逻辑上的因果；而《史记》则非常注重事件之间的因果逻辑关系。它通过事件本身的因果链来推动故事发展，展开人物行动，即使是人物行动的心理动因也要去设身悬想，不惜违背史官实录的原则。比如，寺人披见重耳后，重耳为什么私会秦缪公？《史记》中说："文公恐初入国，国人卖己，乃为微行，会秦穆公于王城，国人莫知。"这里对文公的心理动机的描写显然不是史之笔，而是典型的文之笔了。

《左传》记载了重耳行动，但很多都没有解释原因，比如重耳奔狄、奔齐、去宋，这意味着《左传》叙事常只有具推进功能的核心事件，而缺乏具扩展功能的卫星事件，使得事件之间的联系不紧密，缺乏因果逻辑性，而且卫星事件的缺省或过少，还会导致核心事件指意功能的减弱。比如，奔齐事件，《左传》《史记》原文分别如下：

"狄人伐啬咎如，获其二女叔隗、季隗，纳诸公子。公子取季隗，生伯儵、叔刘；以叔隗妻赵衰，生盾。将适齐……"

"狄伐咎如，得二女：以长女妻重耳，生伯儵、叔刘；以少女妻赵衰，生盾。居狄五岁而晋献公卒，里克已杀奚齐、悼子，乃使人

迎，欲立重耳。重耳畏杀，因固谢，不敢入。已而晋更迎其弟夷吾立
之，是为惠公。惠公七年，畏重耳，乃使宦者履鞮与壮士欲杀重耳。
重耳闻之，乃谋赵衰等曰："始吾奔狄，非以为可用与，以近易通，
故且休足。休足久矣，固愿徙之大国。夫齐桓公好善，志在霸王，收
恤诸侯。今闻管仲、隰朋死，此亦欲得贤佐，盍往乎？"于是遂行。

《左传》中重耳娶妻与适齐两件事完全按自然时间编排，没有因果逻
辑上的联系。它不仅不能揭示重耳适齐行动背后的原因，而且也不能充分
展示重耳的性格特征。《史记》则在其中嵌入了晋国内乱、惠公欲杀重
耳、重耳谋于大臣等信息，很好地"填实"了铰链功能之间的叙述空隙。
同时，为了塑造重耳这一人物形象，司马迁把《国语》记载为狐偃所说
的话，略加虚饰后变成了重耳的话。这有可能是司马迁另有史料依据，也
有可能是文学加工。

2. 事件的加工

重耳过曹，《国语》的叙事顺序是曹共公窥浴——僖负羁之妻劝其馈
饷置璧——僖负羁劝曹共公礼待重耳，公不听。《左传》完全略去"劝
说"一事，《史记》则简略成四句话，而且调换了《国语》中的故事顺
序，改为先劝后送礼，先公后私，与《国语》先送礼后劝，先私后公不
同。而且，《国语》和《左传》说馈饷置璧是其妻子的主意，《史记》却
说是僖负羁自己主意。

怀嬴给重耳端水洗手。《国语》《左传》皆有，《史记》没有。

竖头须见重耳。《国语》《左传》均有，而且《左传》还用倒叙手法
陈述了原因。《史记》则删去了这件事。

介子推事件。秦伯送重耳归国时，《史记》比《国语》《左传》多了
介子推批评狐偃一事。其后有介子推不言禄事件，《国语》没有，《史记》
《左传》均有，并且《史记》采用了《左传》中的全部内容，且有所补
充。《左传》说介子推母子隐居山林，不让任何人知道，一直到死。但接
着又说晋侯"求之不获。以绵上为之田，曰：'以志吾过，且旌善人'"。
既然是无人知道其母子隐居，那么晋侯又是怎么知道的呢？这存在着明显
的漏洞。《史记》则叙述了介子推从者"悬书宫门"事件。文公是见其书
而知此事的。至于《史记》所记介子推母子隐居前的对话，那只能是史

家之想象了。

由以上比较可以发现，对于卫星事件，作者是可以为了某种主观意图进行文学加工的，如增减、变动、打乱、虚饰等。比如，怀嬴给重耳端水洗手这个细节很精彩，《国语》《左传》所记相同，《左传》为："秦伯纳女五人，怀嬴与焉。奉匜沃盥，既而挥之。怒曰：'秦、晋匹也，何以卑我！'公子惧，降服而囚。"但《史记》将此事删去了，至于原因，只能永远是个谜了。僖负羁馈饷置璧一事，《史记》调换了《国语》中的事件顺序，改为先劝后送礼，先公后私，这样的变动，就把僖负羁塑造成一个忠诚、正直的人物了，为后来晋侯围曹时"令军毋入僖负羁宗家以报德"作了铺垫。秦穆公设宴款待重耳，《史记》把《国语》中的两次改为一次，赋诗由五次改为一次，这可能是出于叙事的紧凑考虑。重耳奔狄、奔齐的原因，《国语》记载是狐偃的主意，《史记》则改成重耳本人的主意。这可能是《史记》出于人物塑造的需要，想把重耳塑造成一个有主见、有谋略的人物。介子推批评狐偃和介子推从者"悬书宫门"两件事惟《史记》独有，这很好地反映了《史记》叙事注重完整性、连贯性。

3. 记言与记事

齐姜劝重耳之言，《国语》中长达 500 字左右，且引诗、引事很多。《左传》中仅有两句。《史记》则折中化，保留了对话，但具体内容比《左传》丰富，人物性格鲜明些。

重耳过宋，《国语》中公孙固言于宋襄公的话约 150 字，《左传》《史记》全省去了。

重耳过郑，郑文公不礼，叔詹劝谏。《国语》记载叔詹的话约 400 字，《左传》简化了这段话，删去了引诗部分。《史记》则改为简短对话。

重耳在秦，不想娶怀嬴，《国语》中有司空季子和子犯引诗、引史劝重耳的长篇话语，《左传》《史记》全简化为寥寥数语。

秦穆公设宴款待重耳，《国语》中为两次，而且第二次宴会上赋诗五首。《左传》和《史记》只记一次，《左传》中每人赋诗一首，《史记》则只有赵衰赋诗一首。

通过比较，可以看出，《国语》由于是记言体，所以其记言看起来像是据实直录，不加选择，冗长琐碎。《左传》言事相兼，叙事简练，言的分量较大，特别是能宣扬"礼"的言论，这与其写作主旨有关。《史记》

言事比较均匀，对《国语》《左传》提供的历史材料进行了大手笔地增删加工，注意叙事的节奏，概述、场景、省略等交相运用，文学性更强。

史家叙事，其"诗心"主要体现在卫星事件的增减、变动、虚饰等上。正如查特曼所说，它们的增减不会扰乱情节的逻辑，只会影响美学的效果。在史传中，常常被认为文学性特别强的场景描写就属于典型的卫星事件。场景是事件发生的场合或情景，在历史叙事中，场景描写常常是史家设身拟想、笔补造化之物。因为面对已经逝去的历史，史家叙述得越概括越简单，就可能越接近真实，比如《春秋》中的"某时某地某人某事"的叙述方式；相反，叙述越具体越详细，就可能离真实越来越远，特别是在古代没有录音录像等先进设备，书写条件又极为落后的情况下。

总体来说，《左传》的场景描写较少，《史记》则很多，这也是《史记》叙事文学性更强的一个原因。《左传》编年记事，关注重大历史事件，目的是彰善瘅恶，宣扬周礼，所以即使是它最有特色的战争描写，其重点也不是对战争过程的逼真再现和场面的描摹渲染，而是对事件的来龙去脉的揭示上，常常浓墨于战前的谋划、战后的结果，叙述始终在道德教化的指挥棒下进行。《史记》为纪传体，以人写史，在事件的选择、编排、叙述上，注意表现人物的性格特征，所以场景描写常常被使用。比如《刺客列传》中的"易水送别"场景：

> 太子及宾客知其事者，皆白衣冠以送之。至易水之上，既祖，取道，高渐离击筑，荆轲和而歌，为变徵之声，士皆垂泪涕泣。又前而为歌曰："风萧萧兮易水寒，壮士一去兮不复还！"复为羽声忼慨，士皆瞋目，发尽上指冠。于是荆轲就车而去，终已不顾。

明茅坤说："送荆轲一节，何等摹写，何等丰神，观此景象，千载尤令人悲愤。"① 明李廷机说："余平生酷好荆轲传，非特慕其奇踪，亦喜子长之善于描写也。清宵籁静，展卷读之，击节鼻酸，觉悲风从窗隙入，岂燕歌故有此邪！"② 作者层层渲染，把"壮士一去兮不复还"的悲壮氛围

① （明）焦竑辑，（清）李廷机注，（清）李光缙汇评：《史记萃宝评林》。
② （明）焦竑辑，（清）李廷机注，（清）李光缙汇评：《史记萃宝评林》。

一步一步推向极致，充分烘托出荆轲舍生取义、视死如归的品质。

再如《高祖本纪》中"高祖还乡"的场景：

> 高祖还归，过沛，留。置酒沛宫，悉召故人父老子弟纵酒，发沛中儿得百二十人，教之歌。酒酣，高祖击筑，自为歌诗曰："大风起兮云飞扬，威加海内兮归故乡，安得猛士兮守四方！"令儿皆和习之。高祖乃起舞，慷慨伤怀，泣数行下。谓沛父兄曰："游子悲故乡。吾虽都关中，万岁后吾魂魄犹乐思沛。且朕自沛公以诛暴逆，遂有天下，其以沛为朕汤沐邑，复其民，世世无有所与。"沛父兄诸母故人日乐饮极欢，道旧故为笑乐。

父老子弟纵酒高歌，高祖酒酣击筑，自为"大风歌"，歌舞相和，慷慨伤怀，泣数行下。衣锦还乡的欢乐，"安得猛士"的隐忧，生生死死的苍凉，如此复杂幽深的思绪情感都通过这个场景传递出来。它融入了作者强烈的感情，已经完全不像是一个以客观实录为宗旨的史家之所为了。宋代刘辰翁在《班马异同评》中评论这段时说："后世为史者，但云'还沛置酒，召故人乐饮极欢'足矣，看他发沛中儿教歌，至酒酣击筑，歌呼起舞，反转泣下，缕缕不绝，古今文字淋漓尽致，言笑有情，安可及此。"清末郭嵩焘在《史记札记》中也说："高祖留沛饮，极人吐悲欢之感，史公穷形极态，摄而取之，满纸欢笑悲感之声，水涌云腾，烟蕴四溢，岂高祖临终哀气之先征欤？"

再如《项羽本纪》中的"垓下之围"场景：

> 项王军壁垓下，兵少食尽，汉军及诸侯兵围之数重。夜闻汉军四面皆楚歌，项王乃大惊曰："汉皆已得楚乎？是何楚人之多也！"项王则夜起，饮帐中。有美人名虞，常幸从；骏马名骓，常骑之。于是项王乃悲歌慷慨，自为诗曰："力拔山兮气盖世，时不利兮骓不逝。骓不逝兮可奈何，虞兮虞兮奈若何！"歌数阕，美人和之。项王泣数行下，左右皆泣，莫能仰视。

项羽兵围垓下的场景被作者渲染得何等悲壮！垓下被围，四面楚歌，形势非常急迫,但作者却偏偏放慢了叙事速度,以舒缓的笔调去描写项羽夜起饮帐,慷慨悲歌,倾诉对虞姬与骏马的难舍之情,一位叱咤风云的悲剧英雄形象就此非常鲜明地立起来了。清周亮工在《尺牍新钞》中说:"余独谓垓下是何等时,虞姬死而子弟散,匹马逃亡,身迷大泽,亦何暇更作歌诗?既有作,亦谁闻之而谁记之欤?吾谓此数语,无论事之有无,应是太史公笔补造化,代为传神。"

第二节　言语:拟言、代言及其形态和功能

史传中的虚构叙事,不仅表现在对卫星事件的增删加工上,还表现在拟言、代言上。言,在中国古代具有特别的意义,言事分记也是中国早期史书的特色。记言制的形成,最早可追溯到甲骨卜辞。一片完整的甲骨卜辞虽然由前辞、命辞、占辞、验辞四部分组成,其主体部分其实就是命辞和占辞,前者问,后者答。商王或者贞人与神明之间的这种占卜问筮就构成了最早的记言内容。之所以要把这些言刻在甲骨上,是因为殷商时代是一个以神为本、王权神授的时代。占卜就是人神之间的通话。所以这里的言是商王代天所说之言,具有无比的神圣性和权威性。到了西周时期,人们的天命观里具有了一定的理性成分,比如《左传》中有虞国大夫宫之奇的一段话,"臣闻之,鬼神非人实亲,惟德是依。故《周书》曰:'皇天无亲,惟德是辅。'又曰:'黍稷非馨,明德惟馨。'又曰:'民不易物,惟德繄物。'如是,则非德民不和,神不享矣。神所冯依,将在德矣。"①由此可见,此时的天命中渗透了德的内容,而这德又体现在对民的态度上。君王们意识到惟有敬德保民,才能得到上天的佑护,政权才能长久。天命观的变化,也带来了史官记言内容的变化,那就是由人神的对话转变为君王的诰命训誓,后者即是《尚书》所载内容。到了春秋时期,"立言"已成为当时人的重要追求。《左传》襄公二十四年云:

穆叔如晋,范宣子逆之,问焉,曰:"古人有言,曰'死而不

---

① (晋)杜预集解:《春秋经传集解》,上海古籍出版社1988年版。本书以下所有《左传》的引文均来自于此书,不另注。

朽'，何谓也？"穆叔未对。宣子曰："昔匄之祖，自虞以上为陶唐氏，在夏为御龙氏，在商为豕韦氏，在周为唐杜氏，晋主夏盟为范氏。其是之谓乎？"穆叔曰："以豹所闻，此谓之世禄，非不朽也。鲁有先大夫曰臧文仲，既没，其言立，其是之谓乎？豹闻之，大上有立德，其次有立功，其次有立言。虽久不废，此之谓不朽。若夫保姓受氏，以守宗祊，世不绝祀，无国无之。禄之大者，不可谓不朽。"

叔孙豹把"立言"与"立德""立功"相提并论，可见"立言"的重要意义。《穀梁传》中也说："人之所以为人者，言也。人而不能言，何以为人？"这样的时代氛围，必然导致史官注重对人物语言的关注，《国语》《左传》的记言常常是长篇累牍。相对于甲骨卜辞和尚书的寥寥数语，其真实性就更容易让人怀疑了，如清方中通在《陪集》中所说："《左》《国》所载，文过其实者强半。即如苏、张之游说，范、蔡之共谈，何当时一出诸口，即成文章？而又谁为其记忆字句，若此其纤细不遗也？"

钱锺书认为《左传》中的记言最能说明"史有诗心"了，其精彩论述如下：

"左氏于文学中策勋树绩，尚有大于是者，尤足为史有诗心、文心之证，则其记言是矣。吾国史籍工于记言者，莫先乎《左传》，公言私语，盖无不有。虽云左史记言，右史记事，大事书策，小事书简，亦只谓君廷公府尔。初未闻私家置左右史，燕居退食，有珥笔者鬼瞰狐听于傍也。上古既无录音之具，又乏速记之方，驷不及舌，而何其口角亲切，如聆謦欬欤？或为密勿之谈，或乃心口相语，属垣烛隐，何所据依……盖非记言也，乃代言也，如后世小说、剧本中之对话独白也。左氏设身处地，依傍性格身份，假之喉舌，想当然耳。《文心雕龙·史传》篇仅知'追述远代'而欲'伟其事'、'详其迹'之'伪'，不知言语之无征难稽，更逾于事迹……史家追叙真人实事，每须遥体人情，悬想事势，设身局中，潜心腔内，忖之度之，以揣以摩，庶几入情合理。盖与小说、院本之臆造人物、虚构境地，不尽同而可相通；记言特其一端……《左传》记言而实乃拟言、代言，谓是后世小说、院本中对话、宾白之椎轮草创，未遽过也。"①

记言比记事更容易失真，言语稍纵即逝，无征难稽，特别是在没有任何录音设备、书写工具又很落后的古代。所以，史家拟言、代言在所难免。

一　形态

史家在叙事中拟言、代言，除了一般性地表现在对人物言语的藻饰上，还主要表现在私密之言和内心之言这两种形态上。

1. 私密之言

史传中的私密之言，是指两个人均在秘密场合的对话，如闺房私语、密室相谋等，其为外人知道的可能性极低，史书所载只能是史官设身处地地揣摩、拟想的虚构之物了。比如《国语·晋语》中的"骊姬夜泣"之事。骊姬为了立自己的儿子奚齐为太子，夜半三更向晋献公哭诉，诬陷太子申生有谋杀父亲、祸乱晋国的威胁，劝晋献公派申生去攻打东山皋落氏的狄人以借刀杀人。钱锺书的分析很透彻，"《孔从子·答问》篇记陈涉读《国语》骊姬夜泣事，顾博士曰：'人之夫妇，夜处幽室之中，莫能知其私焉，虽黔首犹然，况国君乎？余以是知其不信，乃好事者为之词！'博士对曰：'人君外朝则有国史，内朝则有女史……故凡若晋侯骊姬床第之私、房中之事，不可掩也。'学究曲儒以此塞夥涉之问耳，不谓刘知几阴拾唾余，《史通·史官建置》篇言古置内朝女史，'故晋献惑乱，骊姬夜泣，床第之私，不得掩焉。'有是哉？尽信书之迂也！……骊姬泣诉，即俗语'枕边告状'，正《国语》作者拟想得之，陈涉所谓'好事者为之词'耳。"②

再如《史记·刺客列传》中的两段对话：

> 荆轲知太子不忍，乃遂私见樊于期曰："秦之遇将军可谓深矣，

---

① 钱锺书：《管锥编》（第一册），中华书局 1979 年版，第 164—166 页。
② 钱锺书：《管锥编》（第一册），中华书局 1979 年版，第 165 页。

父母宗族皆为戮没。今闻购将军首金千斤，邑万家，将奈何？"于期仰天太息流涕曰："于期每念之，常痛于骨髓，顾计不知所出耳！"荆轲曰："今有一言可以解燕国之患，报将军之仇者，何如？"于期乃前："为之奈何？"荆轲曰："原得将军之首以献秦王，秦王必喜而见臣，臣左手把其袖，右手揕其匈，然则将军之仇报而燕见陵之愧除矣。将军岂有意乎？"樊于期偏袒搤捥而进曰："此臣之日夜切齿腐心也，乃今得闻教！"遂自到。

荆轲知太子丹不忍心杀樊于期，便私见樊于期。他们俩的对话有他人在场的可能性极小，更不要记录了。史家不仅为之设计了对话的内容，而且生动地描摹出他们说话时的情态，"仰天太息流涕""乃前""偏袒搤捥"。再如《左传》僖公二十三年中僖负羁之妻劝僖负羁善待重耳。僖负羁只是曹国的一个大夫，他们夫妻之间的私语自是无史官记录，而且此举事关性命，不可能轻易为外人道也。当然，这两件事外泄的可能性也不是绝对没有，比如，荆轲事后向别人解释为什么他有樊于期的头，晋灭曹后僖负羁夫妻俩自己传出去，史官可以在这些民间传闻的基础上进行一番文学性的润饰加工。但像《左传·僖公二十四年》中的介之推与母亲在隐居山林之前的对话被人知晓的可能性几乎可以省略。

　　晋侯赏从亡者，介之推不言禄，禄亦弗及。推曰："献公之子九人，唯君在矣。惠、怀无亲，外内弃之。天未绝晋，必将有主。主晋祀者，非君而谁？天实置之，而二三子以为己力，不亦诬乎？窃人之财犹谓之盗，况贪天之功以为己力乎？下义其罪，上赏其奸，上下相蒙，难与处矣！"其母曰："盍亦求之，以死谁怼？"对曰："尤而效之，罪又甚焉，且出怨言，不食其食。"其母曰："亦使知之，若何？"对曰："言，身之文也。身将隐，焉用文？是求显也。"其母曰："能如是乎！与女偕隐。"遂隐而死。

介之推与母亲讲完这段话后就隐居了，并且一直到死，所以一般说来，不可能有人听到这场对话的。由于史官记载历史，不可能仅仅满足于按时间实录事件，还会努力去探知事件发生的深层原因。介之推不受禄而隐居山林是历史事实，但是他这样做的原因却无史料可以对之进行解释。所以史官便只能借助自己的想象力去填补这一事件链条上的空隙了。此时，他已经从历史的真实世界进入了文学的可能世界了。

2. 内心之言

内心之言，也就是心理活动，指故事中人物的主观活动，如思想、情感、感受、认识等。美国学者史蒂文·科恩、琳达·夏尔斯用多里特·科恩引进的术语，对发生在主观活动的叙述之中的叙述者、聚焦者和被聚焦者之间变化不定的关系加以分类①：

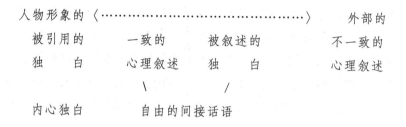

综观史传中的心理活动展示方式，也即人们常说的直接心理描写，主要有两种，一是"内心独白"，一是"心理叙述"（一致的心理叙述）。前者是叙述者以直接话语的方式让人物把内心的活动说出来，后者则是以间接话语的方式由叙述者把人物内心的活动叙述出来。其中，前者是史传最主要的心理活动展示方式。因为史官叙事，实录为最高原则，所以看得见的行动和听得到的言语是其叙述的对象，而心理活动是无从得知的，所以一般尽量不叙述或少叙述。福斯特谈到历史叙事与文学叙事之间的这种差别时，就很精辟地说道：

历史学家处理的是外在行为，而且能从外在的行为推论出人物的性格。历史学家也像小说家那样关心性格，但他只能在看到人物的外观时才知道其存在。如果维多利亚女皇没说"我不愉快"的话，跟她同桌的人就不会知道她不愉快，她的厌倦感就永远不为外界知道。

① ［美］史蒂文·科恩、琳达·夏尔斯：《讲故事——对叙事虚构作品的理论分析》，第109页。

她可能皱眉整额，别人才可能据此推测她的心情——面容和姿态也可作历史的事实——但要是她不露一点声色谁又能知道什么呢？内在生活，顾名思义就有隐蔽之意。但当内在生活以文字向外披露时，就不再是隐蔽的了。因为它已进入外在行为的领域。小说家的作用在于揭示内在生活的源泉，在于告诉我们更多有关维多利亚女皇尚未为人知道的东西。这样，他创造的人物就不会是历史上的那个维多利亚女皇了。①

历史叙事与文学叙事固然不同。但有时史官也会僭越，把笔伸向文学的领地，对人物的内心世界进行揭示。比如心理叙述本不属于史官的权利范围，《尚书》《春秋》中就没有，至《左传》时，出现了"怒""喜""惧""恐""恶""妒""悔""患"等说明人物心理感受的词汇，但这还不属于心理活动的展示。从故事角度来讲，它们是用来引发人物下一步行动的，是事件因果链条上不可缺少的一环。至《史记》时，已出现很多对心理叙述，如：

项王、范增疑沛公之有天下，业已讲解又恶负约，恐诸侯叛之，乃阴谋曰："巴、蜀道险，秦之迁人皆居蜀。"　　——《项羽本纪》

吕禄、吕产欲发乱关中，内惮绛侯、朱虚等，外畏齐、楚兵，又恐灌婴畔之，欲待灌婴兵与齐合而发，犹豫未决。

——《吕太后本纪》

文公欲召吕、郤，吕、郤等党多，文公恐初入国，国人卖己，乃为微行，会秦缪公于王城，国人莫知。　　——《晋世家》

吕不韦怒，念业已破家为子楚，欲以钓奇，乃遂献其姬。

——《吕不韦列传》

燕将见鲁连书，泣三日，犹豫不能自决。欲归燕，已有隙，恐诛；欲降齐，所杀虏于齐甚众，恐已降而后见辱。

——《鲁仲连邹阳列传》

① ［英］爱·摩·福斯特：《小说面面观》，苏炳文译，花城出版社1984年版，第39—40页。

　　　　至南郑，诸将行道亡者数十人，信度何等已数言上，上不我用，
即亡。
　　　　　　　　　　　　　　　　　　　　　　　　——《淮阴侯列传》

　　叙述者通过"疑""恐""欲""念""度"等词语引出对人物内心复杂心理的展示。人物的心理动机引发行动，故事由此不断向前推进，这已经成为《史记》叙事中经常采用的模式。毫无疑问，这些心理叙述均是史家遥体人情、悬想事势后拟言代言的产物，属于可能的世界，而非现实的世界。

　　仔细研究史传中的心理叙述，可以发现，这些叙述不是对人物在特定情势中心理状态的描摹，所以它并没有使故事停顿下来，其叙述时间小于故事时间，读者也因此无法通过这些心理叙述获得更多的人物个性信息，比如思绪如何的杂乱无章、语气语调如何的起伏变化等，读者所得到的是叙述者对人物心理的简短说明，所以其叙述者的声音强于人物的声音，也因此，称之为"心理叙述"比"心理描写"更准确。史传中此种心理叙述对中国叙事文学产生了深远的影响，后世中国小说展示人物心理活动时，很少采用像西方那样大段的静态心理描摹，而是多采用心理叙述或简短的心理描摹。

二　功能

　　史家叙事，为什么要为人物拟言、代言呢？这些言语的功能是什么呢？这就要追问到史家叙事的特点是什么了。"柯林伍德认为历史学家首先是一个讲故事者。历史学家的敏感性在于从一连串的'事实'中制造出一个可信的故事，这些'事实'在其未经过筛选的形式中毫无意义。"[①]历史学家面对一堆支离破碎的历史材料时，必须要借用柯林伍德所说的"建构的想象力"来建构完整的故事，以说明到底发生了什么。既然是建构故事，就要交代事件的来龙去脉前因后果，要有推动故事前进的动力，要有生动的人物形象，要有逼真的场景描摹，而这也正是史家拟言代言的目的。

----

　　① 张京媛主编：《新历史主义与文学批评》，北京大学出版社 1993 年版，第 162 页。

1. 弥缝断裂的事件因果链

史家以叙事的方式来讲述历史，就必须注重事件的因果关系。如果事件的因果链上有所断裂，他就必须借助自己的想象力为之弥缝。比如《左传》中的钼麑触槐事件。钼麑刺杀赵盾、钼麑触槐而死这两件事是可以找到事实根据的，但钼麑为什么没杀赵盾反而自杀呢？钼麑已死，这个问题只能是个永远的历史之谜。按理说，奉行实录原则的史官只能如实记载，可事实并非这样。他们凭借自己的想象力从历史领地迈进了文学领地，对钼麑临死前的心理活动进行了假设拟想，并且以独白的方式呈现出来，为他的死亡找到了合情合理的依据。既然是无事实依据的悬想，所以不同史家各不相同。

> 晨往，寝门辟矣，盛服将朝。尚早，坐而假寐。麑退，叹而言曰："不忘恭敬，民之主也。贼民之主，不忠。弃君之命，不信。有一于此，不如死也。"触槐而死。
>
> ——《左传·宣公二年》
>
> 于是使勇士某者往杀之，勇士入其大门，则无人门焉者；入其闺，则无人闺焉者；上其堂，则无人焉。俯而窥其户，方食鱼飧。勇士曰："嘻！子诚仁人也！吾入子之大门，则无人焉；入子之闺，则无人焉；上子之堂，则无人焉；是子之易也。子为晋国重卿而食鱼飧，是子之俭也。君将使我杀子，吾不忍杀子也。虽然，吾亦不可复见吾君矣。"遂刎颈而死。
>
> ——《公羊传·宣公六年》

两传所述，不仅事件细节不同，而且钼麑不忍杀害赵盾的原因也不同，一是"恭敬"；一是"易"（何休注："易，犹省也"）和"俭"，也即节俭。史家虚构这段内心独白，为人物行动——钼麑自杀提供合理的依据，为故事的发展提供动力。

与《左传》相比，《史记》中这类想象就更多了。因为，正如前文所论述的，《史记》叙事非常注重事件之间的因果关系，文学性更高。比如，《刺客列传》中的独白：

> 豫让遁逃山中，曰："嗟乎！士为知己者死，女为说己者容。今
> 智伯知我，我必为报仇而死，以报智伯，则吾魂魄不愧矣。"乃变名
> 姓为刑人，入宫涂厕，中挟匕首，欲以刺襄子。

豫让逃到山中，为什么变名姓为刑人去刺杀襄子？这段独白就解释了其行动的原因，推动着故事向前发展。上文所论述的《史记》中的心理叙述都是为了弥缝断裂的事件因果链。

2. 塑造人物形象

与《左传》相比，《史记》中还出现了少量的另一种功能的内心独白。作者虚构的目的不是为了弥缝事件因果链，而是为了塑造人物形象。比如《史记·张仪列传》中的：

> 张仪者，魏人也。始尝与苏秦俱事鬼谷先生，学术，苏秦自以
> 不及张仪。张仪已学游说诸侯。尝从楚相饮，已而楚相亡璧，门下
> 意张仪，曰："仪贫无行，必此盗相君之璧。"共执张仪，掠笞数
> 百，不服，释之。其妻曰："嘻！子毋读书游说，安得此辱乎？"张
> 仪谓其妻曰："视吾舌尚在不？"其妻笑曰："舌在也。"仪曰："足
> 矣。"

张仪与妻子的这段生动风趣的对话并无多大历史意义，史官本来完全没必要书写。而且，此等民间生活琐事，也根本不可能有人"实录"，只可能是史官想象之物，用来揭示张仪的策士本质、倾心于游说的性格。如果说前一种拟言代言是不得不为之，否则故事便不完整连贯，那么此种拟言代言即使省去，也不会影响故事本身的因果链。所以，此类虚构最能体现"史有诗心"的特点，是典型的文之笔，而非史之笔了。

总之，史传中虚构叙事的发生，既有古时书写、录音等物质条件差的客观原因，也有史官借史传道言志等主观原因，更有以叙事形式来再现历史的体裁原因。美国历史哲学家海登·怀特在考察西方历史时说："历史学家们不一定必须以叙事形式来叙述有关实在世界的实际情况，他们可能

选择其他的、非叙事的、甚至反叙事的再现模式，比如沉思录、剖析或摘要。"① 从《春秋》《尚书》到《国语》《左传》《史记》，总体来说，虚构的成分和功能都在逐渐增多。金圣叹评价《史记》时即说："司马迁之书，是司马迁之文也。马迁书中所叙之事，则司马迁之文之料也……是故马迁之为文也，吾见其有事之巨者而隳栝焉，又见其有事之细者而张皇焉，或见其有事之阙者而附会焉，又见其有事之全者而轶去焉，无非为文计，不为事计也"②，这道出了《史记》对历史事件的处理包括简化、夸饰、虚拟、增删等多种手段，是从"文"的角度而非"史"的角度出发的。这与三百余年后西方的海登·怀特讲的话很是相似，"没有任何一套随意记录下来的历史事件本身可以构成一个故事，他们最多只能为历史家提供故事的元素。历史家将事件编制为故事时，对某些事件会加以压抑或使之沦为次要，对某些事件则加以突显，而其所使用的方法则为人物描写、主题重复、语气与观点的变化、不同的描述策略等等。——总之，都是平常我们认为小说家或戏剧家在编造情节时终会使用的方法"③。当然，海登·怀特的新历史主义理论也有其偏颇之处，因为历史叙事中的虚构不可能完全等同于文学叙事中的虚构。钱锺书认为两者"不尽同而可相通"的观点则更具信服力。

---

① ［美］海登·怀特：《形式的内容：叙事话语与历史再现》，董立河译，文津出版社 2005 年版，第 2 页。

② （明）施耐庵、罗贯中著，（清）金圣叹、李卓吾点评：《水浒传》（上册），中华书局 2009 年版，第 246 页。

③ 转引自王靖宇《中国早期叙事文论集》，上海古籍出版社 2003 年版，第 77 页。

第三章　史传中的神奇事件及
在文学中的流变

史传是中国叙事文学的重要源头，实录是史官叙事的基本原则。但是，由于受社会发展水平、人类认知能力等因素的限制，早期的史官对于何为"实"何为"虚"、何为"真"何为"幻"的理解与后世的人们有很大不同。所以，先秦两汉的史传中记录了很多神话传说、天命鬼神、灾异祯祥、卜筮梦兆等神奇事件。它一方面培育了人们的虚构思维、虚构能力，虽然是无意识的；另一方面也培养了人们对于神奇怪异事件的浓厚兴趣。中国的古小说就是从搜奇列异的志怪小说开端的，而且这种尚奇的倾向在很长一段时间内影响着叙事文学的发展方向。

第一节　成因:史出于巫的文化传统

中国早期史传中出现很多神话传说、天命鬼神、灾异祯祥、卜筮梦兆等神奇事件，与史出于巫的文化传统有观。中国上古史官从巫中分化而来，这已是不争之论了。戴君仁认为:"巫和史本是一类人，可能最早只是一种人，巫之能书者，则别谓之史。"[1] 沈刚伯说:"盖远古之时，除了巫，便别无知识分子，能写字的史当然是巫了。"[2]

巫师在人类的童年时期，不但是天然的部落首领，同时也是唯一的文化人，知识的集大成者。他们经过严格训练而成，训练的内容"包括掌握各种神话、历史传说；熟练精通各种祷词、咒语和经典；能主持祭祀、

---

[1]　杜维运、黄进兴编:《中国史学史论文选集》（一），华世出版社1976年版，第28页。
[2]　杜维运、黄进兴编:《中国史学史论文选集》（一），第9页。

占卜和释兆；会施行各种巫术技能；掌握巫舞；会运用巫医；了解一定的天文、地理知识；熟悉各种鬼神形象、特点和职守等"①。所以说，巫师是极具聪明才智之人。《国语·楚语》中说："昭王问于观射父曰：'《周书》所谓重、黎实使天地不通者何也？若无然，民将能登天乎？'对曰：'非此之访也。古者民神不杂。民之精爽不携贰者，而又能齐肃衷正，其智能上下比义，其圣能光远宣朗，其明能光照之，其聪能听彻之，如是则明神降之，在男曰觋，在女曰巫……'"②由此可见，巫师是原始人中的佼佼者，而原始人所用的智慧，维柯称之为"诗性的智慧"，"诗性的智慧，这种异教世界的最初的智慧，一开始就要用的玄学不是现在学者们所用的那种理性的抽象的玄学，而是一种感觉到的想象出的玄学，像这些原始人所用的。这些原始人没有推理的能力，却浑身是强旺的感觉力和生动的想象力。这种玄学就是他们的诗，诗就是他们生而就有的一种功能……因为能凭想象来创造，他们就叫做'诗人'"③。维柯将原始人称之为"诗人"，他的"诗人"概念的内涵与现在的虽然不同，但也有相通之处，那就是"强旺的感觉力和生动的想象力"，这也可以说是一切文学艺术发生发展的根本要素。所以巫与中国文学之间的关系也非常密切。中国最早的小说——志怪小说就繁荣于巫风大畅的汉魏六朝时期，这些小说中（如《搜神记》）关于巫术、巫医等各种巫文化的描写也非常多。

巫与史在人类社会的早期是不分的。以广西瑶族的巫师为例，他们除了具备与巫有关的知识能力外，还需具备很多历史知识，"包括人类起源等神话、创世纪史诗、英雄史诗；掌握氏族部落迁徙历史和原因；通晓各氏族和家庭谱系以便确定是否通婚；能够背诵各氏族间的仇杀事件；掌握氏族部落的首领和其他人物事件，以及所供奉的神谱"④。

巫与史的逐渐分离，学术界普遍认为，始于商代，但分离的过程并非一蹴而就，中间经历了一个较长时间的巫史共存阶段。两者在职能上也没有多少区别，沟通神鬼人、观象制历、主持祭祀、占卜记事等。至西周

---

①　宋兆麟：《巫与巫术》，四川民族出版社1989年版，第53页。
②　徐元诰撰，王树民、沈长云点校：《国语集解》，中华书局2002年版。本书以下所有《国语》的引文均来自于此书，不另注。
③　［意］维柯：《新科学》，朱光潜译，人民文学出版社1986年版，第158—159页。
④　宋兆麟：《巫与巫术》，第332页。

时，史取代巫而成为宗教神职系统的主要职官。这预示着以宗教为主的原始史官发生转型，一变而成为官僚化的史官，神职人员职官化。这一时期史官的载录职责得到了很大的发展，但祭祀、卜筮等仍然是其职责之一。

史出于巫的文化传统对于史官叙事的影响是不容忽视的。巫的职责在于通神。鲁迅说："巫以记神事，更进，则史以记人事也。"① 从记神事到记人事，中间必然会出现一个神事、人事混杂的过渡时期。冯天瑜说："当人类逐渐出现阶级分化和社会分工以后，产生了最早的文化人——巫祝，当时尚无可作复杂记事用的文字，神话全凭口诵的方式传播，而巫祝们便担负着这一任务。他们把神话与原始宗教糅合在一起……而原始宗教活动，又使神话得到传播和再创造。祭师阶层可说是神话最早的专门传诵者和加工改造者。"② 由于远古没有文字，巫师们主要通过口诵形式传播神话，为了吸引听众，他必然要借助自己的想象力对故事不断地进行加工、改造，甚至虚构，毫无疑问，故事的曲折、生动、引人入胜是其重要目的之一。这也是口传文学的普遍特点。安蒂·阿尔奈是芬兰著名的民俗学者。他和美国民俗学者斯蒂思·汤普森共同完成的民间故事类型索引被称为国际通行的"AT 分类法"。阿尔奈在《世界民间故事分类学》中就专门论述了民间文学在口头传播过程中的这个特点。

> 丢掉一个细节，尤其是不重要的细节，或许是故事变更的最为常见的情形。
>
> 增添一个细节，一个并非原来具有的细节，绝大多数情况下可能是一个取自其他故事的母题，不过有时纯粹是这里发明的。一个故事的开头和结尾特别有可能出于这样的添加。
>
> 将两个或多个故事串联在一起……
>
> 细节的繁殖——往往一个变而为三。
>
> 重复一个在原初故事中只出现一次的事件。有时这可能不是真正的重复，而只是与同一故事或其他某个故事中某些成分的相似。③

---

① 鲁迅：《汉文学史纲要》，人民文学出版社 2006 年版，第 3 页。
② 冯天瑜：《上古神话纵横谈》，上海文艺出版社 1983 年版，第 27 页。
③ ［美］斯蒂·汤普森：《世界民间故事分类学》，郑海等译，上海文艺出版社 1991 年版，第 522—523 页。

　　后来，随着文字的出现，神话开始固化，以文字的形式传播，讲述者不能再像口传时代那样随意地进行加工了，再加上春秋时期理性意识的增强，孔子"不欲怪力乱神"思想的影响，神话逐渐走向历史化。比如"黄帝四面"的神话。《太平御览》卷七九引战国时佚书《尸子》中的一段记录①："子贡曰：'古者黄帝四面，信乎？'孔子曰：'黄帝取合己者四人，使治四方，不计而耦，不约而成，此之谓四面。'"黄帝长着四张脸的神话被孔子解释为黄帝派四个志同道合者去治理四方。"到了司马迁《史记·五帝本纪》中，说到'黄帝举风后、力牧、常先、大鸿以治民'，似乎已将治四方之人落实了。"②再如"夔一足"的神话。《韩非子·外储说·左下》中记载："哀公问于孔子曰：'吾闻夔一足，信乎？'曰：'夔，人也，何故一足？彼其无他异，而独通于声。'尧曰：'夔一而足矣。'使为乐正。故君子曰：'夔有一足。'非一足也。"夔长着一只脚的神话被孔子解释为像夔这样优秀的精通音律者，有他一人就够了。

　　神话历史化的进程，从神话角度来讲，是不利的，它使本就不成体系的神话更加零散化，破碎化。但从历史角度来讲，那些充满神奇幻想的神话不仅为史书注入了文学因子，而且神话思维是一种不自觉的艺术思维，其间充满着想象，深刻地影响着史书的叙事思维、叙事内容和叙事模式。"在最先独立出来的政治意识和史学意识的作用下，神话被历史化了，而史官文化消解了神话的怪诞的色彩，却保留了神话的'艺术'思维方式，视古已有之的、神话式的记录远古历史的手段为天经地义的正宗写史的方法。"③

　　鲁迅在《中国小说历史的变迁》中说："从神话演进，故事渐近于人性，出现的大抵是半神，如说古来建大功的英雄。其才能是凡人以上，由于天授的就是。例如简狄吞燕卵而生商，尧时'十日并出'，尧使羿射之

---

　　① "黄帝四面"的神话两千年来惟有《太平御览》中有记载。1973年，长沙马王堆三号汉墓出土战国佚书四种，其中《十六经·立命》篇记载了黄帝的神奇模样："昔者黄宗（帝）质始好信，作自为象（像），方四面，傅一心。四达自中，前参后参，左参右参，践立（位）履参，是以能为天下宗。"具体情况参见叶舒宪的《中国神话哲学》第六章"黄帝四面"，陕西人民出版社2005年版。

　　② 叶舒宪：《中国神话哲学》，陕西人民出版社2005年版，第178页。

　　③ 孙逊：《中国古代小说与宗教》，复旦大学出版社2000年版，第6页。

的话，都是和凡人不同的。这些口传今人谓之'传说'，由此再演进，则正事归为史，逸史即变为小说了。"① 但在上古时期，由于历史文献资料的缺失，《史记》中的《五帝本纪》《夏本纪》《殷本纪》《周本纪》有些内容即来源于神话传说，比如殷人始祖契是其母简狄吞吃了神鸟的卵而生的，周人始祖后稷则是其母姜嫄踩了巨人的脚印而生。这些神话传说为帝王涂上了一层神圣的光环。《史记·秦本纪》写秦先祖大业是女修吞玄鸟卵而生，这则神话始见于《史记》。洪亮吉认为："此乃因简狄事附会，不足信。"② 它的叙事模式与前两则神话非常相似，有模仿的可能性。

除了这类反映民族起源的原始神话外，《史记》中还有一些反映人事与天命关系的帝王天命神话，从中也可看出远古神话思维的影响。以汉高祖的故事为例。

感生：

> 高祖，沛丰邑中阳里人，姓刘氏，字季。父曰太公，母曰刘媪。其先刘媪尝息大泽之陂，梦与神遇。是时雷电晦冥，太公往视，则见蛟龙于其上。已而有身，遂产高祖。

异表：

> 高祖为人，隆准而龙颜，美须髯，左股有七十二黑子……好酒及色。常从王媪、武负贳酒，醉卧，武负、王媪见其上常有龙，怪之。
> 秦始皇帝常曰"东南有天子气"，于是因东游以厌之。高祖即自疑，亡匿，隐于芒砀山泽岩石之闲。吕后与人俱求，常得之。高祖怪问之。吕后曰："季所居上常有云气，故从往常得季。"

奇行：

> 高祖被酒，夜径泽中，令一人行前。行前者还报曰："前有大蛇

① 鲁迅：《鲁迅全集》第九卷，人民文学出版社 2005 年版，第 312 页。
② ［日］泷川资言：《史记会注考证》，上海古籍出版社 1986 年版，第 119 页。

当径，愿还。"高祖醉，曰："壮士行，何畏！"乃前，拔剑击斩蛇。蛇遂分为两，径开。行数里，醉，因卧。后人来至蛇所，有一老妪夜哭。人问何哭，妪曰："人杀吾子，故哭之。"人曰："妪子何为见杀？"妪曰："吾，白帝子也，化为蛇，当道，今为赤帝子斩之，故哭。"人乃以妪为不诚，欲告之，妪因忽不见。后人至，高祖觉。

　　这是《高祖本纪》的开头部分，通过感生、异表、奇行来表现高祖是命中注定的帝王。这种叙事模式，与远古的帝王天命神话一脉相承，而且高祖醉斩巨蛇还留有英雄神话的影子。再如，《史记》中的周穆王见西王母事件。《周本纪》中只字未提，《秦本纪》中为："造父以善御幸于周穆王，得骥、温骊、骅骝、騄耳之驷，西巡狩，乐而忘归。徐偃王作乱，造父为穆王御，长驱归周，一日千里以救乱。"《赵世家》中的叙述却是这样的："造父幸于周缪王。造父取骥之乘匹，与桃林盗骊、骅骝、绿耳，献之穆王。穆王使造父御，西巡狩，见西王母，乐之忘归。而徐偃王反，穆王日驰千里马，攻徐偃王，大破之。"此处增加了周穆王见西王母的事件。汉谯周说："徐偃王与楚文王同时，去周穆王远矣，且王者行有周卫，岂闻乱而独长驱，日行千里乎？"① 清代梁玉绳也认为："纪（指秦纪）不称见西王母。《习学记》言曰此方士语也，迁载之芜妄甚矣。"② 可见此事可能非实也。这姑妄之言显然是受西王母神话的影响。以上这些事件是司马迁采自民间传说，还是在有限史料基础上的再创造，或者是两者兼而有之，已无从考证。但是，神话的思维方式、叙事模式对于史传中虚构叙事的培育、尚奇倾向形成的影响却可见一斑。正如董乃斌所言，"神话历史化使艺术想象力向历史写作活动中渗透，结果造成中国古史著作异常浓郁的文学色彩，造成了众所周知的'文史不分'的现象，中国的古史是我们古代叙事文学的真正渊薮，中国古代的叙事艺术才能最集中地表现于古史之中"。③

　　神话历史化，也就是对神话作出合乎某种目的的改造。以黄帝征蚩尤

---

① ［日］泷川资言：《史记会注考证》，上海人民出版社1986年版，第1311页。

② （清）梁玉绳：《史记志疑》卷二十三，中华书局1981年版，第1048页。

③ 董乃斌：《中国古典小说的文体独立》，第90页。

为例，《山海经·大荒北经》和《史记·五帝本纪》中的叙述不同。《山海经》中的黄帝和蚩尤是两个氏族首领之间的斗争，而且只是单独的一个事件。《史记》却改变了故事性质，成了君王与叛臣之间的战斗。与神话相比，它失去了神奇的夸饰，瑰丽的想象，但是从故事的复杂性来讲，后者超出前者。因为此处的黄帝与蚩尤之战是与黄帝与炎帝之战、黄帝与其他诸侯之战三个神话事件交织在一起叙述的，共同服务于黄帝夺天下的主题。这里的虚构能力不是体现在故事的细节上，而是在故事的主干上。

以上论述的是史出于巫、巫史一体的文化传统使神话，神话叙事思维进入历史叙事中，提高了叙事的文学性。此外，它还使史传中出现了很多天命、鬼神、灾祥、卜筮、梦等神奇事件。它们常被正统史家痛呼为败笔，但是从文学角度来讲，却为史传增添了文学色彩。由于这些神奇事件所指向的是一个无法证实的可能世界，这就为虚构提供了丰富的土壤和巨大的空间。《朱子语类》中即有与此相关的论述："问：'左传载卜筮，有能先知数世后事，有此理否？'曰：'此恐不然。只当时子孙欲僭窃，故为此以欺上罔下尔。如汉高帝蛇，也只是脱空。陈胜王凡六月，便只是他做不成，故人以为非；高帝做得成，故人以为符瑞。'"[1] 朱熹不仅认为这些神奇事件有主观虚构之嫌，而且认为其中的预言也如此，"《左传》是后来人做，为见陈氏有齐，所以言'八世之后，莫与之京'；见三家分晋，所以言'公侯子孙，必复其始'"[2]，"又问：'季札观乐，如何知得如此之审？'曰：'此是左氏妆点出来，亦自难信。'如闻齐乐而曰'国未可'，然一再传而为田氏，乌在其为未可量也！此处皆是难信处"[3]。朱熹所谓的"妆点"，也就是有意虚构。

史传中的神奇事件很多，以梦（指有具体内容的梦）为例，《国语》中有 3 个，《左传》中有 26 个，《史记》中有 21 个。综观这些梦的叙述，已摆脱了甲骨卜辞、《尚书》中梦叙述的片段化、零碎化，而具有了完整的故事性，其虚构的可能性更大，神奇的审美倾向更浓，这个可从详梦者和叙述者两个层面来看。

---

① （宋）黎靖德编纂：《朱子语类》，中华书局 1986 年版，第 2151 页。
② （宋）黎靖德编纂：《朱子语类》，第 2152 页。
③ （宋）黎靖德编纂：《朱子语类》，第 2170 页。

　　从详梦者来看，殷商时期对详梦人员没有明确规定，巫、卜、王都会参与。周代时，统治者制定了一系列的详梦制度，使详梦为统治阶级服务。《汉书·艺文志》说："众占非一，而梦为大，故周有其官。"① 由于详梦行为所具有的主观性非常强，当时详梦者的权威又特别大，因此有时周王自己也参与其中，并拥有最终的决断权。详梦者为了维护自己的权威地位，必然会迎合统治者的心理，从维护他们的利益出发进行详梦。春秋时期，天子失威，详梦的权力也旁落了。以《左传》中的详梦事件为例，其详梦者有梦者本人、史、巫及诸侯卿大夫等，这意味着谁都可以从自己的利益出发来详梦，梦的虚构空间变得更大了。

　　做梦本身就是叙述，详梦就是对梦中的事情进行再次叙述，也即"二次叙述"，"因为梦境充满了自相矛盾，不合'经验常理'之处，甚至逻辑也不可能会一再出现，因此'详梦'的二次叙述，不仅要把叙述整理出一个清晰的时间环链、可理解的情节环链，最主要的是从似乎无理可循的混乱情节中说出一个因果与伦理价值"，"详梦者的二次叙述，基本上是创造优先。但是他们说来试图要人相信的解释，确是'妥协式'的二次叙述。"② 也就是说，详梦者所做的工作是把梦中那些碎片似的意念进行弗洛伊德所说的"凝缩"和"转移"③，然后按照时间顺序讲述成一个完整的、具有逻辑关系的、有伦理价值的事件。在这个过程中，伦理价值，或者说意旨，是最重要的。正是在它的指挥下，详梦者常常通过联想、想象将梦与现实世界联系起来，创造性地建构一个故事，如僖公二十八年晋文公梦与楚子搏的事件。

　　　　夏四月戊辰，晋侯、宋公、齐国归父、崔夭、秦小子慭次于城濮。楚师背酅而舍，晋侯患之，听舆人之诵，曰："原田每每，舍其旧而新是谋。"公疑焉。子犯曰："战也。战而捷，必得诸侯。若其不捷，表里山河，必无害也。"公曰："若楚惠何？"栾贞子曰："汉阳诸姬，楚实尽之，思小惠而忘大耻，不如战也。"晋侯梦与楚子

---

① （汉）班固：《汉书·艺文志》卷三十，中华书局 1962 年版，第 1773 页。
② 赵毅衡：《广义叙述学》，四川大学出版社 2013 年版，第 116 页。
③ 弗洛伊德说："我们发现把潜在思潮转变为梦之显意的过程中，有两个元素在运作，梦之凝缩作用和梦之转移作用。"见弗洛伊德《梦的解析》，作家出版社 1986 年版，第 215 页。

搏，楚子伏己而盬其脑，是以惧。子犯曰："吉。我得天，楚伏其罪，吾且柔之矣。"

子犯主张与楚战，但晋侯内心却是忧郁不安的。晋侯晚上做了个梦，梦见自己同楚王搏斗，楚王将他打倒，并爬在他身上吮吸他的脑汁。子犯根据现实需要，也为了佐证自己的主张，将其建构成另一个完全不同的故事，即将一个晋彻底失败的故事变成一个晋大获全胜的故事。这其中的主观性自然是非常强的。

从叙述者来看，因为梦具有主观性和不可证伪性特点，所以史官在叙述梦时便可以在上面大展"诗心"，满足受述者"俗皆爱奇"的审美心理。如魏颗俘杜回的故事，《国语·晋语七》只是简单记录了魏颗退秦师、俘杜回，《左传·宣公十五年》却增加了结草衔环、老人托梦等情节，"结草衔环"因此而成为后人常用的一个典故，可见虚构给故事带来的神奇色彩对于它的传播多么重要。清代冯李骅在《左绣·读左卮言》中说："《左氏》好奇。每每描写鬼神、妖梦、怪异之事……须识其诞戏，皆有笔法，故不随《齐谐》恶道之中。"这些具有荒诞性质的事件可以视为左氏有意使用的一种文学"笔法"。

再如《左传·成公十年》晋侯梦大厉之事，用三个连贯性的梦组成一个故事，虚构的色彩非常浓郁。

晋侯梦大厉，被发及地，搏膺而踊，曰："杀余孙，不义。余得请于帝矣！"坏大门及寝门而入。公惧，入于室。又坏户。公觉，召桑田巫。巫言如梦。公曰："何如"？曰："不食新矣。"公疾病，求医于秦。秦伯使医缓为之。未至，公梦疾为二竖子，曰："彼，良医也。惧伤我，焉逃之？"其一曰："居肓之上，膏之下，若我何？"医至，曰："疾不可为也。在肓之上，膏之下，攻之不可，达之不及，药不至焉，不可为也。"公曰："良医也。"厚为之礼而归之。六月丙午，晋侯欲麦，使甸人献麦，馈人为之。召桑田巫，示而杀之。将食，张，如厕，陷而卒。小臣有晨梦负公以登天，及日中，负晋侯出诸厕，遂以为殉。

元代程端学认为："传言病在膏肓，则有之二竖之语。左氏何其诬邪！愚谓景公既食麦而杀桑田巫犹可信也，未食麦而即先杀之亦无是理。小臣梦负公以登天事既验矣，焉得殉？皆齐东野人之语。而左氏杂采之以为传，使后人疑焉。然使可信亦非易。"这个故事的真实性有诸多使人生疑之处，尤其是这三个梦的连贯性上。梦本是无意识行为，怎么会在情节上具有如此紧密的因果关系？这只能解释为是作者别有用心——"史有诗心"的产物了。当然，除虚构外，其"诗心"还体现在其他方面，如厉鬼追逐晋侯的情节充满了戏剧性，疾病竟然变为二童子，其对话生动有趣，小臣之死竟然印证了他早晨的梦。这部分的场景、动作、人物语言等描写都很精彩，叙述层层铺垫，设置悬念，引人入胜。

通过对《国语》《左传》《史记》中的梦进行比较可以发现：第一，三部书都有的梦只有1个；第二，《左传》中共26个梦，《史记》用了4个，其中2个为帝王感生的梦，而且《史记》另加了4个这类型的梦；《左传》中预言战争胜败、个人祸福的梦，《史记》都没采用，关于氏族兴衰的梦用了2个；第三，《史记》中的梦大多关涉帝王生死、氏族兴亡、人物由来。左丘明在《左传》中选择如此多的关于战争胜败、个人祸福之梦，与其所处的时代背景有关。春秋时期，尽管人们已有了对传统天命观的怀疑，但还是不彻底的，遇到重大问题时，仍然是要借助龟卜、筮占、天象、历数、梦兆等来求得神灵启示。《左传》中卜筮有40个之多，梦占也有26个。梦占较之其他预占来说，主观性最强，也最缺少理性因素，虚构的色彩更浓。《史记》中的帝王感生之梦如此之多，与司马迁生活的时代和个人思想倾向有密切关系。汉武帝时期，董仲舒提出天人感应理论，把君权神授的思想明确化。司马迁生活在这样的社会氛围中，再加上又从小师事董仲舒，所以他的天命观中存在着深深的矛盾，即且信且疑。而且，谶纬学说也于此时兴起，借助灾异、祥瑞、符命等虚构事件获得政治权威是时人常用的手段。现世的权威需要通过虚构一个更高的世界来赋予，这种思想自古至今都或隐或显地存在着。谶纬在先秦史传中零星闪现，发展至东汉时期大盛，对文学叙事的影响是不容忽视的。[1]

---

[1]　关于这一点，张泽兵的《谶纬叙事研究》（社会科学文献出版社2013年版）中有详细论述。

史出于巫的文化传统对史传叙事的影响，除表现在以上研究的神话传说、梦之外，还有卜筮、鬼怪、灾异、报应等方面。这些神奇事件共同构筑了一个虚幻的世界，培育人们的虚构思维和虚构能力，成为文学叙事发生的温床。

第二节　成因：口传史料的大量渗入

中国早期史传中记录了很多神奇怪诞、虚幻不实的事件，这除了与史出于巫的文化传统有关外，还与口传史料的大量渗入有关。陈梦家认为，"古代历史，端赖神话口传，遂分衍化；由于口传一事，言人人殊，故一事分化为数事，各异面目；由于人与神与兽之间分界不清，故人史与神话相杂；由于神道设教，人史赖神话以传，故人史皆神话。有此三故，古史因具重复性与神话性。"① 他指出了古史具有重复性和神话性的原因，其中一个即为口传。

在前文字和文字产生初期的人类社会中，历史主要依靠口耳相传的方式保存着。随着人类文明的发展，出现了结绳记事、刻契记事、图画记事等，但这些只能作为记事的辅助手段。那些形形色色的记事符号如果没有当事人及传承者的讲解，其信息是无法被读出的。随着社会的发展，文字出现了。这是人类文明史上的一个巨大进步。但由于早期的书写材料如甲骨、兽骨、竹简、木牍等，既不易书写，也不易保存，使用起来受很在限制，所以口耳相传仍然是保存历史不可缺少的方式。清章学诚指出："三代盛时，各守人官物曲之世氏，是以相传以口耳，而孔、孟以前，未尝得见其书也"，"后世竹帛之功，胜于口耳；而古人声音之传，胜于文字；则古今时异，而理势亦殊也。"② 可见上古三代与后世历史传播方式的不同。

春秋时期，大部分诸侯国开始设置专职记事的史官，如《墨子》一书中即提到"百国春秋"。现存的《春秋》是孔子在鲁国史书的基础上修订而成的。虽然《春秋》是文字文本，但这并不意味着当时口传历史现

---

① 陈梦家：《商代的神话与巫术》，《燕京学报》第 20 期。

② （清）章学诚著，叶瑛校注：《文史通义校注》，中华书局 1985 年，第 63、78 页。

象的消失。先秦时期活跃的"瞽史"就是一个很好的例子。徐中舒认为："人类历史最初皆以口语传诵为主，而以结绳刻木帮助记忆。春秋时代我国学术文化虽有高度发展，但有关历史的传习也还未能脱离这样原始方式。当时有两种史官，即太史与瞽矇，他们所传述的历史，原以瞽矇传诵为主，而以太史的记录帮助记诵，因而就称为瞽史。所谓'史不失书，矇不失诵'，即史官所记录的简短的历史，如《春秋》之类，还要通过瞽矇以口头传诵的方式，逐渐补充丰富起来。"① 由此可见，这一时期，历史知识的传播是口耳相传与文字记载并行不悖，相辅相成。因为《春秋》记事极其简单，只用了18000余字②，却叙述242年的漫长历史，可以想象，如不辅以瞽矇的口头传诵，是很难达到有效传递历史信息的目的的。但是，口传存在着一个重要问题，即信息的不稳定性。事件在传播过程中，信息极易流失，导致故事缺损不全，而人类讲故事的本能又总是追求故事的首尾完整、引人入胜，所以常常便只能借助虚构来补全了。早期的史官在编撰史书时，由于资料的奇缺，不得不采用大量的民间口传资料。

　　《左传》一般认为是左丘明为解《春秋》而作，当然也还有其他说法。关于这部书的成书过程及时间，沈玉成、刘宁在《春秋左传学史稿》中有概括，"《左传》这部书从草创到写定，应该经历一个过程。具体说，当时草创于春秋末而写定于战国中期以前，由授受者不断补充润色，大体定型。至于写作中所依据哪些原始史料，这又牵涉到左丘明是否为史官以及传授者的身份问题，任何解释都只能属于猜想，至多不过是合理猜想。但有一点可以肯定，写作所根据的除了书面史料以外，还有口头传说材料甚至作者的主观想象"③。《左传》包含口传史料的迹象很明显。《左传》中关于占卜、鬼神、灾祥、祭祀、婚丧习俗等内容的记述，具有民间口传文学所具有的神秘性、传奇性特征。《左传》中所记录的1400多个历史人物，有很多是社会底层人物，如倡优、商贾、役人、盗贼、侠士等，如若作者没有收录民间资料，又怎能把他们塑造得那样生动形象呢？《左传》中的一些卿士、大夫、史官等不仅能讲述本国或本氏族的历史而且

---

① 徐中舒：《〈左传〉的作者与成书年代》，见杜维运、黄进兴编《中国史学史论文选集》，华世出版社（台北）1976年版。

② 杜预在《春秋经传集解》中引曹魏时人张晏之语："《春秋》万八千字。"

③ 沈玉成、刘宁：《春秋左传学史稿》，江苏古籍出版社1992年版，第82页。

还能讲述古代各种神话故事、历史传说。如文公十八年鲁大夫季文子让司寇把莒国太子仆逐出鲁国后，让太史克对鲁宣公所说的话中，就详细地提到上古时代的"八恺""八元""四凶"传说。襄公四年魏绛告诉晋侯说："《夏训》有之曰：'有穷后羿。'公曰：'后羿何如？'对曰：'昔有夏之方衰也，后羿自鉏迁于穷石……'"，《夏训》可能是文字典籍，它关于后羿的记载只有四个字。魏绛详细讲述的后羿故事，就有可能是来自于口传历史了。《左传》中"晋舆人诵""宋城者讴""鲁国人诵""郑舆人诵""莱人歌""齐人歌"等民谣民谚的征引也可视为作者从民间口传史料中取材的佐证。

《史记》一书上起黄帝，下至武帝，长达三千年的历史撰写起来，最大的困难莫过于史料不足了。远古时没有文字，只有流传在民间的传说，其后虽有文字记录文本如《春秋》《尚书》等，但其所述极为简略。秦统一中国后，"烧天下《诗》《书》，诸侯史记尤甚"①。秦汉之交战火连年，项羽火烧秦宫室，对历史文化典籍的破坏可想而知了。因此，司马迁撰写《史记》从民间口传史料中取材是必然之举。关于这点，司马迁在《五帝本纪》《项羽本纪》《淮阴侯列传》等众多文章中的"太史公曰"部分有明确表述，如"余尝西至空桐，北过涿鹿，东渐于海，南浮江淮矣，至长老皆各往往称黄帝、尧、舜之处，风教固殊焉，总之不离古文者近是"，"吾闻之周生曰，'舜目盖重瞳子'，又闻项羽亦重瞳子"，"吾如淮阴，淮阴人为余言，韩信虽为布衣时，其志与众异"，等等。

此外，《史记》还从《诗经》中取材。《殷本纪》中说："余以《颂》次契之事，自成汤以来，采于《书》《诗》。"《周本纪》中周代早期历史叙述与《诗经·大雅》中的《生民》《公刘》《緜》《皇矣》《大明》《文王有声》《鲁颂·閟宫》等密切相关。《诗经》所述寥寥数语，《尚书》《春秋》记言记事又极其俭省，司马迁要完整地讲述一段历史，便只能在它们所给定的事件框架内进行合理的联想和想象，通过虚构填补史实的不足，使事件发生发展的过程完整连贯，使人物形象丰满鲜活。

口传史料大量渗入远古史书中，除了上述的文字产生较晚、书写材料简陋、传播手段落后等客观原因外，还有主观原因。首先，作者欲借其表

---

① （汉）司马迁：《史记》，中华书局 1959 年版，第 686 页。

达自己的思想情感。《五宗世家》中临江闵王刘荣被他的父亲汉景帝迫害
而自杀后，"葬蓝田，燕数万衔土置冢上。百姓怜之。"这个事件的民间
传闻色彩是毫无疑问的。司马迁之所以采用它，就是为了抒一己之情，如
宋代朱翌所言："帝杀临江闵王，燕数万衔土置塚上；王莽掘丁姬塚，燕
数千衔土投穿中。史书如此，非志怪也，以言禽兽哀怜之，人不如也。"①
其次，作者欲借其增加叙事的文学性，这与"俗皆爱奇"的审美心理有
关。刘勰在《文心雕龙·史传》中说："盖文疑则阙，贵信史也。然俗皆
爱奇，莫顾实理。传闻而欲伟其事，录远而欲详其迹。于是弃同即异，穿
凿傍说，旧史所无，我书则传。此讹滥之本源，而述远之巨蠹也。"② 刘
勰从史学的角度出发对"俗皆爱奇"导致的信史不信的现象痛心疾首，
但若从文学角度来看，这并非坏事。它显示了文学性叙事在史传母体中的
躁动生长。"传闻而欲伟其事，录远而欲详其迹"，意味着作者叙事有意
挣脱史传叙事尚简的传统，追求事件的翔实、丰赡，而欲"伟其事""详
其迹"，就必须借助想象力来填补空缺的事件信息，也就是钱锺书先生所
说的"史有诗心"了。在"诗心"的作用下，其事件的选择与编排也不
再依据"实理"，而是"奇"。

　　《左传》中的大量巫谬不实之事，就与作者"好奇"的追求不无关
联。关于这点，自古即有论述。晋范宁《穀梁传集解·自序》说"左氏
艳而富，其失也诬"③。唐韩愈说"《春秋》严谨，《左氏》浮夸"④。宋晁
说之《三传说》中说"左氏之失专而纵"⑤，宋叶梦得说"左氏传事不传
义，是以详于史，而事未必实"⑥。清代冯镇峦则明确指出："千古文字之

　　① （宋）朱翌撰：《猗觉寮杂记》卷下，台湾商务印书馆 1986 年影印文渊阁四库全书本，
子部十，杂家类二·杂考之属。

　　② 黄霖编著：《文心雕龙汇评》，上海古籍出版社 2005 年版，第 61 页。

　　③ （晋）范宁撰，（唐）陆德明音义、杨士勋疏《春秋谷梁传注疏·序》，台湾商务印书馆
1986 年景印文渊阁四库全书本，经部五，春秋类。

　　④ （唐）韩愈撰：《进学解》，文见（宋）魏仲举编《五百家注昌黎文集》卷十二，台湾商
务印书馆 1986 年景印文渊阁四库全书本，集部二，别集类一。

　　⑤ （宋）晁说之撰：《景迂生集》卷十二，台湾商务印书馆 1986 年景印文渊阁四库全书本，
集部三，别集类二。

　　⑥ （宋）叶梦得：《叶氏春秋传·原序》卷首，台湾商务印书馆 1986 年景印文渊阁四库全
书本经部五，春秋类。

妙，无过《左传》，最喜叙怪异事，予尝以之作小说看。"①

《史记》中也有很多此类具有传奇性质的故事，而司马迁的浪漫尚奇的审美追求也是早有定论。扬雄说"子长多爱，爱奇也"，欧阳修称其为"博学好奇之士"②，清代袁枚也说过："史迁叙事，有明知其不确，而贪其所闻新异，以助己之文章，则通篇以幻忽语序之，使人得其意于言外，读史者不可无视也。"③《史记》在取材上确实具有"爱奇"的特点，比如《留侯世家》中的圯上老人故事。它具有浓郁的民间传说色彩，作者的叙述也充满着艺术性。

> 良尝闲从容步游下邳圯上。有一老父，衣褐，至良所，直堕其履圯下，顾谓良曰："孺子，下取履！"良愕然，欲殴之。为其老，强忍，下取履。父曰："履我！"良业为取履，因长跪履之。父以足受，笑而去。良殊大惊，随目之。父去里所，复还，曰："孺子可教矣。后五日平明，与我会此。"良因怪之，跪曰："诺。"五日平明，良往，父已先在，怒曰："与老人期，后，何也?"去，曰："后五日早会。"五日鸡鸣，良往。父又先在，复怒曰："后，何也?"去，曰："后五日复早来。"五日，良夜未半往。有顷，父亦来，喜曰："当如是。"出一编书，曰："读此则为王者师矣。后十年兴。十三年孺子见我济北，穀城山下黄石即我矣。"遂去，无他言，不复见。旦日视其书，乃《太公兵法》也。

作者将这个事件置于本章的开始部分，是为了突出张良的善良、坚忍，为后文故事的发展埋下伏笔。这个故事的叙述手法也独具"诗心"。他没有完全采用史家常用的全知视角，而是在很多地方都采用张良的限知视角来叙述，使事件充满着神秘的色彩和引人入胜的魅力。像这样的民间传奇在《史记》中有很多，如《秦始皇本纪》《项羽本纪》《张仪列传》《李斯列传》《淮阴侯列传》《李将军列传》《扁鹊仓公列传》《大宛列传》

---

① （清）吴敬梓著，李汉秋辑校：《儒林外史》会校会评本，上海古籍出版社1984年版，第46页。

② （宋）欧阳修：《欧阳文忠公全集》卷四十三。

③ （清）袁枚：《随园随笔》卷二。

《滑稽列传》等。

口耳相传的史料具有强烈的不稳定性，如陈梦家所言："言人人殊，故一事分化为数事，各异面目。"史官在编撰史书时采用口头史料的结果就是同一个历史事件在不同的史书、甚至同一史书的不同部分中会有不同的叙述。比如"赵氏孤儿"故事。最早出现在《左传》中。鲁成公四年，晋赵婴齐与自己的侄媳赵庄姬（赵朔之妻，晋成公之女，也有说是晋成公之姊）私通。成公五年，赵同、赵括将赵婴放逐到齐国。成公八年，赵庄姬因为赵婴放逐之事，向晋景公诬陷说赵同、赵括要犯上作乱。晋景公遂出兵讨伐。赵庄姬带着赵武（赵朔与赵庄姬之子）住在晋景公的宫里。晋景公本打算把赵氏的土地赏给祁奚，但因为韩厥的一番话而改变主意，立赵武为赵氏的继承人，并归还赵氏的封地。这个故事到了司马迁的《史记》中，出现了两种说法。《晋世家》采用了《左传》中的说法，认为赵氏家族的这场灾难（又称"下宫之难"）是由赵庄姬、赵婴齐与赵同、赵括之间的矛盾引起的，而《赵世家》《韩世家》和《年表》则认为是由于晋灵公的宠臣屠岸贾为讨伐赵氏杀灵公之罪而引起的。其中，《赵世家》的叙述最为详细。晋灵公的宠臣屠岸贾，在晋景公时出任晋国的司寇。他欲作乱，便借灵公之死这件事，诛杀了赵朔、赵同、赵括、赵婴齐等赵氏家族之人。赵朔之妻庄姬是成公之姊。她带着遗腹子赵武躲在宫中。屠岸贾索于宫中，赵氏的门客程婴、公孙杵臼出于大义，设计救出赵武，公孙杵臼为此牺牲生命，程婴则带着赵武躲入山中。后来，在韩厥的帮助下，赵武杀了屠岸贾，恢复了赵氏家族。这两种说法孰是孰非，历代学者意见不一，有完全否定《史记》之说，也有完全肯定《史记》之说，还有认为两说皆应存之、两说不是同一件事。此处暂且不论。就故事本身而言，《史记》所记载的故事更富有传奇色彩。司马迁没有采用《左传》的资料，而采用了其他资料，这其中就极有可能包括民间口传资料。因为《史记》以前并没有任何书面资料有此种记载。

早期史传从口传资料中取材，再加上"俗皆好奇"的创作和接受心理，使史书中出现了很多神奇荒诞、虚幻不实之事。这有悖于史书追求真实的编写原则，但却有益于文学叙事的发生。因为虚构是文学叙事的一个重要特质，如傅修延所说："细枝末节的虚构与通体虚构之间并没有一道堤防，由局部'感染'到全身'感染'并非不可能发生之事，一旦虚构

由'衣'向'体'蔓延，由'毛'向'骨'侵袭，叙事的性质便会发生
变化"①。文学叙事就是这样在史传母体中孕育成长的。

第三节　流变：从史之奇到文之奇

　　中国早期的史传中记录了很多荒诞不经的神奇事件。它对文学叙事产
生了重要影响。小说是叙事文学的代表，而中国古小说的起源即与史传有
关。关于这方面的最早记录在班固的《汉书·艺文志》中，"小说家者
流，盖出于稗官。街谈巷语，道听涂说者之所造也。孔子曰：'虽小道，
必有可观者焉，致远恐泥，是以君子弗为也。'然亦弗灭也。闾里小知者
之所及，亦使缀而不忘。如或一言可采，此亦刍荛狂夫之议也"。小说出
于稗官，也是一种史籍，只是它所记载的是正史所不取的间巷琐谈、逸闻
旧事，其中就包括很多虚诞怪妄之事。小说的作用也主要是如正史一样的
训诫殷鉴。刘知几在《史通·杂述》中将其均称之为"史氏流别"，"爰
及近古，斯道渐繁。史氏流别，殊途并骛。榷而为论，其流有十焉：一曰
偏纪；二曰小录；三曰逸事；四曰琐言；五曰郡书；六曰家史；七曰别
传；八曰杂记；九曰地理书；十曰都邑簿"。这里的"逸事""琐言"
"杂记"等都类似于今日之小说。它们主要诞生时于魏晋六朝时期。今存
的小说中，虽然也有标记为汉人所作的，但学者们普遍认为其为后世伪托
的。

　　魏晋六朝小说的代表之一是记录神仙鬼怪之事的志怪小说。它的繁荣
一般认为有两个原因：一是受到《山海经》的影响，因为《山海经》"稍
显于汉而盛行于晋"②；二是与当时的社会风气密切相关，"中国本信巫，
秦汉以来，神仙之说盛行，汉末又大畅巫风，而鬼道愈炽；会小乘佛教亦
入中土，渐见流传。凡此皆张皇鬼神，称道灵异，故自晋迄隋，特多鬼神
志怪之书"。但此外，他应该还与另一个重要因素有关，即史传的影响。
从编撰目的来看，志怪小说是用来补正史之不足的；从作者来看，很多志
怪小说的作者本身就是史官；从叙事模式来看，志怪小说主要采用《史

---

① 傅修延：《先秦叙事研究——关于中国叙事传统的形成》，第214页。

② 鲁迅：《中国小说史略》，第20页。

记》纪传体的叙事模式。①

志怪小说的产生与史传中的神奇事件有密切关系。但是，两者又有很大不同。史传中记录的富有神话色彩的历史传说，大多是关乎帝王将相的，目的是为他们涂上神圣的天命光环，而那些卜筮、梦兆、灾异、祯祥等神奇事件则基本都是用来预言王朝兴衰、战争胜负、个人吉凶的，这与当时发达的预占文化有关，而预占文化的发达又是因为当时浓厚的天命观思想。若从叙述的层面来看，史传中的这些神奇事件形成了"预言—行动—应验"的叙事模式。② 但志怪小说所记录的神奇事件并非如此。事件的主人公的身份多样化，神界、鬼界、人界；事件的类型丰富多彩，神鬼助人、男女姻缘、善恶有报、起死回生等；叙述的重心放在事件本身的神奇上，所以常常有曲折多姿的情节和精彩的场景、细节描写。比如《搜神记》中众所周知的《宋定伯捉鬼》故事：

南阳宋定伯，年少时，夜行逢鬼。问之，鬼言："我是鬼。"鬼问："汝复谁？"定伯诳之，言："我亦鬼。"鬼问："欲至何所？"答曰："欲至宛市。"鬼言："我亦欲至宛市。"

遂行数里。鬼言："步行太迟，可共递相担，何如？"定伯曰："大善。"鬼便先担定伯数里。鬼言："卿太重，将非鬼也？"定伯言："我新鬼，故身重耳。"定伯因复担鬼，鬼略无重。如是再三。定伯复言："我新鬼，不知有何所畏忌？"鬼答言："惟不喜人唾。"于是共行。

道遇水，定伯令鬼先渡，听之，了然无声音。定伯自渡，漕㴓作声。鬼复言："何以作声？"定伯曰："新死，不习渡水故耳，勿怪吾也。"

行欲至宛市，定伯便担鬼着肩上，急持之。鬼大呼，声咋咋然，索下，不复听之。径至宛市中，下着地，化为一羊，便卖之。恐其变化，唾之。得钱千五百，乃去。于时石崇言："定伯卖鬼，得钱千五百文。"

---

① 本书第一章第一节中有详细论述。
② 关于这点，在本书的第五章第四节中有详细论述。

　　《搜神记》的故事丰富多彩，生动有趣，不仅是因为作者的加工改造，还因为取材广泛，其来源有《史记》《汉书》《后汉书》等正史，有先秦诸子散文中的譬喻与寓言，有《吕氏春秋》《晏子春秋》《淮南子》等杂著，有《洞冥记》《列异传》《风俗通义》等神怪小说，还有"采访近世之事"①。如刘知几所言："逸事者，皆前史所遗，后人所记，求诸异说，为益实多，及妄者为之，则苟载传闻，而无铨择，由是真伪不别，是非相乱，如郭子横之《洞冥》、王子年之《拾遗》，全构虚辞，用惊愚俗，此其为弊之甚者也。"志怪小说从最初搜集史书遗事开始，渐渐地在载录传闻时，不加选择，真伪不辨，变成了"全构虚词"，目的是"惊愚俗"，也即由史书彰善瘅恶的功能渐渐转移到娱乐、审美功能。有些志怪小说集的序言中也提到这点，如干宝《搜神记序》即言"幸将来好事之士，录其根体，有以游心寓目，而无尤焉"之说，萧绮的《拾遗记序》中也明确表达了这点："王子年乃搜撰异同，而殊怪必举，纪事存朴，爱广尚奇。"②

　　这种尚奇的倾向发展至唐代，影响着唐传奇的形成。鲁迅认为，"传奇者流，源出于志怪，然施之藻绘，扩其波澜，故所成就乃特异，其间虽亦或托讽喻以纾牢愁，谈祸福以寓惩劝，而大归则究在文采与意想，与昔之传鬼神明因果而外无他意者，甚异其趣矣。"③唐传奇源出于志怪，初唐、盛唐时期出现的《古镜记》《补江总白猿传》《游仙窟》等就具有从志怪向传奇的过渡意义。它们所叙虽仍不脱神仙鬼怪，但这些神仙鬼怪已被赋予人的性格、情感、欲望等。故事中的世界虽然是虚幻的，但有着现实的投影，具有浓郁的人间烟火味。比如《游仙窟》讲述了"我"旅途中在"神仙窟"的一次艳遇。居住在这里的十娘、五嫂才貌双全，善解风情，"我"与她们传诗送柬，宴饮游乐，对歌调情，饮酒博戏，赏乐起舞。在这一天两夜的时间里，"我"与十娘从相遇相知、相恋相爱，再到缠绵成欢、伤心辞别。这是一个典型的人间恋爱故事，以至于郑振铎说："这是我们文学史上的第一部有趣的恋爱小说无疑。"④

---

① （晋）干宝：《搜神记自序》。

② 丁锡根编著：《中国历代小说序跋集》，人民文学出版社 1996 年版，第 58 页。

③ 鲁迅：《中国小说史略》，浙江文艺出版社 2000 年版，第 50 页。

④ 郑振铎：《中国文学史》，山东美术出版社 2009 年版，第 257 页。

中唐时期，唐传奇开始转入对现实生活的描写，爱情、豪侠、仕途等成为其关注对象，如《枕中记》《霍小玉传》《南柯太守传》《莺莺传》《李娃传》《谢小娥传》等。它的"奇"不再是神仙鬼怪事件之"奇"，而是日常生活事件之"奇"，"奇"体现在人物奇特、跌宕的人生经历和命运上。故事的主人公大多是现实社会中的平常人，却有着不平常的遭遇。即使有些作品的主人公不是平常人，是达官贵人甚至皇帝，但是作者所关注的已不是他们的公共生活，而是个人生活。比如《长恨歌传》，讲述的不是唐明皇治国平天下的政治军事故事，而是他与杨贵妃恩恩怨怨、悲欢离合的爱情传奇。作者将杨贵妃死后唐明皇对她的思念之情写得甚是感人，"每至春之日，冬之夜，池莲夏开，宫槐秋落，梨园弟子，玉管发音，闻《霓裳羽衣》一声，则天颜不怡，左右歔欷。三载一意，其念不衰。求之梦魂，杳不能得"。此外，还详细地叙述了唐明皇请道士为杨贵妃招魂的事件，一方面增加了故事的传奇性；另一方面也是为了表现杨贵妃对唐明皇死生不变的深情。

唐传奇尚奇的追求从很多作品的末尾也可以看出，比如：

> "建中二年，既济自左拾遗于金吾。将军裴冀，京兆少尹孙成、户部郎中崔需、右拾遗陆淳，皆适居东南，自秦徂吴，水陆同道。时前拾遗朱放，因旅游而随焉。浮颍涉淮，方舟沿流，昼宴夜话，各征其异说。众君子闻任氏之事，共深叹骇，因请既济传之，以志异云。沈既济撰。"
>
> ——《任氏传》
>
> 元和六年夏五月，江淮从事李公佐使至京，回次汉南，与渤海高铽，天水赵儹，河南宇文鼎会于传舍。宵话征异，各尽见闻。铽具道其事，公佐为之传。
>
> ——《庐江冯媪传》
>
> 贞元岁九月，执事李公垂，宿于予靖安里第，语及于是。公垂卓然称异，遂为《莺莺歌》以传之。
>
> ——《莺莺传》
>
> 噫！人生之契阔会合多矣，罕有若斯之奇，常谓古今所无。
>
> ——《无双传》①

---

① 以上引文分别见鲁迅《唐宋传奇集》，见《鲁迅全集》第十卷，人民文学出版社1973年版，第219、266、305、323页。

"各征其异说""宵话征异""公垂卓然称异""罕有若斯之奇",由此可见出唐人做小说时"奇""异"的审美追求。但是这种"奇""异"和志怪小说又有本质上的不同,即唐人是有意为之,如明胡应麟所说:"变异之谈,盛于六朝,然多是传录舛讹,未必尽幻设语;至唐人乃作意好奇,假小说以寄笔端。"唐传奇之"奇",是"作意好奇",目的是寄托、传达对社会、人生的思考。与志怪小说比起来,它具有了厚重的思想内蕴和很高的艺术品质,成为文学史上一种独特的文学类型。宋洪迈在《容斋随笔》中赞道:"唐人小说,不可不熟,小小情事,凄婉欲绝,洵有神遇而不自知者。与诗律可称一代之奇。"

宋代时,志怪、传奇这一脉仍有余续。宋人类书《太平广记》即是此类作品的大汇编,取之于汉代至宋初的野史小说、释藏道经以及以小说家为主的杂著。全书 500 卷,按题材分为 92 类,其下又分 150 余细目。其中,神仙 55 卷,女仙 15 卷,报应 33 卷,神 25 卷,鬼 40 卷,由此可见神怪故事所占比重之大。此外,洪迈编有志怪小说集《夷坚志》,卷帙浩繁,题材繁杂,举凡神仙鬼怪、忠臣孝子、释道淫祀、风尚习俗等一一收之,故事大多神奇诡异,虚妄荒诞。宋代也有少量的传奇作品,如乐史的《绿珠传》《杨太真传》,秦醇的《赵飞燕别传》《骊山记》等。但是,总体来说,艺术性较低。这与时代背景、作者身份等有关。明胡应麟说:"小说,唐人以前,纪述多虚,而藻绘可观;宋人以后,论次多实,而彩艳殊乏。盖唐以前出文人才士之手,而宋以后率俚儒野老之谈故也","宋人所记,乃多有近实者,而文采无足观。本朝《新》《余》等话,本出名流,以皆幻设,而时益以俚俗,又在前数家下。惟《广记》所录唐人闺阁事,咸绰有情致,诗词亦大率可喜"①。明钱希言在《狯园自序》中也说得非常清楚,"稗至唐而郁乎盛矣,响亦绝焉。唐以后非无稗也,人人而能为稗也。唐以前皆文人才子不得志于兰台石室者为之,率多藻思雅致,隽句英谈;唐以后悉出老生鄙儒之手,随事辄记于桑榆中而已;故其为稗均,而其所由稗异也。何也?唐人善用虚,宋人善用实。唐人情深趣胜,为能沿泛波涛;宋人执理局方,惟事穿凿议论。唐人以文为稗,妙

---

① (明)胡应麟:《少室山房笔丛》卷二十九丙部《九流绪论下》,中华书局 1958 年版,第 375 页。

在不典不经；宋人以稗为文，病在亦趋亦步。由斯以观，非其才之罪也，文章与时高下大抵然耳。"① 小说在古代称为稗史，他所说的"稗"也即小说。鲁迅也言："宋一代文人之为志怪，既平实而乏文采，其传奇，又多托往事而避近闻，拟古且远不逮，更无独创之可言矣。然在市井间，则别有艺文兴起。即以俚语著书、叙述故事，谓之'平话'，即今所谓'白话小说'者是也。"② 可见，在早期史传以及其他因素共同影响下形成的人们对神奇怪异事件的兴趣发展至宋代时开始衰落，逐渐为诞生于市井坊间具有浓郁的现实生活味的话本小说所取代。

---

① （明）钱希言：《狯园自序》，见王汝梅《中国古代小说理论史》，浙江古籍出版社2000年版，第59页。

② 鲁迅：《中国小说史略》，浙江文艺出版社2000年版，第79页。

第四章　"春秋笔法"的叙事机制及内涵的变迁

　　《春秋》是中国第一部真正意义上的编年体史书，是孔子在鲁史的基础上修订而成的。中国的第一部史书就采取了叙事的形式，这应与中国的史官文化密切相关。孔子修订《春秋》的笔法后人称之为"《春秋》笔法"，也有称之为《春秋》"书法""书例""义例""义法"的。它不是孔子自己说出来的，而是后人解读《春秋》时总结出来的。现行的普遍用法是将"《春秋》笔法"写作"春秋笔法"①。它一方面指"孔子修订《春秋》的笔法"这个本义；另一方面又有引申义，指用"《春秋》笔法"写成的文章，即在客观叙述中蕴涵褒贬。历代学者从经学、史学、文学等不同角度对"春秋笔法"不断地进行阐释、发挥，使之深刻地影响了中国思想文化的众多领域。"春秋笔法"中也包含着丰富的叙事学内容，对后世的文学叙事影响深远。

第一节　"春秋笔法"与"不可叙述事件"的叙述

　　"不可叙述事件"概念最早在杰拉德·普林斯的著作中有所涉及。他在《叙事学：叙事的形式和功能》和《叙事学辞典》中对"未发生事件的叙述"进行定义时，提到"不可叙述事件"和"不值得叙述事件"，但是他将两者混为一谈。罗宾·R.沃霍尔认为这两个概念之间有重大的语

---

　　① 周振甫于1961年在《新闻业务》第10、11期上先后发表了题为《春秋笔法》的论文，这应算是新中国成立以来最早研究"春秋笔法"的论文。2009年，中华书局出版的一套"四大名著名家点评"本用"春秋笔法"取代了以前很多版本中的"《春秋》笔法"。

用上的差别，所以对其进行了细致的研究。在《新叙事学：现实主义小说和当代电影怎样表述不可叙述之事》一文中，她把从经典现实主义小说中挑选出来的用以阐明"不可叙述事件"的例子分为四类：

> 不必叙述的事件：因属"常识"而不必表达之事件；①
> 不可叙述的事件：因为不能用言语表达而不能讲述者；②
> 不应叙述的事件：因社会常规不允许而不应被叙述事件；③
> 不愿叙述的事件：由于遵守常规而不愿叙述的事件。④

沃霍尔认为，尽管那些"不可叙述事件"在叙事中有时干脆不着一字，但"不可叙述事件"并不总是导致文本上的无声，或导致迈尔·斯滕伯格所谓的"空白"或"空隙"，它还可以通过多种方式来得到表述并产生重要意义。她的这一研究成果对于重新认识"春秋笔法"的叙事机制有重要的价值。

《春秋》只用了18000余字就叙述了242年的漫长历史。如此少的字

---

① "即'不值得叙述之事件'，相当于普林斯所讲的'the non-narratable'或'常识性事件（the normal）'。这些事件或因是'明摆着的'而不够'可叙述性的门槛'；或因太微不足道、太平庸而不必表达出来。正如普林斯所说：'如果我跟一位朋友讲我昨天做了什么，很可能我不会提到我系了鞋带。'"见James Phelan，Peter J. Rabinowitz主编《当代叙事理论指南》，申丹等译，北京大学出版社2007年版，第244页。

② "指的是那些难以用叙事方式再现的事件，凸现出语言或视觉形象充分表征事件的难处，即使这些事件是虚构的。'不可叙述事件'这一范畴往往指我说的经典现实主义文本中的'未叙述'的情况。最初，《项迪传》中的主人公项迪用了一整页黑色作为自己对'可怜的约利克'之死引起的悲伤的反表达。"见James Phelan，Peter J. Rabinowitz主编《当代叙事理论指南》，第245页。

③ "这属于'不要求叙述的''不可叙述事件'，倘若讲述出来反倒会让人们说'这不需要讲嘛'。举例说，在维多利亚时代的现实主义小说中，性总是不应讲述的东西，人们只是根据小说情节的发展知道了后果才知道发生了什么事情（比如孩子出生了，因失恋而失望沮丧，或某人由此而坏了名声等等）"。见James Phelan，Peter J. Rabinowitz主编《当代叙事理论指南》，第246页。

④ "违反了文类的规律，但又不属于上面提到的'不必叙述''不可叙述'和'不应叙述'的那几种情况。比如，在以女性为中心主义的19世纪小说中，正如南希·米勒令人难忘地指出的那样，女主人公最后只能是不嫁掉则死去。我认为，文学文类常规的规律性比社会常规更少灵活性，且在整个文学史中导致了比禁忌所产生的更多的未能叙述性。"见James Phelan，Peter J. Rabinowitz主编《当代叙事理论指南》，第249页。

数，却承担一个非常重大的书写目的，即孟子所说的："世道衰微，邪说暴行有作，臣弑其君者有之、子弑其父者有之。孔子惧，作《春秋》。《春秋》，天子之事也。是故孔子曰：'知我者其惟《春秋》乎！罪我者其惟《春秋》乎！'……孔子成《春秋》而乱臣贼子惧。"① 无论是书写代价昂贵这个客观因素，还是作者欲借本书以传达思想这个主观因素，都决定了孔子在撰《春秋》时，对于事件的选择和叙述必然是慎重考虑的，比如哪些属于可叙述事件，哪些属于"不可叙述事件"，"不可叙述事件"怎样叙述来达到为自己的撰史目的服务，等等。

现借鉴沃霍尔提出的"不可叙述事件"的分类标准，以《左传》为参照文本，将《春秋》中的"不可叙述事件"分成"不必叙述的事件""不应叙述的事件""不愿叙述的事件"三类。沃霍尔提出的第二类"不可叙述的事件"，即"因为不能用言语表达而不能讲述者"，在《春秋》中没有涉及，故略去。

不必叙述的事件：日常小事及小人物之事。这是史书记事的基本原则。特别是在古代，书写条件极为落后，史官不可能去花费高昂的书写代价记录那些毫无意义的小事情、小人物。《春秋》中所记事件，"据元朝人陈则通《春秋提纲》和卫聚贤先生的计算，其中'侵伐'272例，'朝聘'154例，'会盟'198例，'杂事'217例"②。侵伐、朝聘、会盟是大事自不必说，即使是所谓的"杂事"，其实也都是国之大事。"杂事"下所涉事件包括鲁婚姻例、鲁蒐狩例、鲁祭祀例、鲁禘例、鲁雩例、鲁土田例、鲁城筑例、鲁宫室僭侈例、鲁宫室灾变等。《春秋》不记载小事，从《左传》的相关叙述中也可以窥见一斑，比如：

　　秋，有蜮。为灾也。凡物不为灾不书。
　　冬，邾黑肱以滥来奔，贱而书名，重地故也。
　　九年春，王三月癸酉，大雨霖以震，书始也。庚辰，大雨雪，亦如之。书时失也。凡雨，自三日以往为霖。平地尺为大雪。

---

① 杨伯峻译注：《孟子译注》，中华书局1960年版，第155页。
② 沈玉成、刘宁：《春秋左传学史稿》，江苏古籍出版社1992年版，第22页。

不应叙述的事件：史官记事，哪些应记，哪些不应记，是有很多规定的。杜预从《左传》中总结的"五十凡"有一些就涉及鲁史记事的原则。他将"五十凡"称之为"正例"或称"旧例"，认为是周公旦在西周初年制定的。鲁国是周公后裔，鲁人在修国史《鲁春秋》中进行了继承，"其发凡以言例，皆经国之常制，周公之垂法，史书之旧章，仲尼从而修之，以成一经之通体"①。杜预将《左传》中不用"凡"而用"书""书曰""不书""先书""故书""不言""不称"等七种方式来解释经义的，称之为"变例"或"新例"，认为是孔子在修订《鲁春秋》时的发明。关于杜预的观点，也有异议。比如宋刘敞在《春秋权衡》中认为，《左传》中的所谓"凡"，一般来说，"皆史书之旧章"，但有一些也未必，"《左氏》凡例亦不必皆史书之旧也，乃丘明推己意解经为凡耳。"②且不管这些异议，但有一点是肯定的，那就是史书记事，有一些事件按照修史常规是不应被叙述的。比如：

> 凡崩、薨，不赴则不书。祸、福，不告亦不书。
>
> 凡会诸侯，不书所会，后也。后至不书其国，辟不敏也。
>
> 凡诸侯有命，告则书，不然则否。师出臧否，亦如之。虽及灭国，灭不告败，胜不告克，不书于策。

不愿叙述的事件：孔子修《春秋》时，有些事件不愿叙述，其原因主要有：一是为了避讳。如《公羊传》所说："为尊者讳，为亲者讳，为贤者讳。"③《论语·子路篇》中也有此种说法，"孔子曰：'吾党之直者异于是。父为子隐，子为父隐，直在其中矣。'"④ 二是为了劝善惩恶。司马迁在《史记·太史公自序》中有所论述："夫春秋，上明三王之道，下

① 〔周〕左丘明传，〔晋〕杜预注，〔唐〕孔颖达正义：《春秋左传正义》卷第一《春秋序》，见李学勤主编《十三经注疏》，北京大学出版社 1999 年版，第 14 页。

② 〔宋〕刘敞撰：《春秋权衡》卷二，台湾商务印书馆 1986 年景印文渊阁四库全书本，经部五，春秋类。

③ 〔魏〕何晏集解，〔唐〕陆德明音义，〔宋〕邢昺疏：《论语注疏》卷第十三，见李学勤主编《十三经注疏》，北京大学出版社 1999 年版，第 177 页。

④ 〔汉〕公羊寿传，〔汉〕何休解诂，〔唐〕徐彦疏：《春秋公羊传注疏》卷第九，见李学勤主编《十三经注疏》，北京大学出版社 1999 年版，第 192 页。

辨人事之纪，别嫌疑，明是非，定犹豫，善善恶恶，贤贤贱不肖，存亡国，继绝世，补敝起废，王道之大者也。"孔子修《春秋》，为了达到这个目的，有些事情不愿意叙述，或者不愿意按照事情的真相叙述。比如：

> 夏，公追戎于济西。不言其来，讳之也。
>
> 凡诸侯会，公不与，不书，讳君恶也。
>
> 十六年春，王正月，公在晋，晋人止公。不书，讳之也。

那么孔子是怎样利用这些"不可叙述事件"来建构《春秋》的叙事机制、达到其"彰善瘅恶，树之风声"的修史宗旨呢？

第一，不必叙述事件、不应叙述事件构成了《春秋》事件选择上隐含的法则，如果违背了这个法则，即不必叙述的事件、不应叙述的事件叙述了，就会在显性文本中制造了矛盾，而这矛盾之处，就成为蕴含丰富意旨之处。庄公二十三年记"秋，丹桓宫楹"。桓公把宫殿里的柱子漆成红色，这显然是小事，属于不必叙述的事件，但《春秋》叙述了，这就意味着其有别的用心了。《公羊传》《穀梁传》都认为叙述它是为了谴责桓公违反了周礼的规定，"秋，丹桓宫楹。礼，天子、诸侯黝垩，大夫仓，士黈，丹楹，非礼也"①。庄公二十四年记"春，王三月，刻桓宫桷"。《左传》《公羊传》《穀梁传》都认为记载这件小事是为了谴责桓公违反了礼，"礼，天子之桷，斫之砻之，加密石焉。诸侯之桷，斫之砻之。大夫斫之。士斫本。刻桷，非正也。夫人，所以崇宗庙也，取非礼与非正，而加之于宗庙，以饰夫人，非正也。刻桓宫桷，丹桓宫楹，斥言桓宫，以恶庄也"②。昭公五年记"莒牟夷以牟娄及防兹来奔"。牟夷名位低微，按理是不能书之于简册的，其所行之事属于不必叙述之事，作者为什么叙述呢？《左专》说："夏，莒牟夷以牟娄及防兹来奔。牟夷非卿而书，尊地也"，《公羊传》说："莒牟夷者何？莒大夫也。莒无大夫，此何以书？重

---

① （晋）范宁集解，（唐）杨士勋疏：《春秋穀梁传注疏》卷第六，见李学勤主编：《十三经注疏》，北京大学出版社 1999 年版，第 88 页。

② （晋）范宁集解，（唐）杨士勋疏：《春秋穀梁传注疏》，第 88—89 页。

地也"①。《穀梁传》说："莒无大夫，其曰牟夷，何也？以其地来也。以地来，则何以书也？重地也。"②。孔子记载这件事，就是要对这种把自己国家的土地献给鲁国作为见面礼的叛国行径予以贬斥，以达到惩恶劝善的目的。

第二，不愿叙述的事件，作者是如何叙述、如何利用它来传达大义呢？首先是削去，留下空白。司马迁在《孔子世家》中即说："至于为《春秋》，笔则笔，削则削，子夏之徒不能赞一辞。弟子受《春秋》，孔子曰：'后世知丘者以《春秋》，而罪丘者亦以《春秋》。'"比如，鲁国国君登基即位之事应是国家的头等大事，作为史书，按理是一定要记载的。但鲁国的隐、庄、闵、僖、定五公即位没有记载。根据《左传》，前四公即位不记载的原因依次为："不书即位，摄也""不称即位，文姜出故也""不书即位，乱故也""不称即位，公出故也。公出复入，不书，讳之也。讳国恶，礼也。"《左传》作者不愿叙述这些事件，把它们省去，是为君王避讳。当然，这仅是一家之言。对于《春秋》为什么不书君主即位，而只书"元年春王正月"，不同人会有不同的阐释，赋予其不同的"大义"。比如关于隐公"元年春王正月"的阐释：

　　《左传》：元年春，王周正月。不书即位，摄也。
　　《穀梁传》：元年，春，王正月。虽无事，必举正月，谨始也。③
　　《公羊传》：元年，春，王正月，元年者何？君之始年也。春者何？岁之始也。王者孰谓？谓文王也。曷为先言王而后言正月？王正月也。何言乎王正月？大一统也。④
　　《春秋繁露·三代改制质文第二十三》：《春秋》曰："王正月。"传曰："王者孰谓？谓文王也。曷为先言王而后言正月？王正月也。"何以谓之王正月？曰："王者必受命而后王。王者必改正朔，易服色，制礼乐，一统于天下，所以明易姓，非继人，通以己受之于天

---

　　① （汉）公羊寿传，（汉）何休解诂，（唐）徐彦梳：《春秋公羊传注疏》卷二十二，第482页。
　　② （晋）范宁集解，（唐）杨士勋疏：《春秋穀梁传注疏》卷第十七，第281页。
　　③ （晋）范宁集解，（唐）杨士勋疏：《春秋穀梁传注疏》，第1—2页。
　　④ （汉）公羊寿传，（汉）何休解诂，（唐）徐彦梳：《春秋公羊传注疏》，第5—10页。

也。王者受命而王，制此月以应变，故作科以奉天地，故谓之王正月也。"①

　　《左传》认为隐公是摄政，所以不书，只留下这几个字。《穀梁传》对此没有解释，只说书"正月"是表示这是一年的开端。《公羊传》则从"元年春王正月"六个字中，得出了著名"大一统"之义。董仲舒则又在《公羊传》解释的基础上继续引申，寻找它的所指。他认为"王正月"之"王"是指文王，由此而推出"王者必改正朔，易服色，制礼乐，一统于天下""王者受命而王"等经义，再由此出发而建构起"大一统""君权天授"的学说，并向汉武帝进言，最终获得了"罢黜百家，独尊儒术"的巨大成功。由此可见，不愿叙述的事件削去后留下的空白，往往是后人从中发掘"春秋大义"的关键之处。

　　对于不愿叙述事件，作者叙述的另一种重要方式是曲笔，即委婉曲折地叙述。它又可分为两类：

　　一是叙述时故意省略某些信息，进行不充分报道。比如僖公十九年"梁亡"所指涉的事件是"秦灭梁"。之所以省略了主语"秦"，春秋三传的解释是相同的，即意指梁是自取灭亡。曲笔叙述是为了贬斥梁伯沉湎酒色、治国无方、众叛亲离的恶劣行径。"参会不地"，就是说参加会盟而不记会盟地点，传达的深层含义是此次会盟未能成功。文公十八年的"冬，十月，子足"与庄公三十二年的"冬，十月，乙未，子般卒"，同是记载国君之死，前者为何省却了具体日期？董仲舒解释为："子赤杀，弗忍书日，痛其祸也；子般杀，而书乙未杀其恩也。"② 这是从情感的角度来解释的。董仲舒认为，《春秋》叙述不同时代的事件时，情感是不同的，"春秋分十二世以为三等，有见，有闻，有传闻。有见三世，有闻四世，有传闻五世。故哀、定、昭，君子之所见也。襄、成、文、宣，君子之所闻也。僖、闵、庄、桓、隐，君子之所传闻也。所见六十一年，所闻八十五年，所传闻九十六年。于所见微其辞，于所闻痛其祸，于传闻杀其

　　① 苏舆撰，钟哲点校：《春秋繁露义证》，见《新编诸子集成》（第一辑），中华书局1992年版，第184页。
　　② 苏舆撰，钟哲点校：《春秋繁露义证》，第11页。

恩，与情俱也。"①

二是叙述时故意歪曲某些信息，进行误报。比如桓公元年记"郑伯以璧假许田"，所指称的历史事件是郑国与鲁国之间交换田地，因祊田量少而不能与许田等价，故郑国添上块璧作为补偿。按照周礼，诸侯田地是不能交换的。出于替国君隐讳的目的，作者不愿把这事记载于史册，所以就以曲笔来叙述。桓公十八年记"夏四月丙子，公薨于齐"，指称的历史事件是鲁桓公与夫人文姜到齐国，文姜与齐侯私通，桓公指责，齐侯派公子彭生杀了桓公。为了避讳，《春秋》采用了曲笔。这些都是为了避讳之需，还有的则是为了劝善惩恶的需要。比如宣公四年的"郑公子归生弑其君夷"。弑郑灵公的人是子公而非归生，归生只是迫不得已的胁从者，《春秋》如此记录是为了指责归生作为臣子仁而不武，权不足以制暴。昭公十九年记"许世子止弑其君买"。许世子止根本没有弑杀他的君王父亲。许悼公患了疟疾，世子止进奉汤药，虽然他先尝了药，但是由于求医问药不当，还是导致了许悼公死亡。《春秋》将弑君恶名加于其身，是"讥子道之不尽也"②。关于这一点，东汉学者服虔有详细解说："礼，医不三世不使。君有疾，饮药，臣先尝之；亲有疾，饮药，子先尝之。公疾未瘳，而止进药，虽尝而不由医而卒，故国史书'弑'告于诸侯"③。

曲笔和削去一样，也会带来多样化的阐释，成为人们发掘"春秋大义"的重点区。比如僖公十四年中的"诸侯城缘陵"，为什么叙述时省略了诸侯国的名称，三传的阐释就各不相同：

> 十四年，春，诸侯城缘陵而迁杞焉。不书其人，有阙也。
>
> ——《左传》
>
> 十有四年，春，诸侯城缘陵。孰城之？城杞也。曷为城杞？灭也。孰灭之？盖徐、莒胁之。曷为不言徐、莒胁之？为桓公讳也。曷

① 苏舆撰，钟哲点校：《春秋繁露义证》，见《新编诸子集成》（第一辑），中华书局1992年版，第9—10页。

② （汉）公羊寿传，（汉）何休解诂，（唐）徐彦梳：《春秋公羊传注疏》卷第二十三，第509页。

③ （清）惠栋撰：《惠氏春秋左传补注》卷五，台湾商务印书馆1986年景印文渊阁四库全书本，经部五，春秋类。

为为桓公讳？上无天子，下无方伯，天下诸侯有相灭亡者，桓公不能救，则桓公耻之也。然则孰城之？桓公城之。曷为不言桓公城之？不与诸侯专封也。曷为不与？实与而文不与。文曷为不与？诸侯之义不得专封也。诸侯之义不得专封，则其曰实与之何？上无天子，下无方伯，天下诸侯有相灭亡者，力能救之，则救之可也。①

——《公羊传》

十有四年，春，诸侯城缘陵。其曰诸侯，散辞也。聚而曰散，何也？诸侯城，有散辞也，桓德衰矣。②　　　　——《穀梁传》

《左传》认为《春秋》没有具体记载筑城的国家，而只泛泛地称之为"诸侯"，是因为没有文献。《公羊传》认为这里所指称的历史事件是齐国替杞国在缘陵筑城。为什么不直言齐国呢？是为了替齐桓公避讳。因为当时可能是徐国和莒国欲灭亡杞国，齐国去救援，替杞国筑城。作者实际上是赞成齐国的做法。因为当时社会上无贤明天子，下无诸侯之长，天下诸侯出现互相吞并的情况，齐国有力量救援杞国，就让他去救援吧。但是，表面上却又不能公开表示赞成，所以不言"齐城缘陵"而言"诸侯城缘陵"。《穀梁传》则阐释为齐桓公令诸侯来修筑缘陵城，但诸侯散漫不听令，如此记录是为了表明齐桓公诸侯之长的威德已经衰落了。

由此可见，关于《春秋》的阅读，常需采用法国著名哲学家、"结构主义马克思主义"的奠基人路易斯·阿尔都塞提出的"症候式阅读"法：

对一个作品进行症候式阅读，就是要进行双重阅读：首先对显性文本进行阅读，然后，通过显性文本中出现的各种失误、歪曲之处、缄默和在隐（这些都是某个问题要被引发出来的症候），产生隐性文本并对隐性文本进行阅读。"③

① （汉）公羊寿传，（汉）何休解诂，（唐）徐彦梳：《春秋公羊传注疏》卷第十一，见李学勤主编《十三经注疏》，北京大学出版社 1999 年版，第 228 页。

② （晋）范宁集解，（唐）杨士勋疏：《春秋穀梁传注疏》卷第八，见李学勤主编：《十三经注疏》，北京大学出版社 1999 年版，第 129 页。

③ ［英］约翰·斯道雷：《文化理论与通俗文化导论》，杨竹山等译，南京大学出版社 2001年版，第 161 页。

阿尔都塞的学生马歇雷将阿尔都塞的"症候式阅读"运用于文学研究领域并进行了发展。他认为隐藏在文本深处的沉默、空白、矛盾是最值得探讨的，通过对它们的分析，就可以揭示出潜在的意识形态。他在《文学生产理论》中认为："书的话语来自某种沉默不语，来自赋予形式的东西，来自勾画形象的场所。因而作品不是自足的，它必须伴随某种不在场，没有这种不在场，书就不存在。对作品的这种认识必须要思考这种不在场""在作品的话语中发现了这一不在场的瞬间。沉默不语就形成了所有的话语。"①

由以上论述可见，《春秋》通过对"不可叙述事件"的多种巧妙的叙述在显性文本中制造了各种歪曲、矛盾、空白等，来蕴含丰富的意旨，实现自己的修史目的。历代学者也多是从显性文本中寻找它在事件选择、叙述和词语的选用上等方面呈现出的不一致之处，然后从这些"症候"出发，根据各自的主观目的，进行阐释、发挥，发掘出"微言大义"。

第二节 从"春秋笔法"到"隐含的叙述"

"春秋笔法"的本义是孔子修订《春秋》的笔法。其内涵最早在《左传》中有概括，分别在成公十四年和昭公三十一年："《春秋》之称：微而显，志而晦，婉而成章，尽而不污，惩恶而劝善。非圣人谁能修之？""《春秋》之称微而显，婉而辩。上之人能使昭明，善人劝焉，淫人惧焉，是以君子贵之。"晋杜预进一步对之进行阐释，并把它概括为"春秋五例"：

> 一曰"微而显"，文见于此，而起义在彼，"称族，尊君命；舍族，尊夫人"、"梁亡"、"城缘陵"之类是也。二曰"志而晦"，约言示制，推以知例。参会不地、与谋曰"及"之类是也。三曰"婉而成章"，曲从义训，以示大顺。诸所讳辟、璧假许田之类是也。四曰"尽而不汙"，直书其事，具文见意，丹楹刻桷、天王求车、齐侯献捷之类是也。五曰"惩恶劝善"，求名而亡，欲盖而章。书齐豹

---

① 冯宪光：《西方马克思主义美学研究》，重庆出版社1997年版，第341页。

"盗"、三叛人名之类是也。①

从叙事的角度看，"春秋五例"涉及叙什么事、怎样叙事、为什么叙事，三者共同服务于"春秋大义"的传达。具体来说，包括以下两个方面。

首先，事件的选择。《春秋》叙事，在事件选择上内隐着一套法则。有意违背这法则，即应该叙述的事件不叙述，不应该叙述的事件叙述了，就能造成显性文本中事件选择上的不一致，也就能传达"春秋大义"。这就是为什么选择"丹楹刻桷、天王求车、齐侯献捷"和"齐豹'盗'、三叛人名"之类的事件就能达到寓含褒贬、惩恶劝善目的。

其次，事件的叙述。首先表现事件叙述的直笔和曲笔上。所谓直笔，即直接依据事件本身来叙述；所谓曲笔，即叙述时有意对事件的某些信息进行省略、歪曲，以达到传递作者意旨的目的。关于这些，本章第一节已详细论述。其次表现在词语的选用上。杜预称"《春秋》虽以一字为褒贬"②，刘勰也说《春秋》"褒见一字，贵逾轩冕；贬在片言，诛深斧钺"③，这表现在称谓、动词等方面。

第一，称谓。僖公九年记"夏，公会宰周公、齐侯、宋子、卫侯、郑伯、许男、曹伯于葵邱"，称宋襄公为"宋子"，便带有贬义。因为宋桓公尸骨未寒，襄公作为新任国君便迫不及待地参加诸侯之会是不合礼的。宣公十二年记"晋荀林父帅师及楚子战于邲，晋师败绩。"为什么此处直接称晋国大夫荀林父的名字，而称楚王为楚子呢？按照《春秋》一贯的叙事法则——"不予夷狄而予中国为礼"，此处不应这样称呼，因为晋属于"中国"，而楚属于夷狄，这样的称呼是反常的，而作者正是通过这个反常来传达贬晋褒楚之意。对此，董仲舒有详细解释：

　　春秋之常辞也，不予夷狄而予中国为礼，至邲之战，偏然反之，何也？曰："《春秋》无通辞，从变而移，今晋变而为夷狄，楚变而

---

① 〔周〕左丘明传，〔晋〕杜预注，〔唐〕孔颖达正义：《春秋左传正义》卷第一《春秋序》，见李学勤主编《十三经注疏》，北京大学出版社1999年版，第18—20页。

② 《春秋左传正义》卷第一《春秋序》，第21页。

③ 黄霖编著：《文心雕龙汇评》，上海古籍出版社2005年版，第58页。

为君子，故移其辞以从其事。夫庄王之舍郑，有可贵之美，晋人不知其善，而欲击之。所救已解，如挑与之战，此无善善之心，而轻救民之意也，是以贱之。而不使得与贤者为礼。①

当然，称谓不同，可能出于褒贬的目的，也有可能出于表达不同情感的目的。比如僖公九年记"冬，晋里克杀其君之子奚齐"，文公十四年记"齐公子商人弑其君舍。"同是弑君，而且这两位国君同是即位不过一年，按照《春秋》的叙事法则，即位不过一年的新君称为"子"。可是这里一个称为"君之子"，一个称其名"舍"。对此，董仲舒从情感的角度予以解释："仁人录其同姓之祸，固宜异操……故痛之中有痛，无罪而受其死者，申生、奚齐、卓子是也；恶之中有恶者，己立之，己杀之，不得如他臣之弑君者，齐公子商人是也。故晋祸痛而齐祸重，春秋伤痛而敦重，是以夺晋子继位之辞与齐子成君之号，详见之也。"②

第二，动词。行动是事件的核心。叙事必然涉及行动。所以尽管《春秋》叙事尚简，但动词一般是必不可少的。也因此作者常在动词的选用上倾注心血。宣公七年"公会齐侯伐莱"中的"会"就意味深长。"左传"说"凡师出，与谋曰及，不与谋曰会"，由此可见，此处用"会"字就表示宣公是被迫出兵的。庄公十一年"公败宋师于鄑"中的"败"表明宋军还没有摆开阵势，鲁军就打败了他。《左传》中有解释是："凡师，敌未陈曰败某师，皆陈曰战，大崩曰败绩，得俊曰克，覆而败之曰取某师，京师败曰王师败绩于某。"庄公二十九年记"夏，郑人侵许"。"侵"表明是偷袭许国。《左传》的解释是："凡师有钟鼓曰伐，无曰侵，轻曰袭。"由此可见，《春秋》中的动词非常丰富，一字中寓含着丰富的思想内容。

"春秋笔法"是孔子修《春秋》时用来传达"春秋大义"的一种笔法。孟子说："孔子成《春秋》而乱臣贼子惧"，《太史公自序》中说："子曰：'我欲载之空言，不如见之于行事之深切著明也。'"可见，孔子修《春秋》，确实在微言中包含着大义。但是，"春秋笔法"的具体内涵

①　苏舆撰，钟哲点校：《春秋繁露义证》，中华书局 1992 年版，第 47 页。
②　苏舆撰，钟哲点校：《春秋繁露义证》，第 96 页。

则是后人总结出来的。其后，它不仅被史家奉为圭臬，而且也对文学叙事产生了深刻的影响。我们说"春秋笔法"对文学叙事产生了影响，有什么证据呢？以小说为例，作者自己不会在书中明言自己使用了"春秋笔法"，或者告诉读者哪一句客观叙述中蕴含着褒贬。所以，从作品本身是无法寻到直接证据的。但是，间接证据可以找到。那就是明清小说评点中常会在眉批、夹批、总批等部分明确提到"春秋笔法""阳秋之笔"① 一类的词语，由此可以管窥文学领域内对它的理解、接受和运用。

　　综观小说评点中涉及"春秋笔法"之处，可以发现，它成为文学叙事的策略后，其功能和形式都发生了变化。《春秋》中的"春秋笔法"的表现形式主要包括用字遣词（即"一字寓褒贬"）、选择与隐含法则不一致的事件、叙述事件时对某些信息进行省略、歪曲等。它们都具有一个共同的特征，即叙述之外有叙述，话中有话，弦外有音，也即傅修延所说的"隐含的叙述"。"隐含的叙述是靠二度媒介发出的另一种'声音'，它是另一种不容否认其存在的叙述。它和外显的叙述一在暗一在明，一为毛一为皮。"② 从信息发送角度来看，可用下图③表示：

　　　　　　　　　外显的叙述→
　　叙述发送————————————
　　　　　　　　　隐含的叙述→

　　明清小说评点正是在这个意义上广泛使用"春秋笔法"的。或者说，"春秋笔法"在明清小说评点中是作为"隐含的叙述"这个同义语来接受和使用的。它在明清小说评点中的具体内涵包括：

　　第一，隐含的叙述比外显的叙述更丰富④。脂砚斋评点《红楼梦》时

　　① 也即"春秋笔法"。出自《晋书·褚裒传》："谯国桓彝见而目之曰：'季野有皮里春秋。'其言外无臧否，而内有所褒贬也。"后因晋简文帝母名春，为讳"春"字，而改作"皮里阳秋"。
　　② 傅修延：《试论隐含的叙述》，《文艺理论研究》1992 年第 3 期。
　　③ 傅修延：《试论隐含的叙述》，《文艺理论研究》1992 年第 3 期。
　　④ 参考傅修延在《试论隐含的叙述》一文，《文艺理论研究》1992 年第 3 期）中的论述："隐含的叙述在叙述中具重要的意义。如上所述，它可以补充、丰富乃至否定外显的叙述，可以充当叙述中的配角、乐师甚至主角。"

常使用"春秋字法",即在一个字或词中隐含着深意。《春秋》中常常"一字寓褒贬",但小说中所寓含之意不仅仅是褒贬。比如:

> (贾政)因此优待雨村,更又不同,便竭力内中协助,题奏之日,轻轻谋【春秋字法。】了一个复职候缺,不上两个月,金陵应天府缺出,便谋补【春秋字法。】了此缺,拜辞了贾政,择日上任去了。
>
> 宝钗因见天气凉爽,夜复渐长,【"复"字妙。补出宝钗每年夜长之事。皆春秋字法也。】遂至母亲房中商议打点些针线来。
>
> (秦可卿)长大时,生的形容袅娜,性格风流。【四字便有隐意。春秋字法。】①

贾政为贾雨村谋职位,作者用了"轻轻""便"二个词,包含着对封建社会上层阶级随心所欲地专权、弄权的讽刺与贬斥。"夜复见长"之"复"的妙处,是因为它补出宝钗每年夜长之事。觉得夜长自然是因为睡不着,思虑多,这正隐含着宝钗的世故圆滑、心思缜密等性格的形成不是一日之功,有委婉讽刺之意。"性格风流"四字隐含着秦可卿未来的命运,预示着故事的发展。

除了"春秋字法"外,小说评点中还有多处提到"春秋笔法",都是指叙述之外有叙述的意思,比如:

> 二人互相争辩,孔明只袖手冷笑。【前写周瑜冷笑,此又写孔明冷笑矣。都是满腹春秋。】②　　　　——毛宗岗评《三国演义》
>
> 夫李固之所以为李固,燕青之所以为燕青,娘子之所以为娘子,悉在后篇,此殊未及也。乃读者之心头眼底,已早有以猜测之三人之性情行径者,盖其叙事虽甚微,而其用笔乃甚著。叙事微,故其首尾未可得而指也。用笔著,故其好恶早可得而辨也。《春秋》于定、哀

---

① （清）曹雪芹著，（清）脂砚斋批评:《〈红楼梦〉脂砚斋批评本》（下），岳麓书社2006年版，依次为第24、430、92页。

② （明）罗贯中著，（明）毛纶、（清）毛宗岗点评:《三国演义》（上），中华书局2009年版，第265页。

之间，盖屡用此法也。 　　　　　　　　　——金圣叹评《水浒传》①

　　宝钗因见天气凉爽，夜复渐长，遂至母亲房中商议打点些针线来。日间至贾母处、王夫人处定省两次，不免又承欢陪坐半时；园中姊妹处，也要量时闲话一回，故日间不大得闲，每夜灯下女工，必至三更方寝。【代下收夕。写针线下"商议"二字，直将寡母训女多少温存，活现在纸上。不写阿呆兄，已见阿呆兄终日饱醉优游，怒则吼，喜则跃，家务一概无闻之形景毕露矣。春秋笔法。】

　　　　　　　　　　　　　　　　　——脂砚斋评《红楼梦》②

　　第二，隐含的叙述否定外显的叙述。张竹坡评《金瓶梅》时，认为作者塑造吴月娘这个人物用的就是阳秋之笔，比如"看他纯用阳秋之笔，写月娘出来""故反复观之，全是作者用阳秋写月娘真是权诈不堪之人也""故写月娘纯以阳秋者以此""总之，写金莲之恶，盖辱西门之恶；写月娘之无礼，盖罪西门之不读书也。纯是阳秋之笔""盖又作者阳秋之笔，到底放不过月娘也"。张竹坡此处所谓的"阳秋之笔"，即是指外显的叙述与隐含的叙述截然相反，后者是为了否定前者。从外显的叙述看，吴月娘是《金瓶梅》中最好的女人，她恪守妇道、知书达理、温婉贤惠。崇祯本即是这样读解的，认为吴月娘是与"金、瓶、梅"诸淫妇对立的具有"圣人之心"的贤良之妇。③ 张竹坡则认为她是最坏的女人，只不过作者不是明写，而是用了"春秋笔法"进行曲笔描绘。金圣叹评点《水浒传》时，认为作者塑造宋江这个人物也全用曲笔。从外显的叙述看，宋江似乎是忠信笃敬君子、仁人孝子之徒，但若细细读，反复读，就会发现叙述之外的叙述认为宋江是一个"全劣无好"之人。作者的褒贬之意都暗含在笔墨之外。如：

　　　　通篇皆用深文曲笔，以深明宋江之弑晁盖。如风吹旗折，吴用独

　　① （明）施耐庵、罗贯中著，（清）金圣叹、李卓吾点评：《水浒传》（下），中华书局2009年版，第519页。
　　② （清）曹雪芹著，（清）脂砚斋批评：《〈红楼梦〉脂砚斋批评本》（下），岳麓书社2006年版，第430页。
　　③ 黄霖：《黄霖说金瓶梅》，中华书局2005年版，第65页。

谏，一也；戴宗私探，匿其回报，二也；五将死救，余各自顾，三也；主军星殒，众人不还，四也；守定啼哭，不商疗治，五也；晁盖遗誓，先云"莫怪"，六也；骤摄大位，布令详明，七也；拘牵丧制，不即报仇，八也；大怨未修，逢憎闲话，九也；置死天王，急生麒麟，十也。

一部书中写一百七人最易，写宋江最难；故读此一部书者，亦读一百七人传最易，读宋江传最难也。盖此书写一百七人处，皆直笔也，好即真好，劣即真劣。若写宋江则不然，骤读之而全好，再读之而好劣相半，又再读之而好不胜劣，又卒读之而全劣无好矣……则是褒贬固在笔墨之外也。①

由此可见，明清小说评点中的"春秋笔法"的具体功能不再仅仅是通过褒贬、避讳等方式来传达春秋大义那样简单了，而是复杂化、多样化，比如暗示故事发展、塑造人物形象、表达复杂的思想、形成"复调"的审美品质等。就像《春秋》的"春秋笔法"是后人解读出来的一样，小说评点中"春秋笔法""深文曲笔"等也是评点家解读出来的。它是否就是作者的原意，不得而知。对于一部作品的解读，常常是仁者见仁，智者见智。胡适就曾批评道："但是金圣叹《水浒》评的大毛病也正在这个'史'字上。中国人心里的'史'总脱不了《春秋》笔法'寓褒贬，别善恶'的流毒。金圣叹把《春秋》的'微言大义'用到《水浒》上去，故有许多极迂腐的议论。他以为《水浒传》对于宋江，处处用《春秋》笔法责备他……这种穿凿的议论实在是文学的障碍。"② 胡适此说具有一定的合理性。"春秋笔法"，或者说任何一种叙事艺术，如果对它的理解和使用陷入教条、僵化状态，那么无论对于作者的创作，还是对于读者的阅读，都是不利的。

从这些明清小说评点中可以看出"春秋笔法"对国人叙事思维的影响，由此可以推断，它也必然影响了中国古代的小说创作。事实上，如果

---

① （明）施耐庵、罗贯中著，（清）金圣叹、李卓吾点评：《水浒传》，中华书局2009年版，第511页、304页。

② 胡适：《胡适文集》第二册，人民文学出版社1998年版，第377页。

把"春秋笔法"的思想精华理解为隐含的叙述，那么它对于叙事文学的
创作是非常有益的。不同的叙述声音交织在一起，构成了一个容量巨大、
充满张力的文本，达到一种异乎寻常的审美效果，就如戚蓼生在《石头
记序》中对该书的赞颂那样：

　　　　吾闻绛树两歌，一声在喉，一声在鼻；黄华二牍，左腕能楷，右
　　腕能草。神乎技矣！吾未之见也。今则两歌而不分乎喉鼻，二牍而无
　　区乎左右，一声也而两歌，一手也而二牍，此万万所不能有之事，不
　　可得之奇，而竟得之《石头记》一书，嘻！异矣。夫敷华淡藻，立
　　意遣词，无一落前人窠臼，此固有目共赏，姑不具论。第观其蕴于心
　　而抒于手也，注彼而写此，目送而手挥，似濡而正，似则而淫，如
　　《春秋》之有微词，史家之多曲笔。①

---

① 　罗超、龚兆吉编注：《文史英华·文论卷》，湖南出版社 1993 年版，第 580 页。

第五章 史传叙事策略及在文学中的承衍

中国叙事文学的源头主要有三个，即神话、子书和史传。它们对叙事文学影响的侧重点各有不同。与神话、子书比起来，史传的叙事最完整，最系统，也因此它对文学叙事的影响最全面、最深远。这不仅表现在叙事思维、题材形态、审美倾向等大的方面，还表现在叙述者、叙事时间、叙事视角、叙事干预、叙事结构等这些具体的叙事策略方面。叙事策略虽然属于故事的话语层面，是形式问题，只涉及怎么讲故事，看起来好像只是作者随意为之，但其实不然。一个故事为什么这么讲而不是那么讲，是与时代背景、文化传统等深层因素密切有关的。为什么唐传奇的末尾常常要附上一段文字以说明这个故事的来历及其真实性？为什么预叙在古代西方叙事文化传统中很少见，而在中国古典小说中却非常普遍？为什么《聊斋志异》的结尾会有"异史氏曰"？要回答这些问题，就必须上溯到中国文学的史传传统。叙事策略属于"技"的层面，透过这个"技"，能看到其背后隐藏的"道"①，即中国传统小说浓厚的慕史情结。因为小说在古代地位非常低下，所以它总是要通过各种方式模拟史书，以提高自己的地位。史传的叙事策略在文学中一方面被继承；另一方面也随着社会文化的发展而发展，变得更加丰富。

第一节 叙事视角及其承衍

叙事视角是指叙述者或人物观察故事的角度。关于它的研究一直是叙事学的一个热点。克里斯安·布鲁克斯、罗伯特·潘·沃伦、F. K. 斯坦

---

① "叙事之技""叙事之道"的概念源于杨义《中国叙事学》一书。

策尔、诺尔曼·弗里德曼、韦恩·布斯、贝蒂尔·龙伯格等人均有研究，热拉尔·热奈特在前人研究的基础上，提出了"三分法"①，影响比较大。他没有使用"视角"，而使用了"聚焦"这个概念。第一种是零聚焦或无聚焦，即无固定视角的全知叙述，叙述者可以从所有的角度观察被叙述的故事。第二是内聚焦，叙述者采用故事内一个人物或几个人物的眼光来叙事。它有三种类型：固定式内聚焦②、转换式内聚焦③和多重式内聚焦④。第三是外聚焦，叙述者站在故事外观察，只提供人物的语言、行动等外在行为以及客观环境，不提供人物的内在动机、思想情感等。这个分类存在着很明显的问题，即分类标准不统一。零聚焦和内聚焦的分类标准是观察位置在故事内还是故事外，而零聚焦与外聚焦的分类标准为观察对象是人物内心世界还是人物外在行为。相比而言，第一个类型的分类标准更合理。聚焦，或曰视角⑤，强调的是叙述者与事件的位置，所以观察位置比观察对象更重要。观察位置处于故事外，那么无论观察到什么，是人物的外在言行还是内在心理，都应属于零视角，即传统的全知叙述。如果观察位置处于故事内，则属于内视角。外聚焦是一种特殊的零聚焦，是叙述者有意限制自己的观察权力，只观察人物的外在行为，不观察人物的内心世界。它作为一种能达到特殊叙事效果的技法，经常被使用，特别是局部使用，比如很多惊险小说、侦探小说的开头常运用外聚焦制造悬念。申丹把外聚焦或曰外视角又分成了两类——第一人称外视角和第三人称外视角，前者指固定式内视角涉及的两种眼光——第一人称回顾性叙述中叙述者

① ［法］热拉尔·热奈特：《叙事话语》，中国社会科学出版社1980年版，第129—133页。

② "典型的例子是《专使》，其中一切都通过斯特雷瑟。更佳的例为《梅西所知道的》，我们几乎不离开这位小姑娘的视点，她的'有限视野'在这个她不解其意的成年人的故事中特别引人注目。"见［法］热拉尔·热奈特《叙事话语》，第129页。

③ "如在《包法利夫人》中，焦点人物首先是查理，然后是爱玛，接着又是查理，在斯丹达尔的作品中焦点人物的变动更为迅速和难以把握。"见［法］热拉尔·热奈特《叙事话语》，第130页。

④ "如书信体小说可以根据几个写信人的视点多次追忆同一事件；我们知道，罗伯特·布朗宁的叙事诗《指环和书》（讲述的是先后由凶手、受害者、被告方面、起诉人等等所目睹的一桩谋杀案件）曾在几年中被当作这类叙事的典型例子，后来被影片《罗生门》所取代。"见［法］热拉尔·热奈特《叙事话语》，第130页。

⑤ 本文的"聚焦"和"视角"是同一个概念，不同地方使用不同的术语，是迫于不同的理论书籍使用了不同的术语。

"我"追忆往事的眼光和第一人称见证人叙述中观察位置处于故事边缘的"我"的眼光，后者同热奈特的"外聚焦"，"第一人称叙述者是人物，他/她在观察范围、感情态度、可靠性等诸方面都有别于非人物的第三人称"。① 叙事视角在叙事中具有重要地位，英国小说理论家路伯克认为："小说技巧中整个错综复杂的方法问题，我认为都要受观察点问题——叙述者所站位置对故事的关系问题——支配。"② 同一个故事，采用不同的视角来叙述会带来完全不同的伦理效果和审美效果。那么，史传采用的叙事视角具有何种特点，它对中国文学叙事视角的影响又是怎样的呢？

亚里士多德认为"诗是一种比历史更富哲学性、更严肃的艺术，因为诗倾向于表现带普遍性的事，而历史却倾向于记载具体事件"③，但在中国古代，代表真理、具有权威的恰恰是历史！虽然历史叙述的是具体的事，但是赋予具体的事以具有普遍性的意义，让它成为典范，也就有了足以规范社会秩序的强大功能。所以，中国古代，特别是先秦时期，史书和史官的意义都是非同寻常的。史书叙事具有神圣性、权威性。这就要求其叙述者必须具有客观性的立场，具有广阔的视阈，也就决定了其采用的叙事视角必须是独特的。赵毅衡认为叙述角度"是叙述加工的一种方式。但它与叙述者身份密切相关"④。史官的身份决定了他的叙事视角首先必须是全知的，叙述者始终处于故事之外，像上帝一样对故事中的世界无所不知。惟有这样，才能展示纷纭复杂的时代风云；其次，这全知又是有限制的，全知的权力仅表现在那些从外部可以观察到的信息上，比如人物的言语、行动、神态等，而人物内心活动是不能描写的，因为它是纯主观的、看不见的。尽管有时史官也想把自己的视域扩展至人物的内心，但最多只是对人物的心理活动作简短的叙述说明而已。这就是史官式全知视角的独特性所在。它最大限度地满足了人们对历史叙事的期待——权威、全面、客观、真实、可靠。

以《左传》中城濮之战的叙述为例。城濮之战是春秋时期的一次著

① 申丹：《叙述学与小说文体学研究》，北京大学出版社1998年版，第228页。
② 转引自胡亚敏《叙事学》，第19页。
③ ［古希腊］亚里士多德：《诗学》，陈中梅译注，商务印书馆1996年版，第81页。
④ 赵毅衡：《苦恼的叙述者：中国小说的叙述形式与中国文化》，十月文艺出版社1994年版，第84页。

名战役，奠定了晋国的霸主地位。这场战争虽开始于僖公二十八年，但作者很早就开始为其"蓄势"，交代了晋楚两国的形势，显示了战争爆发的必然性，并处处为战争的胜负埋下伏笔。战争的直接导火线是"宋以其善于晋侯也，叛楚即晋"。楚盛怒之下率诸侯围宋，宋向晋告急。晋中军元帅先轸认为"报施救患，取威定霸，于是乎在矣"。晋文公采纳他的建议，于是作三军，谋元帅，拉开城濮之战的序幕。二十八年春，晋文公采纳狐偃建议，侵曹伐卫以救宋。晋军攻击曹、卫，本欲引诱楚军北上援救，以解齐、宋之围。但楚军并不上钩，继续猛攻宋国，宋再次告急。晋军陷于被动地位。面对此种形势，先轸建议"使宋舍我而赂齐、秦，藉之告楚。我执曹君而分曹、卫之田以赐宋人。楚爱曹、卫，必不许也。喜赂怒顽，能无战乎?"晋文公依计行事，结果尽如其意。楚成王见晋军破曹降卫，又与齐、秦结成了联盟，形势大变，决定班师回国。但楚令尹子玉一向骄横自满，派伯棼向楚成王请战。成王怒，只给了他少量的军队。子玉派宛春赴晋军传话，以复卫封曹为释宋之围的条件。这再次使晋国在战略上陷于被动。先轸又一次献计，"不如私许复曹、卫以携之，执宛春以怒楚，既战而后图之。"这一招果然奏效。子玉被激怒，贸然率军北上攻晋。晋文公兑现曾经的诺言，退军三舍，与宋、齐、秦三国军队一同驻扎于城濮。子玉狂妄轻敌，首先挑战。经过一番激烈战斗，楚师败绩。子玉率残兵而回，晋军进占楚军营地，休整三日而还。从以上所述可以看出，城濮之战涉及的事件、人物非常多，战前、战中、战后双方的情况都非常复杂，叙述者只有使用全知视角才能对其作全面、清晰的呈现，而且其所叙述的重点是人物的语言、动作，尤其是人物的对话。

总体来说，史传叙事主要采用全知视角，但有极少数地方也出现了一些全知视角的变体，或曰一种特殊化的全知视角，甚至有极个别的地方出现了具有限知作用的内视角。读者在阅读史传时，每每读至此处，会有眼前一亮的新鲜感，获得了不同于往常的审美愉悦。主要有：

第一，叙述者暂时限制自己无所不知的全知权力，把视角尽可能地固定于某一个人物或事件上。它属于一种特殊的全知叙述，即观察位置在故事外，但观察对象比较集中。比如"曹刿论战"，观察者处于故事外，它的眼光始终聚焦于曹刿，主要观察曹刿的言与行。这样的叙事方式使故事沿着单线条快速推进，人物形象得到集中的展现。杨义认为此处用的是限知视角，"应该指出，历史叙事在总体上采取全知的视角，并不排除其局部描写上采取限知的视角。一些精彩的片段由于采取限知视角，在事件原因、过程和结果的发展链条中出现了表现和隐藏、外在事态和深层原委之间的张力，使叙述委婉曲折，耐人寻味。此类片段往往成为历史叙事趋于精致化的标志。比如《左传》'庄公十年'写'曹刿论战'，就采取了限知视角……这个完整的叙事片段自始至终采取了限知的视角，叙述者对世界的感知与曹刿重合。"① 限知视角的概念用得多，也比较乱。那么杨先生这里的"限知的视角"内涵是什么呢？所谓限知视角，应是和"全知视角"相对应而生的一个概念。采用外聚焦和内聚焦都会使观察范围受限制，都可称之为限知视角。曹刿论战故事中，没有涉及人物内心世界，可以说作者采用了外聚焦。但外聚焦并不能成为这段叙述的特色，因为史传叙事基本都采用外聚焦，不涉及人物内心世界的叙述。那么，它属于内聚焦吗？从故事叙述来看，并没有显示哪些内容是通过曹刿的眼光来观察的，即使像曹刿与其乡人、鲁庄公的对话，"齐人三鼓""齐师败绩""公将驰之""下视其辙，登轼而望之"等，可以说是曹刿观察到的，但也可以说是叙述者观察到的，而像"十年春，齐师伐我。公将战。曹刿请见"这样的叙述则是典型的全知视角。所以，它并不是内聚焦。这段叙述在《左传》中之所以显得独树一帜，之所以让读者有新鲜感，是因为叙述者把自己的观察对象限制在曹刿的行动上。杨先生的"限知的视角"可以从这个意义上去理解。

第二，叙述者视角与人物视角短暂地融为一体，分不清到底是叙述者的视角还是人物的视角。典型的如《史记·项羽本纪》中巨鹿之战的一处描写：

> 当是时，楚兵冠诸侯。诸侯军救巨鹿下者十余壁，莫敢纵兵。及楚击秦，诸将皆从壁上观。楚战士无不一以当十，楚兵呼声动天，诸侯军无不人人惴恐。于是已破秦军，项羽召见诸侯将，入辕门，无不膝行而前，莫敢仰视。项羽由是始为诸侯上将军，诸侯皆属焉。

---

① 杨义：《中国叙事学》，人民出版社 1997 年版，第 212—213 页。

"楚战士无不一以当十，楚兵呼声动天"这个场景可能是诸将"从壁上观"的，也可能是外在叙述者观察的。"入辕门，无不膝行而前，莫敢仰视"可能是项羽所见，也可能是外在叙述者所见。金圣叹认为《水浒传》中杨志、索超比武的描写是从此处演化而出的，原文如下：

> 二人得令，纵马出阵，都到教场中心，两马相交，二般兵器并举。索超忿怒，轮手中大斧，拍马来战杨志；杨志逞威，拈手中神枪来迎索超。两个在教场中间，将台前面，二将相交，各赌平生本事。一来一往，一去一回；四条臂纵横，八支马蹄撩乱。两个斗到五十余合，不分胜败，月台上梁中书看得呆了。两边众军官看了，喝采不迭。阵前上军士们递相厮觑道："我们做了许多年军，也曾出了几遭征，何曾见这等一对好汉厮杀！"李成、闻达在将台上不住声叫道："好斗！"

金圣叹眉批说，"一段写满教场眼睛都在两人身上，却不知作者眼睛乃在满教场人身上也。作者眼睛在满教场人身上，遂使读者眼睛不觉在两人身上。真是自有笔墨未有此文也。此段须知在史公《项羽纪》'诸侯皆从壁上观'一句化出来。"[①] 就叙事视角而言，两者是不同的。要理解它们不同的关键还是在于区分观察位置和观察对象这两个概念。《水浒传》变化的是观察对象，从梁中书、两边军官、阵前上军士们转到李成、闻达，但观察位置始终没变，都是叙述者在故事外观察。《项羽本纪》中的观察位置可能是故事外的叙述者，也可能是故事内的人物，两者融为一体。但是两文又的确有相同之处，即都不直接写主要人物，而是通过写其他人物的反应来衬托主要人物。

第三，叙述者短暂地放弃自己的外部视角，而改用故事内人物的视角来观察事物，但是时间极其短暂，然后又迅速转为叙述者视角，视角不停地在人物和叙述者之间流动。它不是内视角，而是一种特殊的全知视角。比如《左传》中的"楚子登巢车以望"：

① （清）金圣叹：《贯华堂第五才子书水浒传》（上），见《金圣叹全集》（第一册），江苏古籍出版社 1985 年版，第 209 页。

　　　楚子登巢车以望晋军。子重使大宰伯州犁侍于王后。王曰："骋
而左右，何也？"曰："召军吏也。""皆聚于军中矣。"曰："合谋
也。""张幕矣。"曰："虔卜于先君也。""彻幕矣。"曰："将发命
也。""甚嚣，且尘上矣。"曰："将塞井夷灶而为行也。""皆乘矣，
左右执兵而下矣。"曰："听誓也。""战乎？"曰："未可知也。""乘
而左右皆下矣！"曰："战祷也。"伯州犁以公卒告王。苗贲皇在晋侯
之侧，亦以王卒告。

　　钱锺书曾评论道："按不直书甲之运为，而假乙眼中舌端出之，纯乎
小说笔法矣。杜牧《阿房宫赋》云：'明星莹莹，开妆镜也。绿云扰扰，
梳晓鬟也。渭流涨腻，弃脂水也。烟斜雾横，焚椒兰也。雷霆乍惊，宫车
过也。辘辘远听，杳不知其所之也。'与此节句调略同，机杼迥别。杜赋
乃作者幕后之解答，外附者也；左传则人物局中之对答，内属者也；一只
铺陈场面，一能推进情事。"[1] 钱锺书说它是小说笔法，因为它确实不同
于史传一贯的全知叙事，是一种异质、新质，让读者获得了新奇感。但是
仔细分析可以发现，此处虽是在"推进情事"，但同时也是在"铺陈场
面"，即对楚王与伯州犁的行动、对话的场面的描写，叙事的视角仍然是
外在叙述者的视角，这些描写不过是叙述者的观察对象而已。那么它的独
特性在什么地方呢？可以设想，若按照《左传》一贯叙述方式——采用
全知视角叙述的话，那么就会按时间顺序讲述晋军召集军吏合谋、陈设帐
幕向先君占卜吉凶、撤去帐幕填井平灶摆开阵势、主帅发布命令、战前祈
祷神明等，然后再讲楚军如何行动。但是，此处晋军的军情是通过楚王的
眼光观察的。它不仅向读者传递了晋军的信息，而且还传递了楚国君臣的
信息，表现了楚王的个性特点——虽不懂战争，但不耻下问，从善如流。
这样的叙述景象，有点像卞之琳的那首诗所描述的，"你在桥上看风景，
看风景的人在楼上看你"，楚王集看与被看于一身。
　　第四，叙述者直接采用人物视角，也即内聚焦。史传中这样的叙述极
少，典型的似乎只有《史记·留侯世家》中张良遇黄石老人的故事，它
主要采用张良的视角，叙述者所知道的和张良所知道的基本等同，使故事

---

　　① 钱锺书：《管锥编》（第一册），中华书局 1979 年版，第 210 页。

始终保持了一种神秘感，引人入胜。试想，如果换一种叙述方式，采用全知视角来叙述，在故事一开始时即交代这个老人是黄石公，要送太公兵法给张良，所以要对他进行考验，然后再接着写考验的过程，那么这个故事将变得淡然无味了。当然，说叙述者所知道的和张良所知道的"基本等同"，是因为还有个别信息是叙述者知道而张良不知道，比如"父去里所，复还"就不可能是张良所能看见的，而是外在叙述者看见的。但是，这仍然可以算作内聚焦叙事，就像热奈特指出的，"不折不扣的所谓内聚焦是十分罕见的，因为这种叙述方式的原则极其严格地要求绝不从外部描写甚至提到焦点人物，叙述者也不得客观地分析他的思想或感受"①。申丹进一步解释说："迄今为止，除了第一人称叙述中的经验视角，小说中经常出现的所谓'内聚焦'均为'第三人称内聚焦'，即叙述者一方面尽量转用聚焦人物的眼光来观察事物；一方面又保留了用第三人称指称聚焦人物以及对其进行一定描写的自由。"② 所以，这段叙述可以称之为内聚焦叙事。

叙述者立于故事外观察故事中人物的语言和行动，不透视人物的内心世界，即使偶有必须涉及时，也只会作简单说明，此种史官式叙事视角深深地影响了中国的小说创作。魏晋志怪、志人小说受其影响最为直接。一方面，它主要采用外聚焦叙事，只关注人物的外部行动。如前文所引的《宋定伯捉鬼》，全篇主要由宋定伯和鬼的对话、动作组成，对于宋定伯的心理动机，只用了"定伯诳之""恐其变化，唾之"两句简单交代。与志怪小说相比，志人小说篇幅更加短小，多是人物对话及少量的人物行动，即使故事性稍微复杂一点的，如"郑玄在马融门下"③，也仅有"恐玄擅名而心忌焉""玄亦疑有追"这样简单的心理说明而已。另一方面，志怪小说会在叙述中采用一些第三人称内聚焦。关于这点，杨义有论述：

———————

① ［法］热拉尔·热奈特：《叙事话语　新叙事话语》中国社会科学出版社 1980 年版，第 131 页。

② 申丹：《叙述学与小说文体学研究》，北京大学出版社 1998 年版，第 223 页。

③ 《世说新语·文学第四》："郑玄在马融门下，三年不得相见，高足弟子传授而已。尝算浑天不合，诸弟子莫能解。或言玄能者，融召令算，一转便决，众咸骇服。及玄业成辞归，既而融有'礼乐皆东'之叹，恐玄擅名而心忌焉。玄亦疑有追，乃坐桥下，在水上据屐。融果转式逐之，告左右曰：'玄在土下水上而据木，此必死矣。'遂罢追，玄竟以得免。"

"志怪小说别出心裁，标新立异，其中的佳作较多地采用限知视角。因为志怪小说描写怪异，不能在开始落笔的时候就让人一眼看出妖怪来。它需要用常态掩盖异态，用假象冒充真情，使人物（以及读者）遇怪不知怪，在与花妖狐媚、天仙恶鬼打交道时，如日常生活一般自然亲切，然后渐生疑窦，突然翻转出一个出人意表的结果，轮换着以亲切感和惊异感制造审美刺激。"①

至唐传奇中，叙事视角趋于丰富。第三人称全知叙事视角的运用颇多变化，显示了唐人做小说时艺术自觉能力的提高。上文总结出的史传全知叙事视角的三种变体在唐传奇中都被广泛地运用和发展。此外，还出现了第一人称限知视角，叙述者或为故事的主人公，或为故事的见证人。张鷟的《游仙窟》首次采用第一人称叙事，自叙旅途中在一处"神仙窟"里的艳遇。它在小说发展史上具有重要意义，尽管其限知视角的运用还不是很规范，有时还夹杂着全知视角，比如"余"与十娘以书传情时，"书达之后，十娘敛色谓桂心曰：'向来剧戏相弄，真成欲逼人'""十娘读诗，悚息而起。匣中取镜，箱里拈衣"，这些叙述都超越了"余"的视角。李公佐的《谢小娥传》的叙事视角更为复杂。李公佐是故事中的一个人物。但是，作品并不是完全使用他的限知视角，而是将其与全知视角交替使用。开头用全知视角叙述谢小娥的身世以及遇到李公佐之前发生的一切事情，然后又用第一人称叙事视角"余"（即李公佐）来叙述自己是怎样结识小娥并帮助她解开谜，使她知道了杀父、杀夫的两个仇人的名字，接下来又用全知视角叙述谢小娥复仇的经过，最后再用第一人称叙事视角叙述李公佐途经善义寺再遇小娥的事。全知视角使谢小娥复仇的故事得以详细交代，第一人称视角又强化了故事的真实性。

唐传奇为文人所作，其受众也主要是文人，所以在叙事艺术上颇有创新之举，比如第一人称叙事限知视角的使用。到了宋元话本时期，说书场的文化格局使话本小说、拟话本小说的叙事陷入模式化。就叙事视角而言，几乎没有出现第一人称限知视角叙事的现象，采用的都是第三人称全知视角。当然，局部采用故事内人物限知视角叙事的现象还是很多的。话本小说是说话人的底本。说话人为了吸引听众的注意力，有时会采用一些

---

① 杨义：《中国叙事学》，人民出版社1997年版，第214页。

限知视角来制造悬念，增强故事的戏剧性。比如《喻世明言》中的《杨思温燕山逢故人》中，开头用全知视角介绍杨思温留寓燕山，住在姨夫张二官人家。元宵之夜出门游玩。从此处开始，叙述者转用杨思温的视角来观察，看到一位疑似故人的美妇人。第二日晚再去，又见到她。"思温于月光之下，仔细看时，好似哥哥国信所掌仪韩思厚妻——嫂嫂郑夫人意娘。这郑夫人，原是乔贵妃养女，嫁得韩掌仪。与思温都是同里人，遂结拜为表兄弟，思温呼意娘为嫂嫂。自后睽离，不复相问。"这两句话中，前一句是杨思温的视角，后一句已悄然改用叙述者视角了。使用全知视角时局部采用限知视角以造成视角的流动，这种现象在后来的明清章回体小说中也是经常出现的，可从明清小说评点中窥一斑。比如：

　　正在楼上自言自语，只听得（金圣叹批：三字妙绝。不更从宋江边走来，却竟从婆娘边听去，神妙之笔。）楼下呀地门响。婆子问道："是谁？"宋江道："是我。"婆子道："我说早哩，押司却不信要去，原来早了又回来。且再和姐姐睡一睡，到天明去。"宋江也不回话，一径奔上楼来。（金圣叹批：一片都是听出来的。有影灯漏月之妙。）
　　——《水浒传》之第二十回"虔婆醉打唐牛儿　宋江怒杀阎婆惜"
　　刘姥姥只听见咯当咯当的响声，大有似乎打箩柜筛面的一般，（脂砚斋批：从刘姥姥心中、意中幻拟出奇怪文字。）不免东瞧西望的。忽见堂屋中柱子上挂着一个匣子，底下又坠着一个秤砣般一物，却不住的乱恍，（脂砚斋批：从刘姥姥心中、目中设譬拟想，真是镜花水月。）刘姥姥心中想着："这是什么爱物儿？有煞用呢？"正呆时，只听得当的一声，又若金钟铜磬一般，不妨倒唬的一展眼。
　　——《红楼梦》之第六回"贾宝玉初试云雨情　刘姥姥一进荣国府"

　　从这些评点中可以看出，作者有意采用了故事内人物视角以达到特殊的审美效果。但总体来说，中国古典小说的叙事视角受史传的影响是非常大的，主要采用的还是史官式的第三人称全知视角，关注人物外在的语言、行动等，而不会像西方小说那样对人物的心理进行大段的静态描摹、剖析。

第二节 叙事结构及其承衍

叙事结构①指事件编排的体例，或曰框架。它是叙事文必备的要素。史传的叙事结构主要有两种，即编年体和纪传体。编年体即按时间组织编排事件。最早的编年体史书是《春秋》，"以事系日，以日系月"②。但依时记事其实早在殷墟卜辞中即已开始。只是卜辞纪时，常遵循的格式是文前纪日，文末纪月，有的附纪年，形成了"日—月—年"的时标顺序。如《殷契粹编896》中的"癸丑卜，贞今岁受禾？弘吉。在八月，维王八祀"。周代特别是西周中期以后的铭文，多采取由年（"年"在商代又称之为"祀"）数到月份再到日辰干支的纪时顺序，比如虢季子白盘铭"惟十又二年，正月初吉丁亥"，颂鼎铭"惟三年五月既死霸甲戊"等。它的时标顺序已变成"年—月—日"，体现了一种整体性的时间观念，影响了人们的叙事思维。杨义认为，"拨开某些巫术思维的迷雾，这种整体性时间意识把天象运行、季节更替、万物荣枯，以及人对于自身的生命形态和年华盛衰的体验，如此等等的非常丰富的文化密码，赋予大小相衔的时标顺序中。中国人把握某个时间点，不是把它当作一个纯粹的数学刻度来对待的。假如他具有深厚的文化体验，他是会把这一时间点当作纵横交错的诸多文化曲线的交叉点来进行联想的。这种时间意识和整体性思维方式，深刻地影响了中国叙事作品的时间操作方式和结构形态"③。中国叙事作品的开头常常要预设出一个整体性的时间架构，而接下来的叙事时间，则被笼罩在这个整体性时间架构之中。中国的小说总喜欢从盘古开天、三皇五帝写起，即使是日常生活讲故事也喜欢以"很久很久以前"来开头。这一叙事模式在铭文中就已经开始了。铭文中的祭辞、册命、训诰、追孝等叙事往往从文王、武王开始，或从先祖先宗开始，比如史墙盘铭、毛公鼎铭、大盂鼎铭等。

《春秋》按时记事，但叙事极为俭省。《左传》依《春秋》经而作，在

---

① "结构"这个概念用得非常广泛，含义也很复杂，在本文中有特定含义，指事件编排的体例，或曰框架。

② （唐）刘知几撰，赵吕甫校注：《史通新校注》，重庆出版社1990年版，第21页。

③ 杨义：《中国叙事学》，人民出版社1997年版，第128—129页。

叙事能力上比前者大为进步，被视为编年体史书的典范，其优点是"系日月而为次，列时岁以相续，中国外夷，同年世共，莫不备载其事，形于目前。理尽一言，语无重出，此其所以为长也"①。但其短处也是很明显的，那就是事件的发生发展过程被分割在不同的时间表下，得不到完整、连贯、清晰地描述。为了弥补这个缺憾，作者也采取了一些叙事策略。

第一，利用预叙和倒叙使故事相对完整、连贯。比如，郑伯克段的故事，长达三十余年。作者围绕《春秋》经中"夏五月，郑伯克段于鄢"一句进行"原始要终"式地前后延展，既用"初"引出倒叙，又把发生于次年的郑伯母子和好之事提前。②不过，《左传》中的倒叙、预叙都属于故事内的时间错置。它倒叙的是一些发生在故事时间以内的事件，目的是对故事发生的原因进行补充、解释。它的预叙则是通过卜筮、梦兆或人物语言对故事结果进行暗示，并没有打乱故事的叙述时序。总体来说，史传叙事中的时间错置都属于故事内时间错置。

第二，集中叙述，即把时间跨度很大的事件集中起来进行连续叙述。比如"重耳流亡"故事，时间跨度十九年，被相对集中地分布在僖公二十三年、二十四年这两个时间段叙述。这段叙述有个特点，就是时间标示并不是很清楚。只在"（僖公）二十四年春，王正月，秦伯纳之"中有时间标示，而此前僖公二十三年关于重耳"奔狄""适齐""过卫""及齐""及曹""及宋""及郑""及楚""送诸（重耳）秦"的叙述都没有时间表示，故事推进的动力来自于人物行动本身，具有较强的文学叙述性质。作者欲集中叙述重耳故事的目的也很明显。因为"晋公子重耳之及于难也，晋人伐诸蒲城"事件发生于僖公五年，作者把它放在此处叙述，完全是为了和下文"二十四年春，王正月，秦伯纳之"的事件衔接起来。而且，为了使读者对整个故事有一个完整的印象，作者还特意重复叙述了僖公五年寺人披刺杀重耳之事。从以上分析中可以看出，作者正在努力地想尽办法挣脱编年体给叙事带来的桎梏。

史传叙事的另一种重要结构是纪传体，为司马迁所创。纪传体不再像

---

① （唐）刘知几撰，（清）浦起龙释：《史通通释》，上海古籍出版社1978年版，第27页。

② 根据《史记·郑世家》中的"（郑伯）居岁余而悔之"，知庄公母子和好在"克段"次年。

《左传》那样依时记事，而是以人记事，通过记录重要人物的活动来反映历史的面貌。它的成型经历了一个比较长的过程。其最早的雏形出现于《国语》中。《国语》是一部国别史著作，分国纪事，有时集中多篇专记一人之事，比如《鲁语》中的公父文伯之母事，《齐语》中的管仲之事，《吴语》中的夫差之事，《越语》中的勾践之事等。《晋语》中此种现象就更为突出。《晋语一》中有 4 篇写献公，《晋语三》中有 8 篇写惠公，《晋语四》中有 25 篇写文公，《晋语六》中有 5 篇写范文子，《晋语七》中有 9 篇写悼公，《晋语九》中有 10 篇写赵简子。稍后的《战国策》在体例上与之有相同之处。比如《齐策三》中的《孟尝君将入秦》《孟尝君在薛》《孟尝君奉夏侯章》等 7 篇全写孟尝君，《魏策一》中的《张仪恶陈轸于魏王》《张仪欲穷陈轸》等连续 8 篇全写张仪，等等。《国语》《战国策》中连续数篇集中写一个人的事迹，这一叙述模式可以看成是纪传体的雏形。特别值得一提的是，《战国策》中《燕太子丹质于秦亡归》《晋毕阳之孙豫让》《韩傀相韩》三篇被司马迁照搬进《史记·刺客列传》，更鲜明地证明了其所具备的人物传记性质。《战国策》改变了《左传》《国语》从仁义礼智信的角度载录历史、阐释历史的思维模式，转为载录纵横家们凭借三寸之舌纵横天下的言与行。这种以人为中心的叙事体例的形成，与那个时代对"人"的重视分不开。春秋末期，礼崩乐坏，诸侯并起，征战连年，"人"成为社稷兴亡的决定因素。《管子·霸言》中说"夫争天下者，必先争人"，《荀子·致士》中也说"得之则治，失之则乱；得之则安，失之则危；得之则存，失之则亡"。《战国策》以人为中心的叙事思维、叙事体例对《史记》有重要的影响。

纪传体至《史记》完全成型。司马迁在《史记·太史公自序》中对其有具体说明：

> 网罗天下放失旧闻，王迹所兴，原始察终，见盛观衰，论考之行事，略推三代，录秦汉，上记轩辕，下至于兹，著十二本纪，既科条之矣。并时异世，年差不明，作十表。礼乐损益，律历改易，兵权山川鬼神，天人之际，承敝通变，作八书。二十八宿环北辰，三十辐共一毂，运行无穷，辅弼股肱之臣配焉，忠信行道，以奉主上，作三十世家。扶义俶傥，不令己失时，立功名于天下，作七十列传。

这样的叙述结构，传达了一种什么样的思想？不同的人有不同的解释。比如唐司马贞在《补史记序》中称："观其本纪十二，象岁星之一周，八书有八篇，法天时之八节，十表放刚柔十日，三十世家比月有三旬，七十列传取悬车之暮齿，百三十篇象闰余而成岁。"同时代的张守节在《史记正义·论史例》中说："作本纪十二，象岁十二月也。作表十，象天之刚柔十日，以记封建世代终始也。作书八，象一岁八节，以记天地日月山川礼乐也。作世家三十，象一月三十日，三十辐共一毂，以记世禄之家辅弼股肱之臣忠孝得失也。作列传七十，象一行七十二日，言七十者举全数也，余二日象闰余也，以记王侯将相英贤略立功名于天下，可序列也。合百三十篇，象一岁十二月及闰余也。而太史公作此五品，废一不可，以统理天地，劝奖箴诫，为后之楷模也。"现代的朱自清的解释则为："《史记》包括十二本纪、十表、八书、三十世家、七十列传……十二是地支；十是天干；八是卦数；三十取《老子》'三十辐共一毂'的意思，表示那些'辅弼股肱之臣''忠信行道以奉主上'；七十表示人寿之大齐，因为列传是记载人物的。"① 每个人的解释虽然有所不同，但都说明了表层的叙述之"技"后面包含着深层的叙述之"道"。

关于《史记》纪传体结构的长处与短处，刘知几在《史通》中认为："《史记》者，纪以包举大端，传以委曲细事，表以谱列年爵，志以总括遗漏，逮于天文、地理、国典、朝章，显隐必该，洪纤靡失。此其所以为长也。若乃同为一事，分在数篇，断续相离，前后屡出，于《高纪》则云语在《项传》，于《项传》则云事具《高纪》。又编次同类，不求年月，后生而擢居首帙，先辈而抑归末章，遂使汉之贾谊将楚屈原同列，鲁之曹沫与燕荆轲并编。此其所以为短也。"刘知几所说涉及《史记》结构的三个方面：纪、传、表、志各司其职；互见法的使用；合传的编次。他认为后两点是其短。但是，从叙事交流的角度来看，这三种结构方式一方面用来组织编排材料，另一方面本身也具有传递信息、参与叙述的作用。

一般说来，史传叙事，其叙述任务都由叙述者承担。但是，也有一些其他要素参与了叙述。詹姆斯·费伦在新近发表的一篇文章中认为，"叙事交流最终是关于特定的某个个人，即隐含作者，使用他所认为的任何合

---

① 朱自清：《经典常谈》，上海古籍出版社 1999 年版，第 100 页。

适的资源去达到自己向其他某个人，即真实的读者讲述故事的目的"①。
他用一张表来显示叙事交流的多种渠道：

叙事交流中的变量表

隐含作者 （文本外，历史中； 书写场景）	各种资源 场景 准文本 （多个）叙述者 作为讲述者的人物或听众 自由间接引语 结构/差距 受述者/叙事性的读者 作者型的读者 其他（如文体）	真实读者 （修辞性的读者； 历史中；阅读场景）

　　从表中可以看出，费伦修改了西摩·查特曼的叙事流程图："真实作
者—隐含作者—叙述者—受述者—隐含读者—真实读者"，将讲故事的渠
道由单一的"叙述者"扩展为多个，包括场景、作为讲述者的人物或听
众、自由间接引语、结构、文体等，认为它们均具有传递信息、进行叙事
交流的功能。就《史记》而言，结构就是用来进行叙述交流的一个重要
途径，反映出司马迁杰出的叙事智慧。

　　关于纪传体的本纪，《史通》的解释是："纪之为体，犹《春秋》之
经，系日月以成岁时，书君上以显国统。"② 所谓本纪，即把各个朝代发
生的事件，分别按时间顺序系于各个帝王。综观《史记》的本纪，有两
篇很特殊，一是《项羽本纪》，一是《吕太后本纪》，这两个人都不曾称
帝，司马迁却将其列入本纪中。这种编排本身即传递了一种信息，即作者
认为，他们虽然不曾称帝，但却是时代的支配者。相比而言，《吕太后本
纪》尚具有以事系人的本纪叙事模式的痕迹，而《项羽本纪》则是典型
的"纪名传体"。对此，刘知几给予了严厉的批评，"项羽僭盗而死，未

---

　　① ［美］詹姆斯·费伦：《为什么人物不是叙事交流模式中的一部分?》，见《第三届叙事
学国际会议会议长沙会议宣读论文》，湖南师大外国语学院举办，第14页。

　　② （唐）刘知几撰，（清）浦起龙释：《史通通释》，上海古籍出版社1978年版，第37页。

得成君……假使羽窃帝名，正可抑同群盗，况其名曰西楚，号止霸王者乎？霸王者，即当时诸侯。诸侯而称本纪，求名责实，再三乖谬。"① 刘知几认为，项羽只是强盗，至死时也没有称帝，所以不能列入本纪。司马迁在《太史公自序》里对为什么要为项羽作本纪的解释是："秦失其道，豪桀并扰；项梁业之，子羽接之；杀庆救赵，诸侯立之；诛婴背怀，天下非之。作项羽本纪第七。"可见，虽然项羽最后的命运是"天下非之"，但司马迁认为他在推翻失道暴秦的过程中，功不可没，影响巨大，具有左右时局、号令天下的权威，所以应将其列入本纪。与此异曲同工的还有《陈涉世家》，世家本是用来叙述开国承家、世代相续的诸侯事迹，而陈胜只不过是佣耕之人，称王六个月即死。但司马迁将其纳入世家，认为"秦失其政，而陈涉发迹，诸侯作难，风起云蒸，卒亡秦族。天下之端，自涉发难。"这种编排鲜明地体现了司马迁不以成败论英雄的思想。

此外，互见法是也《史记》结构的一个重要特色。宋苏洵最早对其进行概括：

（司马）迁之传廉颇也，议救阏与之失不载焉，见之《赵奢传》；传郦食其也，谋挠楚权之缪不载焉，见之《留侯传》；（班）固之传周勃也，汗出浃背之耻不载焉，见之《王陵传》；传董仲舒也，议和亲之疏不载焉，见之《匈奴传》。夫颇、食其、勃、仲舒，皆功十而过一者也。苟列一以疵十，后之庸人必曰：智如廉颇，辩如郦食其，忠如周勃，贤如董仲舒，而十功不能赎一过，则将苦其难而怠矣。是故本传晦之，而他传发之。则其与善也，不亦隐而章乎？（司马）迁论苏秦，称其智过人，不使独蒙恶声；论北宫伯子，多其爱人长者。（班）固赞张汤，与其推贤扬善；赞酷吏，人有所褒，不独暴其恶。夫秦、伯子、汤、酷吏，皆过十而功一者也。苟举十以废一，后之凶者必曰：苏秦、北宫伯子、张汤、酷吏，虽有善不录矣，吾复何望哉？是窒其自新之路，而坚其肆恶之志也。故于传详之，于论于赞复

① （唐）刘知几撰，（清）浦起龙释：《史通通释》，上海古籍出版社 1978 年版，第 107 页。

明之。则其惩恶也，不亦直而宽乎?①

所谓"本传晦之，而他传发之"，也就是作者不说，放在他传中说，以此将传主的某些事件，造成信息的延宕或压制，而这些信息对于读者建构故事、阐释故事的影响是巨大的。读者阅读叙事文本时，所面对的是一个被叙述了的故事，也就是我们常说的"情节"，所以读者首先要做的就是按照时间顺序组织从情节中获取的事件信息，然后在这些事件之间寻找可能存在的因果关系，最后建构成一个完整的故事。所以，如果有信息被延宕或压制了，这个事件就从读者所建构的事件序列中消失了。"如果遗失的事件至关重要，那么从已知事件所能看到的因果关系就与得到遗失事件的信息的情况下所能看到的因果关系不同。"② 因此，也就必然会影响对该事件的阐释。原因是："读者在阅读过程中建构的每一种故事都是一种配置。读者对事件的阐释，是根据他们在特定阅读时刻所组合的配置与被显示事件之间的关系来进行的。"③ 任何一个事件都只有放在一组事件中才能确定其功能及意义。事件组合的配置不同，对事件的阐释就不同。所以，作者可以通过延宕或压制信息来影响读者对事件的阐释，以传达自己的思想、情感倾向，显示自己的声音。

《史记·项羽本纪》讲述项羽的故事时，便有意延宕了反映项羽暴虐凶残、嫉贤妒能、不善用人等信息，而将其置于他传中。比如《项羽本纪》中写到，"又闻沛公已破咸阳，项羽大怒"，为什么沛公先破秦入咸阳呢？从此处所提供的事件序列来看似乎是战争态势使然。但事实并非如此，而是怀王诸老将认为项羽为人僄悍猾贼、暴虐凶残，刘邦为人宽厚仁爱，所以建议怀王派遣沛公向西进兵，最终导致沛公先破秦入咸阳。作者在此处有意压制了项羽的这些负面信息，而将其放入《高祖本纪》中。再如《项羽本纪》中写道："项王已定东海来，西，与汉俱临广武而军，相守数月。"这数月间发生的事件在此处被作者有意省略，而置于《高祖

---

① （宋）苏辙著，曾枣庄、金成礼笺注：《嘉祐集笺注》，上海古籍出版社1993年版，第232页。

② ［美］爱玛·卡法勒诺斯：《似知未知：叙事里的信息延宕和压制的认识论效果》，见［美］戴卫·赫尔曼主编《新叙事学》，马海良译，北京大学出版社2003年版，第5页。

③ ［美］戴卫·赫尔曼主编：《新叙事学》，第24页。

本纪》中。这些事件包括项羽欲与汉王独身挑战、汉王历数项羽十大罪状、项羽大怒伏弩射中汉王等。作者把反映项羽恶劣品行的事件置于其后的《高祖本纪》《陈丞相世家》《黥布列传》《淮阴侯列传》等作品中。这样，当读者在阅读《项羽本纪》时，在心中所建构的项羽的故事就是一个顶天立地、叱咤风云、情深义重的英雄故事，虽然偶有涉及英雄杀人如麻、优柔寡断、有勇无谋、有贤不用等事件，但由于作者只是一笔带过，所以并没有影响人们对这位末路英雄的无限崇敬与叹惋之情。唐朝诗人杜牧在《题乌江亭》中就为之惋惜，"江东子弟多才俊，卷土重来未可知"。宋代词人李清照《夏日绝句》则表达了对项羽的无限崇敬之情，"生当作人杰，死亦为鬼雄。至今思项羽，不肯过江东"。为什么读者即使从他传中了解了项羽的负面品行后仍然不会改变对他的开始印象呢？这个可用心理学家提出的"首位影响"概念来解释。"即使开头得到的信息在后来出现了矛盾，我们仍然会将它当作有效信息。"[1] 由于本纪提供的信息集中、丰富、完整，所以后来出现的那些零散信息并不容易进入读者对项羽故事的建构及阐释中。

再如刘邦的故事，作者也用了互见法，以达到塑造一位仁而爱人、从谏如流的帝王形象的目的。作者有意暂时压制了一些关于刘邦品行不端的事件信息而将其置于其他传记中，从而影响读者对刘邦故事的建构及阐释。《高祖本纪》中有一处叙述如下，"当此时，彭越将兵居梁地，往来苦楚兵，绝其粮食。"这件事之后发生的项羽欲烹太公以威逼高祖之事被省略了，在《项羽本纪》中有完整叙述："当此时，彭越数反梁地，绝楚粮食，项王患之。为高俎，置太公其上，告汉王曰：'今不急下，吾烹太公。'汉王曰：'吾与项羽俱北面受命怀王，曰'约为兄弟'，吾翁即若翁，必欲烹而翁，则幸分我一杯羹。'项王怒，欲杀之。"刘邦的流氓无赖本性表现得入木三分。睢水兵败时，刘邦侥幸逃离，"汉王道逢得孝惠、鲁元，乃载行。楚骑追汉王，汉王急，推堕孝惠、鲁元车下，滕公常下收载之。如是者三。曰：'虽急不可以驱，奈何弃之？'于是遂得脱。"这样的事件在《高祖本纪》中也必然要被略

---

① ［美］戴卫·赫尔曼主编：《新叙事学》，马海良译，北京大学出版社2003年版，第27页。

去。此外，反映刘邦自私、卑怯、无赖、猜疑、残害忠臣等品行不端的事件还出现于《萧相国世家》《淮阴侯列传》《樊郦滕灌列传》《郦生陆贾列传》等传记中。

再谈合传的问题。《史记》中的列传有四类，即单传、合传、附传、类传。合传是为两个或两个以上的人物所设立的传。合传的原因可归纳为以事连缀和以类相从两种。前者是因为传主之间有共同的事件相牵连，必须合在一起叙述；后者是同类之人合在一起叙述。相比较而言，后者的主观性更强，因为什么样的人是同类，这完全由作者来裁定。因此，归类的方式也就具有了传递信息、进行叙事交流的功能。比如《管晏列传》，《太史公自序》中说："晏子俭矣，夷吾则奢；齐桓以霸，景公以治。作管晏列传第二。"这看起来似乎是因为他们俩都是齐国的贤臣、重臣，而且一俭一奢，有对比性，所以合传。但事实并非如此。管仲传把一半笔墨放在叙述管仲与鲍叔牙的交往上，突出了其对鲍叔牙知遇之恩的感激之情。晏婴传则根本没涉及治国大事，只详写了他重用越石父和御者两件事，突出了他知人善任、礼贤下士的品质。由此可见，作者之所以把他们归入一类，还有一个隐含的深层原因，即两个人的事件都涉及"知人"。正如李晚芳在《读史管见》中所说："两传皆以志友道交情，曰知我，曰知己，两篇合叙联结之真谛也。"[1] 所以，《管晏列传》将管仲晏婴合写，要讲述的主要是"知人"的故事，而不是贤臣的故事。这从文末论赞中那句情不自禁之辞——"假令晏子而在，余虽为之执鞭，所忻慕焉"很容易看出它寄托着司马迁自己的身世之感。

《屈原贾生列传》的合传形式也具有特殊意义。刘知几认为"遂使汉之贾谊将楚屈原同列……此其所以为短也"。因为屈原、贾谊二人之间并无任何实质上的联系，唯一的联系是贾谊被贬长沙，过湘水，作了《吊屈原赋》。作者将屈原贾谊合传，这种结构决定了其叙述的重点是二人相同的遭遇：都有杰出的治国才能，都因权臣毁谤而遭贬谪，都在苦闷抑郁中早早离世。屈原传仅用"博闻彊志，明于治乱。入则与王图议国事，以出号令；出则接遇宾客，应对诸侯。王甚任之。"这几句话概述其成就，而对其遭谗、被贬的过程则详述，并诠释了《离骚》，引述了《怀沙

---

① 杨燕起等编：《历代名家评史记》，北京师范大学出版社1986年版，第554页。

赋》全文。贾谊传对贾谊政治上的成就略述，重点书写的是其遭谗被贬后的凄凉心境，所以引述的是《吊屈原赋》《鹏鸟赋》全文，而不是其影响最大、反映其政治主张的《过秦论》《论积贮疏》《陈政事疏》之类的文章。刘知几作为一名史学家，从作史的角度认为此种写法是其短处，也未尝不是没有道理的。但从文学角度看，此种写法正是它被称为"史家之绝唱，无韵之离骚"的原因所在。因为《史记》通篇贯穿着作者强烈的情感，如李景星说："通篇多用虚笔，以抑郁难遇之气，写怀才不遇之感。岂独屈贾两人合传，直作屈、贾、司马三人合传读可也。"①

总体来说，《史记》纪传体的叙事结构显示了司马迁以人物为中心选择、编排事件的叙事思维。在有些篇章中，为了突出人物某个性格特征，他弃重大事件而取生活逸事，使之具有了浓郁的文学叙事色彩。如前述的《管晏列传》。再如《孙子吴起列传》写孙武，详写的是他宫廷勒兵的场景，而对于其一生的赫赫军功却只用两句话概括，"于是阖庐知孙子能用兵，卒以为将。西破彊楚，入郢，北威齐晋，显名诸侯，孙子与有力焉。"

编年体和纪传体作为中国史传叙事最早、也是最重要的两种结构，对后世叙事文学特别是古典小说的影响普遍而深远。编年体影响最明显的就是传统小说家们"以事系日"的情结。他们常在叙述中标出明确的时间刻度，最有趣的是没事可书时也要借叙述者之口加上一句"一夜无话""当日无事"之类的字眼。孙绿怡在作中西小说起源比较时说，由于中西方小说的源头一是史，一是诗，所以两者的差异很大。表现在时间问题上，西方小说"只有一个大致的年代，而没有标出故事发生的准确时间，作者的时间观念常常是很不严格的"，中国小说则"以'事'为主体，有明确的时间线索"②。志怪志人小说篇幅短小，这个特点尚无法显示，至标志中国古典小说文体独立的唐传奇中，则非常鲜明了。以诞生于隋末唐初最早的一篇传奇，同时也被学术界视为第一篇传奇的《古镜记》为例，其时间标示词为："大业七年五月"→"其年六月"→"大业八年四月一日"→"其年八月十五日"→"其年冬"→"大业九年正月朔旦"→

---

① 李景星撰，陆永品点校：《史记评议》，东北师范大学出版社 1985 年版，第 87 页。
② 孙绿怡：《〈左传〉与中国古典小说》，北京大学出版社 1992 年版，第 117 页。

"其年秋"→"其年冬"→"大业十年"→"大业十三年夏六月"→
"大业十三年七月十五日"。短短 4400 余字的小说，时间标示是如此的频
繁和精细。不仅唐传奇如此，即使是明清白话小说也是非常注意保持时间
的线性联系。金圣叹评点《水浒传》第一回中写"高俅投托得柳大郎家，
一住三年"时说："一路以年计，以月计，以日计，皆史家章法。"美国
汉学家韩南曾说："白话小说对空间与时间的安排特别注意。《水浒传》
《金瓶梅》之类的小说中可以排出非常繁细的日历，时时注意时间到了令
人厌烦的程度。"① 两方人自然不能理解这一点，其实，中国作家们如此
地注意时间标示，就是想正到"拟人真实"的叙述效果。因为在中国文
化传统中，唯有真实的事件才有可述性，不过，毕竟是"拟真实"，所以
小说中的时间标示与史传还是不同的。后者不仅要与真实的历史时间一
致，而且这些时间本身的排列要合理，但前者却不必如此。比如《金瓶
梅》中的时间，仔细推究一下，其实是错乱的，而且张竹坡认为它是有
意为之。

> 《史记》中有年表，《金瓶》中亦有时日也。开口云西门庆二十
> 七岁，吴神仙相面则二十九，至临死则三十三岁。而官哥则生于政和
> 四年丙申，卒于政和五御丁酉。夫西门庆二十九岁生子，则丙申年；
> 至三十三岁，该云庚子，而西门乃卒于"戊戌"。夫李瓶儿亦该云卒
> 于政和五年，乃云"七年"，此皆作者故为参差之处。何则？此书独
> 与他小说不同。看其三四年间，却是一日一时推着数去，无论春秋冷
> 热，即某人生日，某人某日来请酒，某月某日请某人，某日是某节
> 令，齐齐整整捱去。若再将三五年间甲子次序，排得一丝不乱，是真
> 个与西门计帐簿，有如世之无目者所云者也。故特特错乱其年谱，大
> 约三五年间，其繁华如此。②

纪传体对传统小说的影响最明显的即是作者们喜欢以人名作为篇题，

---

① 转引自赵毅衡《当说者被说的时候——比较叙述学导论》，中国人民大学出版社 1998 年
版，第 101 页。

② 张竹坡：《批评第一奇书金瓶梅读法》，见《金瓶梅》，齐鲁书社 1991 年版，第 36—37
页。

有很多甚至直接就以"某某传""某某记"为题。以汪辟疆编辑的《唐人小说》为例，读书共收 68 篇唐人小说，其中以人名为篇题的有 50 余篇。蒲松龄的《聊斋志异》500 篇，以人名为篇题的有 320 余篇。《太平广记》是编纂最早、影响最大的小说类书，被称为"宋初四大类书"之一。全书 500 卷，目录 10 卷。它不仅每卷多以人物命名，如神仙 55 卷、女仙 15 卷、鬼 40 卷、神 25 卷、异僧 12 卷、妖怪 9 卷、精怪 6 卷、异人 6 卷、方士 5 卷、豪侠 4 卷、妇人 4 卷、妖妄 3 卷、将帅 2 卷、夜叉 2 卷、名贤 1 卷、童仆 1 卷、神魂 1 卷、灵异 1 卷等，而且每卷下面的故事只要是写人的，都是以人名为题。具体叙述时，常常从介绍人物生平开篇，模式常为"某某者，某某地方人也，某某身世来历……"，接下来按照时间顺序次第展开叙述，文末也喜欢附上一套太史公曰式的评论。这是短篇小说的格局。如果是长篇小说，则常常是编年体和纪传体巧妙的结合。石昌渝说："编年体和纪传体的结构方式为后世长篇小说的结构类型的形成奠定了基础。在总体结构上采用编年体的小说如《三国演义》《金瓶梅》和《红楼梦》等，这些小说的情节严格按时间顺序结构……但是小说并不完全搬用编年体，他们在总体编年的框架中，又吸收纪传体结构的优长，局部采用列传写法……在总体结构上采用纪传体的小说有《水浒传》和《儒林外史》等。《水浒传》的七十回以前基本上是纪传体结构……梁山聚义三打祝家庄以后按编年体，但局部仍采用纪传体结构。"① 关于这点，从明清小说评点中也可以看出。金圣叹在《读第五才子书施耐庵水浒传书法》中说，"《水浒传》一个人出来，分明便是一篇列传"，在《水浒传》第十七回介绍宋江出场时批道："一百八人中，独于宋江用此大书者，盖一百七人皆依列传例，于宋江特依世家例，亦所以成一书之纲纪也"。毛宗岗在《三国演义》第一回叙述完刘备十五岁前的一些事迹之后，批道："以上是玄德一篇小传"。张竹坡在《金瓶梅读法》中言："《金瓶梅》是一部《史记》。然而《史记》有独传，有合传，却是分开做的。《金瓶梅》却是一百回共成一传，而千百人总合一传，内却又断断续续，各人自有一传，固知作《金瓶梅》者，必能作《史记》也。"② 由

---

① 石昌渝：《中国小说源流论》，生活·读书·新知三联书店 1994 年版，第 68 页。
② 张竹坡：《批评第一奇书金瓶梅读法》，见《金瓶梅》，齐鲁书社 1991 年版，第 35 页。

此可见，长篇小说结构的原型也在史传中。

第三节　叙事干预及其承衍

叙事干预是叙述者的一种职能。叙述者即叙事文本中故事的讲述者，是"陈述行为主体"①。美国小说理论家韦恩·布斯说："作家不能避免修辞，他只能选择使用哪种修辞。他无法选择是否通过选择叙述方法去影响读者的评价；他只能选择是否能有力地影响读者。戏剧家知道，即使最纯的戏剧，也不是纯戏剧性的，即不是完全展示出来的，不是完全就是像在那一瞬间发生的事情。总有一些德莱顿称作'关系'的东西需要照顾，尽管作家极力忽略这一麻烦的事实，'行动的一部分适于展示，一部分适于叙述。'但谁来叙述呢？戏剧家必须选择，小说家也必须选择，只不过他有无数的方式可以选择。"② 一切故事都是叙述出来的，即使是看似展示的戏剧也不例外。所以，没有叙述，就没有故事，而叙述者的身份对于叙事策略的选择、叙事风格的形成起着重要作用，"叙述者身份的变异，权力的强弱，所起作用的变化，他在叙述主体格局中的地位的迁移，可以是考察叙述者与整个文化构造之间关系的突破口"③。

就史传而言，史官的身份决定了其叙述者的特征：从叙述者与作者、隐含作者的思想规范来看，它是一致的，属于可靠的叙述者；从叙述者所处的位置看，史官式叙述者属于故事外叙述者，始终保持着客观、公正的形象，极少介入故事内进行干预，几乎不让人物担任叙述功能；从叙述者的功能来看，史官式叙述者担任的功能有：第一，叙述职能，通过叙述向受述者传达历史事件信息，这是其最重要的功能；第二，干预职能，叙述者暂时放弃自己的本职工作，转而对自己所叙述的人物、事件甚至是叙述行为本身进行评论。

史传中的叙事干预包括两种，一是话语干预，一是故事干预。话语干

---

① ［法］托多罗夫：《文学作品分析》，引自张寅德编选《叙述学研究》，中国社会科学出版社 1989 年版，第 71 页。

② ［美］韦恩·布斯：《小说修辞学》，付礼军译，广西人民出版社 1987 年版，第 156 页。

③ 赵毅衡：《苦恼的叙述者：中国小说的叙述形式与中国文化》，十月文艺出版社 1994 年版，第 1 页。

预时，叙述者所执行的功能是热奈特所说的"管理职能"，即"叙述者可以参照它用某种元语言话语（在此为元叙述话语）指明作品如何划分篇章，如何衔接，以及相互间的关系，总之指明其内在结构"[①]。故事干预时，叙述者执行的则是"思想职能"，"叙述者对故事的直接或间接的介入，也可采取对情节作权威性解释的、更富说教性的形式"[②]。史传作品中的话语干预现象是极少的。因为史传中的叙述者是内隐式的，为了保持叙事的客观性、权威性，不便闯入故事内对叙述行为进行说明指点。惟《史记》中的"语在某某中""事在某某中"属于话语干预，叙述者用以指明作品的布局安排。这与纪传体叙事体例有关，一件事常涉及多人，需要在不同传中出现，为了避免重复，叙述者只能出面进行说明。

史传中对故事的干预则非常多。叙述者常常直接出面对叙述中的人和事进行解释或评论，可分为解释性干预和评论性干预。解释性干预是面向故事的，有些事件信息无法通过人物的言语和行动等方式传达给受述者，叙述者只好出面进行解释说明，这在《左传》《史记》等作品中非常普遍，最典型的表现是"故"这个标志词的频繁出现。比如《左传·隐公》中的相关片段：

> 郑公子忽在王所，故陈侯请妻之。郑伯许之，乃成昏。
>
> 八年春，齐侯将平宋、卫，有会期。宋公以币请于卫，请先相见，卫侯许之，故遇于犬丘。
>
> 秋七月庚寅，郑师入郊。犹在郊，宋人、卫人入郑。蔡人从之，伐戴。八月壬戌，郑伯围戴。癸亥，克之，取三师焉。宋、卫既入郑，而以伐戴召蔡人。蔡人怒，故不和而败。

史传中的解释性干预为什么如此之多？赵毅衡在谈到小说文本中的说明性评论时说，"很多说明性评论并非用来提供情况，而是用来为看起来荒唐不合情理的情节提供解释，是一种控制释义播散的努力"[③]。"控制释

---

① ［法］热拉尔·热奈特：《叙事话语　新叙事话语》，中国社会科学出版社1980年版，第181页。

② ［法］热拉尔·热奈特：《叙事话语　新叙事话语》，第181页。

③ 赵毅衡：《苦恼的叙述者：中国小说的叙述形式与中国文化》，十月文艺出版社1994年版，第53页。

义播散"完全可以用来解释史传中的解释性干预为何如此之多。史传叙事是一种权威叙事，以史为鉴、彰善瘅恶的实用目的决定了其对文本品格的要求，即真实，可靠。这不仅指事件信息的实录性，而且指事件释义的单一性。作者不希望读者对事件的理解阐释出现多义、歧义现象，所以常借叙述者在文中进行解释性干预，比如上述例子中陈侯为何请求把女儿嫁给郑公子忽、宋卫两国为何遇于犬丘、宋卫蔡三国攻郑为何失败，叙述者把原因解释得一清二楚，不给读者留有悬疑猜测、多义解读的空间。

　　史传中评论性干预非常多，这与史传强烈的教化功能有关。评论性干预有隐性和显性两种方式。隐性的评论干预是借故事中人物之口进行。如《左传》襄公七年，卫国孙文子到鲁国聘问，与鲁襄公并肩登上台阶，叔孙穆子上前劝，孙文子不听。作者借叔孙穆子之口进行评论，"孙子必亡。为臣而君，过而不悛，亡之本也。《诗》曰：'退食自公，委蛇委蛇。'谓从者也。衡而委蛇必折。"再如襄公二十五年，宁喜答应卫献公复位之事，"大叔文子闻之，曰：'乌乎！《诗》所谓"我躬不说，皇恤我后"者，宁子可谓不恤其后矣。将可乎哉？殆必不可。君子之行，思其终也，思其复也。'《书》曰：'慎始而敬终，终以不困。'《诗》曰：'夙夜匪解，以事一人。'今宁子视君不如弈棋，其何以免乎？弈者举棋不定，不胜其耦。而况置君而弗定乎？必不免矣。九世之卿族，一举而灭之。可哀也哉！"《左传》中的人物对事件进行评论时，喜欢引诗言事，论的色彩很浓。这与春秋时期的征引之风分不开。《史记》则不然。作者尽量让评论与故事融为一体，也即清顾炎武在《日知录》卷二十六中所说的："古人作史，有不待论断，而于序事之中即见其旨者，惟太史公能之。《平准书》末载卜式语，《王翦传》末载客语，《荆轲传》末载鲁句践语，《晁错传》末载邓公与景帝语，《武安侯田蚡传》末载武帝语，皆史家于序事中寓论断法也。""于序事中寓论断"，也就是通过故事中的人物对某一事件进行评论。比如《荆轲传》中叙述完荆轲的故事后，有如下之文："鲁句践已闻荆轲之刺秦王，私曰：'嗟乎，惜哉其不讲于刺剑之术也！甚矣吾不知人也！曩者吾叱之，彼乃以我为非人也！'"作者巧妙地借鲁勾践之口来评论荆轲行刺不成之事，表达对其剑术不精、准备不足而致失败的惋惜之情。不过，这部分与上文的事件之间并没有必然的关系，作者欲借人物之口来达到评论干预的痕迹还是有点明显。《史记》中这种现象不只出现在篇末，也有出现在篇中的，与上下文衔接得非常自然。比如《王翦传》中的一段："秦二世之时，王翦及其子贲皆已死，而又灭蒙氏。陈胜之反秦，秦使王翦之孙王离击赵，围赵王及张耳钜鹿城。或曰：'王离，秦之名将也。今将强秦之兵，攻新造之赵，举之必矣。'客曰：'不然。夫为将三世者必败。必败者何也？必其所杀伐多矣，其后受其不祥。今王离已三世将矣。居无何，项羽救赵，击秦军，果虏王离，王离军遂降诸侯。"作者通过虚拟一个无名的"客"来评论王家祖孙三代，认为他们以战争杀人为能事，最终必然要归于失败。这段对话与整个故事嵌合得很紧密，评论的目的比较隐蔽。

　　史传中的显性评论干预，指直接由叙述者出面干预以达到评论的目的。《左传》中的"君子曰"就是最典型的。《左传》中以论赞形式出现的"君子曰"一共有46处，还有3处出现于人物语言中，此外，还有很多处用"君子谓""君子是以""君子以为"等进行论赞。除"君子曰"外，"孔子曰""仲尼曰"也具有同等功能。"君子曰"式的干预具有至高无上的权威性。《说文解字》说："君，尊也，从尹发号故从口"。①又说："尹，治也，从又丿，握事者也。"②可见，"君"是指有很尊贵的地位又有很大权力的人。君和子在上古时期都是君号，即对君主的称谓。"君""子"并称最早出现在《尚书·酒诰》中，"庶士有正越庶伯君子，其尔典听朕教"。这里的君子指受封的贵族。春秋时期出现大量的"君""子"并称现象，但是它的内涵已经发生变化，泛指具有很高的道德境界和完美修养的贤人。所以，以"君子曰"的形式对某人某事进行道德判断和评述，有一锤定音的性质，具有高度的权威性。

　　"君子曰"开启了后世文学叙事中叙述者直接出面对故事进行干预的模式，不同于把褒贬寓于客观叙述中的"春秋笔法"。其后，"太史公曰"在形式和内容上不仅对"君子曰"有所继承，而且有所发展。它不再如前者那样随人随事，有感而发，而是有一定的规范。从位置上看，大多置于篇末，有"赞"的性质，少数位于篇前，相当于"序"，另有两处在篇中，夹叙夹议，相当于"论"。从评论内容看，它丰富多

---

① （汉）许慎：《说文解字》，中华书局1963年版，第32页。

② （汉）许慎：《说文解字》，第64页。

彩，不拘一格，具有强烈的个人化色彩。关于这点，清代牛运震在《史记评注》中有非常全面的概括："太史公论赞，或隐括全篇，或偏举一事，或参诸涉历所亲见，或征诸典记所参合，或于类传之中摘一人以例其余，或于正传之外挂轶事以补其漏，皆有深义远神，诚千古绝笔。"

"太史公曰"的干预形式对后世的历史叙事和文学叙事都有深远的影响。就前者而言，它奠定了后世史评的基本形式，其后"班固曰赞，苟悦曰论，东观曰序，谢承曰诠，陈寿曰评……"① 与"太史公曰"相比，这些史评逐渐偏于理性化，模式化。对"太史公曰"强烈的个性化色彩、多样化的评论风格进行继承和弘扬的是文学。汉韩婴的《韩诗外传》大多数都以一句《诗经》引文结尾，用来进行道德教化。汉刘向《列女传》中每个故事的结尾几乎都用"君子曰"（或"君子谓"等）"诗云""颂曰"来对人物行为进行褒扬。宋话本、明拟话本则转变了形式，以押韵的诗词形式进行评论②，如"诗赞曰""诗云""正是""诗曰""所谓"。这是因为古代小说的地位低下，话本小说诞生于民间，为了提高自己的地位，也为了增加评论的权威性，所以常常在行文中插入诗歌。

清蒲松龄《聊斋志异》中的"异史氏曰"更好地发扬了这一叙事模式。从形式上看，它风格多样，除了使用"异史氏曰"外，还会引用其他人评论，或者以"噫""呜呼"之类的感叹词引出评论，或者干脆直接进行评论。如：

卷五《荷花三娘子》文末："友人云：'花如解语还多事，石不能言最可人'，放翁佳句可为此传写照。"

卷二《莲香》文末："异史氏曰：'嗟呼！死者而求其生，生者又求其死，天下所难得者，非人身哉？奈何具此身者，往往而置之。遂至靦然而生不如狐，泯然而死不如鬼。'王阮亭云：'贤哉莲娘！巾帼中吾见亦罕，况狐耶！'"

---

① （唐）刘知几撰，（清）浦起龙释：《史通通释》，上海古籍出版社1978年版，第81页。
② 话本中"诗曰"部分并不都是用来评论的，也有其他功能，如引出正话、描述风景人物等，如夏志清所说："宋代说书人所用的语言，已经装载着许许多多采自名家的诗、词、赋、骈文的陈套语句，以至于他们（元、明的说书人亦然）用起现成的文言套语来，远比自己创造一种能精确描写风景、人物面貌的白话散文得心应手。"见《中国古典小说导论》，安徽文艺出版社1988年版，第12页。

卷三《阿霞》文末："噫！人之无良，舍其旧而是谋，卒之卵覆而鸟亦飞，天之所报亦惨矣！"

从内容上，它主要是评论，但也有一些篇章在评论后又附加上一两个与先前故事在主旨上相类似的故事，或者先附故事再评，或者先评再附故事，还有先评再附故事接着又评的。如：

卷一《瞳人语》的"异史氏曰"，先叙说了一个与正文同一类型的故事，然后再评论。"异史氏曰：'乡有士人，偕二友于途，遥见少妇控驴出其前，戏而吟曰：'有美人兮！'顾二友曰：'驱之！'相与笑骋，俄追及，乃其子妇，心赧气丧，默不复语。友伪为不知也者，评骘殊亵。士人忸怩，吃吃而言曰：'此长男妇也。'各隐笑而罢。轻薄者往往自侮，良可笑也。至于眯目失明，又鬼神之惨报矣。芙蓉城主，不知何神，岂菩萨现身耶？然小郎君生辟门户，鬼神虽恶，亦何尝不许人自新哉！"

卷三《霍生》叙述完一个故事后，紧接着的是"异史氏曰"的一段评论，然后又叙述一个相同主旨的故事。"异史氏曰：'死能为厉，其气冤也。私病加于唇吻，神而近于戏矣。'邑王氏，与同窗某狎。其妻归宁，王知其驴善惊，先伏丛莽中，伺妇至，暴出，驴惊妇堕，惟一僮从，不能扶妇乘……"

卷九《折狱》叙述完一个故事后是"异史氏曰"，然后又是一个故事，故事叙述完后又对这个故事进行评论。"异史氏曰：世之折狱者，非悠悠置之，则缧系数十人而狼藉之耳。堂上肉鼓吹，喧阗旁午，遂辄蹙额曰：'我劳心民事也。'云板三敲，则声色并进，难决之词，不复置念，专待升堂时，祸桑树以烹老龟耳。呜呼！民情何由得哉！余每曰：'智者不必仁，而仁者则必智；盖用心苦则机关出也。''随在留心'之言，可以教天下之宰民社者矣。"邑人胡成，与冯安同里，世有隙。胡父子强，冯屈意交欢，胡终猜之……异史氏曰："我夫子有仁爱名，即此一事，亦以见仁人之用心苦矣。方宰淄时，松裁弱冠，过蒙器许，而驽钝不才，竟以不舞之鹤为羊公辱。是我夫子生平有不哲之一事，则松实贻之也。悲夫！"

由此可见，史传所开创的"君子曰"式的评论干预对后世文学叙事的影响之深远。此外，从"君子曰"到"太史公曰"，还有一个重要突破，那就是少数"太史公曰"的评论与正文叙述中所流露的叙述声音不一致，或者正文褒论赞贬，或者正文贬论赞褒。前者如《项羽本纪》《商君列传》，后者如《吕后本纪》《酷吏列传》。《项羽本纪》的正文中，作者以深情的笔调塑造了一位叱咤风云的悲剧英雄形象，字里行间充满了敬慕与惋惜之情。但是"太史公曰"论赞部分虽也对其创立了"近古以来未尝有"的霸王之业表示激赏之情，但落笔重点似乎是对其"自矜功伐"行为的贬斥，有怒其不争哀其不幸的复杂味道。"及羽背关怀楚，放逐义帝而自立，怨王侯叛己，难矣。自矜功伐，奋其私智而不师古，谓霸王之业，欲以力征经营天下，五年卒亡其国，身死东城，尚不觉寤而不自责，过矣。乃引'天亡我，非用兵之罪也'，岂不谬哉！"《商君列传》的正文以褒扬的语调描述了商鞅变法带来的富国强兵之效，论赞部分又说其刻薄寡恩，罪有应得，叙述声音中包含着厌恶与斥责之意。《吕太后本纪》的正文中，叙述者笔下的吕太后权欲熏心、心狠手辣，但文末论赞中却又对其统治时期的太平景象进行了肯定，"太史公曰：孝惠皇帝、高后之时，黎民得离战国之苦，君臣俱欲休息乎无为，故惠帝垂拱，高后女主称制，政不出房户，天下晏然。刑罚罕用，罪人是希。民务稼穑，衣食滋殖。"《酷吏列传》的正文突出的是郅都、张汤、赵禹等酷吏治政严酷的一面，论赞中又很客观地称其"虽惨酷，斯称其位矣。"由上述可见，如果只阅读正文或者只阅读论赞，获得的信息是不充分的，评价是不可靠的。这种不可靠评论与文学中的"反讽式评论"有相通之处。赵毅衡认为"它是评价性评论的一种亚型。如果一般的评价性评论是取得叙述主体各部分之间意见一致的手段，那么反讽性评论就很明显地暴露主体各成分之间的分歧，使主体的分化变成主体的分裂"。① 也就是说，叙事者的评论与其在叙述事件时所流露出的叙述声音不一致，就构成了反讽性评论，这在《红楼梦》中极其多见。比如第三回中作者借《西江月》二词评论宝玉：

> 无故寻愁觅恨，有时似傻如狂。纵然生得好皮囊，腹内原来草莽。潦倒不通世务，愚顽怕读文章。行为偏僻性乖张，那管世人诽谤！
>
> 富贵不知乐业，贫穷难耐凄凉。可怜辜负好韶光，于国于家无望。

---

① 赵毅衡：《当说者被说的时候——比较叙述学导论》，中国人民大学出版社1998年版，第42页。

天下无能第一，古今不肖无双。寄言纨绔与膏粱：莫效此儿形状！

　　这段话所呈现出的叙述者对贾宝玉的评论与《红楼梦》隐含作者对贾宝玉的评论是不一致的，有正话反说的意思。《史记》中的不可靠评论不属于这种类型，它的评论与正文叙述者的声音不是完全对立的，而是兼容的，互补的。比如项羽，作者在正文叙事中的声音是欣赏的，但在评论中又对其"自矜功伐""身死东城，尚不觉寤而不自责"的行为流露出贬斥之意，表现的是对项羽复杂的情感与态度。《史记》作为中国叙事文学的重要源头，它的很多叙事艺术具有重要的创始价值。

第四节　预叙：从预占记录到叙事策略

　　法国叙事学家热拉尔·热奈特在研究叙事时序问题时指出："提前，或时间上的预叙，至少在西方叙述传统中显然要比相反的方法少见得多……小说（广义而言，其重心不如说在19世纪）'古典'构思所特有的对叙述悬念的关心很难适应这种做法，同样也难以适应叙述者传统的虚构，他应当看上去好像在讲述故事的同时发现故事。因此，在巴尔扎克或托尔斯泰的作品中，预叙极为少见……"① 以色列叙事学家里蒙—凯南也指出："用得较少的——其理由显而易见——是事件发生前的叙述（'事前叙述'）。这是一种预示性的叙述，一般使用将来时，但是有时也使用现在时。虽然在《圣经》的预言书里'事前叙述'的例子相当多，然而完全采用这种预见性叙述的现代作品却颇为罕见。一般情况下，这类叙述常以关于作品人物的预言、诅咒和梦的形式出现于叙事作品中。"② 两位学者都指出了预叙现象在西方作品中很罕见，但有趣的是，在中国传统小说中预叙现象却非常普遍。预叙，即预先叙述，就是作者通过各种方式把以后发生的事情提前叙述、暗示给读者。它包含两种类型：一种发生在故事层面，预叙者为故事内的人物；另一种发生在话语层面，预叙者为故事

　　① [法]热拉尔·热奈特：《叙事话语　新叙事话语》，中国社会科学出版社1980年，第38—39页。
　　② [以色列]里蒙—凯南：《叙事虚构作品》，姚锦清等译，生活·读书·新知三联书店1989年版，第161—162页。

外的叙述者。前者最早发生在史传,尤其是《左传》中(不考虑远古的口头叙事),与春秋时期特定的社会文化背景、史传的基本功能等密切相关。后者出现得很晚,至宋代话本小说中才非常普遍。

一 《左传》中预叙的发生

早期史传中有很多关于预占事件的叙述。这一源头可推溯至最早的文字叙事——甲骨卜辞。甲骨卜辞是人神之间通话的记录。一篇完整的卜辞包括前辞、命辞、占辞、验辞四个部分。占辞是预言,验辞就是对占辞的应验。只是甲骨卜辞的叙事非常简单,至《左传》时才出现关于预占事件的详细叙述。以最古老的也是最普遍的占卜方式——卜筮为例,《太平御览》卷第七百二十五《方术部六》载录《左传》卜龟的材料有二十六条,筮占的材料有十三条,加上漏录的数条(如宣公五年、十二年即漏掉二条),至少有四十多条。总体来说,春秋时期的预占主要分为两类:一类是从天的方面进行的预占,比如龟卜、筮占、星象、历数、神怪、望气等;一类是从人的方面进行的预占,比如长相、表情、声音、名字、举止、梦境等。例如:

> 惠公之在梁也,梁伯妻之。梁嬴孕,过期,卜招父与其子卜之。其子曰:"将生一男一女。"招曰:"然。男为人臣,女为人妾。"故名男曰圉,女曰妾。及子圉西质,妾为宦女焉。 ——僖公十七年
>
> 冬,晋文公卒。庚辰,将殡于曲沃,出绛,柩有声如牛。卜偃使大夫拜。曰:'君命大事。将有西师过轶我,击之,必大捷焉'" ——僖公三十二年
>
> 有星孛入于北斗,周内史叔服曰:"不出七年,宋、齐、晋之君皆将死乱。" ——文公十四年
>
> 婴梦天使谓己:"祭余,余福女。"使问诸士贞伯,贞伯曰:"不识也。"既而告其人曰:"神福仁而祸淫,淫而无罚,福也。祭其得亡乎?"祭之,之明日而亡。 ——成公五年
>
> 初,楚司马子良生子越椒。子文曰:"必杀之。是子也,熊虎之状而豺狼之声,弗杀,必灭若敖氏矣。谚曰:'狼子野心。'是乃狼也,其可畜乎?" ——宣公四年

克洛德·布雷蒙在《叙事可能之逻辑》中总结了故事的基本逻辑①：

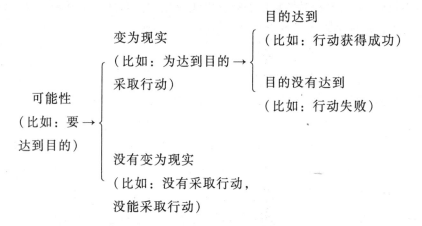

以这个图形为参照可以看出，《左传》中的预占故事全部遵循着同一个叙事逻辑，即"可能性→行动→变为现实"，形成了"预言—行动—应验"的叙事模式（以下简称"预验型"），只是有的省略了中间的"行动"环节，有的采用了倒叙的手法，即"行动—应验—预言"。陈平原认为："小说叙事形式是一种'有意味的形式'，一种'形式化了的内容'，那么，小说叙事模式的转变就不单是文学传统嬗变的明证，而且是社会变迁（包括生活形态与意识形态）在文学领域的曲折表现。不能说某一社会背景必然产生某种相应的小说模式，可某种小说叙事模式在此时此地的诞生，必然有其相应的心理背景和文化背景。"②"预验型"叙事模式的诞生，就与中国历史早期的预占文化分不开。预占文化的思想根源是传统天命观。古代社会生产力不发达，人们对世界的认知能力非常有限，所以把人间的一切都看成是上天的旨意。春秋时期，随着社会经济的大发展，人们开始对传统天命观有所怀疑，但这种怀疑又是不彻底的。在遇到重大问题时，依然要通过各种方式进行卜筮，请教巫祝以询问神灵的旨意，所以预占文化依然非常发达。从常识推断，占卜必然有应验的，也有不应验的，但是史官只记载应验的占卜，所以导致了"预验型"叙事模式的形成。

①　张寅德编选：《叙述学研究》，中国社会科学出版社 1989 年版，第 154 页。
②　陈平原：《话本：说话人与叙事者》，《上海文学》1996 年第 7 期。

　　《左传》除了用占卜事件进行预叙外，还用贤人之语进行预叙，其叙事模式同样是"预言—行动—应验"。这一点，在其最擅长的战争叙事中表现最明显。《左传》所记录的大大小小的战争有480余次，详细描写的有近百次，有些战争叙事，如晋楚城濮之战、晋楚鄢陵之战、晋楚邲之战、秦晋殽之战、齐晋鞌之战、齐鲁长勺之战等，叙事非常精彩，历来为人们所赞颂。这些战争叙事有一个共同特点，即在战争开始之前，总是要通过多种方式预言、暗示战争的结局。

　　秦晋殽之战发生之前，有三次关于战争胜败的预言。僖公三十二年，"冬，晋文公卒。庚辰，将殡于曲沃，出绛，柩有声如牛。卜偃使大夫拜。曰：'君命大事。将有西师过轶我，击之，必大捷焉'"。僖公三十二年，秦穆公在出师之前拜访蹇叔，"穆公访诸蹇叔，蹇叔曰：'劳师以袭远，非所闻也。师劳力竭，远主备之，无乃不可乎！师之所为，郑必知之。勤而无所，必有悖心。且行千里，其谁不知？'公辞焉。召孟明、西乞、白乙，使出师于东门之外。蹇叔哭之，曰：'孟子，吾见师之出而不见其入也。'"僖公三十三年，"春，秦师过周北门，左右免胄而下。超乘者三百乘。王孙满尚幼，观之，言于王曰：'秦师轻而无礼，必败。轻则寡谋，无礼则脱。入险而脱。又不能谋，能无败乎？'"

　　晋楚邲之战中，晋随武子主张回师，因为他认识到楚王的优势，"德立刑行，政成事时，典从礼顺，若之何敌之？"晋知庄子则引用《周易》来预言此次战争晋国必败，"果遇必败，蛊子尸之。虽免而归，必有大咎。"晋栾武子也认为楚王勤于治国治军，善于训导人民，晋与楚不能为敌，"楚自克庸以来，其君无日不讨国人而训之，于民生之不易，祸至之无日，戒惧之不可以怠。在军无日不讨军实而申儆之，于胜之不可保，纣之百克而卒无后。训之以若敖、蚡冒，筚路蓝缕以启山林。箴之曰：'民生在勤，勤则不匮。'不可谓骄。"

　　晋楚城濮之战前，楚王打算围宋时，让子文与子玉治兵。子玉治兵一天，鞭打七人，用箭刺穿了三个人的耳朵。尚幼的蒍贾便预言："子玉刚而无礼，不可以治民，过三百乘，其不能以入矣。"子玉是城濮之战的主帅。而晋国主帅为郤縠，战前作者借晋赵衰之口预言战争胜负，"郤縠可。臣亟闻其言矣。说礼乐而敦诗书。诗书，义之府也。礼乐，德之则也。德义，利之本也。《夏书》曰：'赋纳以言，明试以功，车服以庸。'

君其试之。"战争之前，作者还插入了另一件事，即晋文公听从子反建议耐心教民、爱民，结尾时作者借叙述者口吻预言"出榖戍，释宋围，一战而霸，文之教也。"两军对战其间，"晋侯梦与楚子搏，楚子伏己而盬其脑，是以惧。子犯曰：'吉。我得天，楚伏其罪，吾且柔之矣。'"战后作者又补叙了战前子玉做的一个梦，梦中河神要子玉把琼弁玉缨献给他，子玉不肯。大心与子西使荣黄谏，也不听。荣黄预言曰："非神败令尹，令尹其不勤民，实自败也。"

从以上所举例子中可知，其预言战争结局的方式也有两种，一是神奇事件预言，如卜筮、梦兆、灾异、祯祥等；一是贤人预言，而且后者比前者多。这些贤人之语都有一个共同的特点，即多是从礼的角度来预言战争胜败，而且都遵循着同一个逻辑：行动合于礼，则胜；反之，则败。礼是春秋时期道德的根本，是对一切具体德行的概括，规定着社会生活的方方面面。用贤人预言这种方式的产生同样离不开春秋时期的文化背景。因为那时候怀疑与否定传统天命观的思想已经萌芽了，人的作用得到了肯定。如僖公十六年：

> 十六年春，陨石于宋五，陨星也。六鹢退飞过宋都，风也。周内史叔兴聘于宋，宋襄公问焉，曰："是何祥也？吉凶焉在？"对曰："今兹鲁多大丧，明年齐有乱，君将得诸侯而不终。"退而告人曰："君失问。是阴阳之事，非吉凶所在也。吉凶由人，吾不敢逆君故也。"

内史叔兴提出了"吉凶由人"的观点，这是春秋时期思想上的一个巨大进步。此外，昭公十八年时，郑子产也认为"天道远，人道迩。非所及也，何以知之。"也就是说，春秋时期，有些人已经意识到人的道德品质、言行举止对事件的发展具有决定性作用。所以，贤人之语多是从这个角度去预言事件发展的，而且常常是长篇累牍式的。比如晋楚邲之战，整个故事叙述篇幅才3600余字，而随武子、知庄子、栾武子预言战争胜败的话竟然分别约为500字、140字、270字。这与春秋时期对"言"的重视有关。中国早期史书，记言记事是分开的。"左史记言，右史记事，事为《春秋》，言为《尚书》，帝王靡不同之。"把言语单独记录，说明了言在古代所具有的非同寻常的意义。春秋时期，"立言"更是成为中国古人人生价值的重要追求。《左传》襄公二十四年云：

> 穆叔如晋，范宣子逆之，问焉，曰："古人有言，曰'死而不朽'，何谓也？'"穆叔未对。宣子曰："昔匄之祖，自虞以上，为陶唐氏，在夏为御龙氏，在商为豕韦氏，在周为唐、杜氏，晋主夏盟为范氏。其是之谓乎？"穆叔曰："以豹所闻，此谓之世禄，非不朽也。鲁有先大夫曰臧文仲，既没，其言立，其是之谓乎？豹闻之，大上有立德，其次有立功，其次有立言，虽久不废，此之谓不朽。若夫保姓受氏，以守宗祊，世不绝祀，无国无之。禄之大者，不可谓不朽。

叔孙豹第一次把"立言"与"立德""立功"相提并论，可见"立言"的重要意义。《左传》受这种时代氛围的影响，对人物语言的记录详于对人物行动的记录。

"国之大事，在祀与戎。"① 战争是国家的大事，战争之前，人们关于战争胜负的预言肯定非常多，有的应验，有的没有应验，那么作者为什么选择应验的预言，形成"预言—行动—应验"的故事模式呢？海登·怀特说："我要指出，没有诸如一般叙事这样的东西，只有不同种类的故事或故事类型，而且历史故事的解释效果来自于它赋予事件的连贯性，而这种连贯性是通过将特别的情节结构加给故事而实现的。这就是说，可以认为叙事性陈述是通过讲故事再现为具有一般的情节类型——史诗、喜剧、悲剧、闹剧等——的连贯性来解释事件的。"② 历史学家采用叙事的形式来言说历史，就意味着当他面对一大堆纷乱的历史事件信息时，要从中挑选一些事件，并要选择一种故事类型来编排这些事件，使它们成为一个连贯的故事，一个可以被当时的时代、社会所接受的故事，也是一个可以表达他的思想意志的故事。《左传》的作者选择了"预言—行动—应验"的故事模式来编排事件，且预言都遵循着相同的逻辑，即行动合于礼则胜，

---

① （晋）杜预集解：《春秋经传集解》，上海古籍出版社1988年版，第722页。
② ［美］海登·怀特：《后现代历史叙事学》，陈永国等译，中国社会科学出版社2003年版，第354页。

反之则败，然后再用事实去证明预言的正确性，这样就使整个故事具有了
强烈的道德教化功能。这种故事类型既符合春秋时期的社会背景，也符合
史官叙事的特点。春秋是一个"以礼为中心的人文世纪"①。史官叙事自
从其诞生之日起，就被赋予了神圣的职责——"慎言行，昭法式""彰善
瘅恶，树之风声""史之为务，申以劝戒，树之风声"②，等等。所以，史
官叙述历史，必然要对众多的历史事件进行选择、加工、编排，使之成为
具有道德教化功能的故事，也就是海登·怀特所说的历史学家的工作，
"从纷乱的事实（它们具有不含意义的单纯序列结构）中揭开这些事实中
被公认是确切和真正的意义（当它们作为一个能被理解的过程之基础成
分时）"为此，他要做的事情有：

　　1. "精简"手中的材料（保留一些事件而排斥另一些事件）；

　　2. 将一些事实"排挤"至边缘或背景的地位，同时将其余的移
近中心位置；

　　3. 把一些事实看作是原因而其余的为结果；

　　4. 聚拢一些事实而拆散其余的，只在于使历史学家本人的变形
处理显得可信；

　　5. 建立另一个话语即"第二手详述"，它与原先话语的较为显著
的表述层并存，通常表现为对读者的直接讲述，并且通常都向话语的
显性形式提供明确的认知根据（就是说使前者合法化。)③

　　由此可见，历史学家叙述历史，需要选择一种情节类型事对事件进行
选择、加工和编排，以传达自己的撰写意图。《左传》只记载应验的卜
筮、梦境、贤人预言，以形成"预言—行动—应验"的故事类型，这是
由史书撰写的目的决定的，那就是"慎言行，昭法式""彰善瘅恶，树之
风声"。在中国的上古时期，神权与王权是合一的。陈梦家研究商代巫术

　　① 徐复观：《中国人性史论》，生活·读书·新知三联书店 2001 年版，第 45 页。

　　② （唐）刘知几撰，（清）浦起龙释：《史通通释》，上海古籍出版社 1978 年版，第 192
页。

　　③ ［美］海登·怀特：《作为文学虚构的历史本文》，见张京媛主编《新历史主义与文学批
评》，北京大学出版社 1993 年版，第 192 页。

时得出的结论是："由巫而史，而为王者的行政官吏；王者自己虽为政治领袖，同时仍为群巫之长。"① 由此可见，神权与王权的合一，意味着王室需要借助神的名义来治理国家，而占卜就是人神之间的对话。占卜应验了，也即意味着人间的一切都是神灵的旨意，这样就能维护其政权的合法性与权威性。《易·观卦·彖辞》说："圣人以神道设教而天下服矣。"《礼记·祭义》中也说："因物之精，制为之极，明命鬼神，以为黔首则，百众以畏，万民以服。"所以魏源说："鬼神之说，其有益于人心，阴辅王教者甚大；王法显诛所不及者，惟阴教足以慑之。"② 这就是为什么《左传》只记载应验的占卜的原因。《左传》所记载的贤人预言，也都是应验的预言。他们的预言也遵循着同一个逻辑，即人物行动合于礼则胜，反之则败。这样的叙事模式具有强烈的教化功能，而这正是史传撰写的基本意图。

由以上论述可见，预叙在中国叙事传统中的发生是由特定的社会文化环境决定的。春秋时期的预占文化特别发达，而史书撰写的目的又是"申以劝诫，树之风声"，导致了其只记录应验的预占，形成了"预言—行动—应验"的叙事模式，也因此而产生了所谓的"预叙"，即把以后发生的事情提前告诉读者。史书中用贤人之语进行预言形成的预叙同样也是其宣扬礼制、实现道德教化功能的重要手段。这些预叙都发生在故事层面，是由故事中人物的言语来预叙的。它并不是一种叙事策略，而是一种叙事内容；其目的不是审美，而是教化。

二　预叙在后世文学中的流变

《左传》中的"预验型"叙事模式的生成是特定时代的产物。随着社会的进步，科学的发展，人类对自然界的认知能力提高了，天命观逐渐退至历史的边缘，从天的方面、人的方面进行的预占都必然逐渐减少，但是这种叙事模式却被文学所继承，生生不息。在后世的发展，预叙又会受到各个时代特定文化思想的影响，其形式变得多样化了，其功能也从教化走向审美。

---

① 陈梦家：《商代的神话与巫术》，《燕京学报》1936 年第 20 期。
② （清）魏源：《魏源集》上册，中华书局 1983 年版，第 125 页。

　　汉魏六朝的志怪小说，受史传影响最直接，而且有些志怪小说的作者本身即为史官。所以，利用神奇事件进行预言的现象在志怪小说中是很普遍的。这与佛道二教的影响是分不开的。佛教从两汉之际传入中土后，并未产生多大的影响力，一直到东晋、十六国时期才以迅猛势头发展起来，佛经的翻译也处于极盛状况。它与玄学相辅而行，士子研究佛理，而僧人则参与清谈，不仅得到统治阶级的大力提倡，也得到下层民众的普遍信仰。道教则是产生于中国本土的宗教，推崇老子，但和尊奉老庄哲学的道家有着本质的不同。它是把老子当作神仙来推崇的。神仙信仰是道教的核心内容。道教以丹道法术为修炼途径，以得道成仙为终极目标，能给现世的人们以虚幻的满足，所以也受到人们的欢迎。佛道思想对叙事文学发生的影响是多方面的，这里论述的只是其中一个很小的方面。

　　从叙事角度来看，严格来说，志怪小说中的预言不能算预叙。比如《述异记》中这则故事：

　　　　吕光永康二年，有鬼叫于都卫曰："兄弟相灭，百姓毙，两吕绝。"微吏寻声视之，则靡所见。是年光死，子绍立五日，绍庶兄纂绍而自立。明年，其弟车骑大将军常山公征光屡有战功，疑纂不已，帅众攻纂，所杀。穷酣长酗，游走无度。明年，因醉为从弟起所杀，起推兄隆为主。姚兴因民，遣叔父征西将军陇西公硕德伐之，隆师徒挠败，寻为姚氏所灭。

　　这篇小说中虽然有预言，但很难说是预叙。因为故事叙述太简单，从预言到应验之间没有时间上的距离感，也就没有了预先叙述的艺术效果。

　　唐传奇中也有利用神仙、梦境等进行预言的叙事方式。这种预叙主要发生在故事层面的。《补江总白猿传》中，梁大同末年欧阳纥率军南征，至长乐，妻子被白猿精劫走。欧阳纥率兵入山，杀了白猿，而妻已孕，后生一子，状貌如猿猴。白猿临死前预言欧阳纥妻子将来生下的孩子一定会遇到圣明的皇帝，光宗耀祖。后欧阳纥为陈武帝所杀。欧阳纥平素与江总交好，江总欣赏他儿子聪悟绝人，收留抚养了他，幸免于难，后来他果然文笔了得，闻名于当时。李复言的《定婚店》中，主人公韦固幼年丧父，想早日娶妻，但总是不成。有一天，遇到来自幽冥世界掌管婚事的老人，预言他的妻子是店北卖菜的陈婆的三岁女儿，要等到十七岁时方能与之成婚。此后果然应验。蒋防的《霍小玉传》中霍小玉梦见黄衫客抱着李益来到她的床前，让小玉给李益脱鞋。梦醒后，小玉自释其梦："鞋"同"谐"同音，是和谐之意，预示夫妻再合。脱是解的意思。既合而解，也就是见过一面就要永别了。事情的发展果真如此。

以上所列是唐传奇中的预叙。唐代叙事文学除了新出的传奇体外，还有从汉魏六朝而来的笔记体小说，其中就包括志怪小说。这是因为唐代仍有其发展的社会文化土壤。佛、道二教在唐代依然很盛行，所以用神鬼灵异来预叙的事件依然很多。相比而言，唐传奇中这种预言要少一些。这与唐传奇的作者身份有关。他们有的高居相位，如李吉甫、房千里、弘农公、崔龟从等，有的进士及第，如贺知章、刘复、陈鸿、白行简、韩愈、柳宗元、沈亚之、白居易等，对于对神仙鬼怪、卜筮梦兆等事件的虚幻不实有一定的认识，所以即使偶有为之，也是借之以抒怀或者强化叙事的审美效果，也即鲁迅所说的"其间虽亦或托讽喻以纾牢愁，谈祸福以寓惩劝，而大归则究在文采与臆想，与昔之传鬼神明因果而外无他意者，甚异其趣矣"。

至宋明话本小说中，又出现了很多用算命、卜卦的形式来预言。这是因为话本小说本就来源于市井，而算命、卜卦又是民间非常普遍的现象，所以它的预言方式也具有了强烈的民间色彩。比如《警世通言》第十三卷《三现身包龙图断冤》，开篇写卜卦的为奉符县第一名押司孙文占卜的卦辞是"白虎临身日，临身必有灾。不过明旦丑，亲族尽悲哀。"后文故事发展，果然如卦辞所言。《初刻拍案惊奇》第五卷《感神媒张德容遇虎，凑吉日裴越客乘龙》的入话和正话都有一个算命的预言，故事结果都应验了他们的话。明清小说中的预叙也是很普遍的，比如谶语、相术、占梦、星象、诗词、曲词、灯谜、酒令等。比如《红楼梦》第五回"游幻境指迷十二钗，饮仙醪曲演红楼梦"借贾宝玉梦中观看金陵十二正钗册子、听《红楼梦曲》来预叙贾府及府内主要女子的命运。第二十二回"听曲文宝玉悟禅机，制灯谜贾政悲谶语"以谶语、禅机、灯谜的方式预示贾府及府中人物的命运。

预叙在进入文学叙事世界后，还产生了一种新的形式，即预言者不是故事中的人物，而是叙述者。前者属于故事层面的预叙，后者属于话语层面的预叙。唐传奇中出现少量此种现象。《古镜记》的开头为："今度遭世扰攘，居常郁怏，王室如毁，生涯何地，宝镜复去，哀哉！今具其异迹，列之于哀哉后。数千载之下，傥有得者，知其所由耳"。《李娃传》的开头为："汧国夫人李娃，长安之倡女也。节行瑰奇，有足称者。故监察御史白行简为传述。"这种预叙现象在话本小说中极为普遍，其形式也多样化：

第一，以入话诗预叙。如《喻世明言》第二十六卷《喻世明言》第二十六卷《沈小官一鸟害七命》的入话诗"飞禽惹起祸根芽，七命相残事可嗟。奉劝世人须鉴戒，莫教儿女不当家"就预叙了整个故事的内容。

第二，以入话诗后的解释、说明、议论的文字来预叙。早期的话本小说多数只有入话诗，然后直接进入正话。明代文人创作的拟话本小说，在入话诗后几乎都加入了解释、说明、议论的文字，这其中就有叙述者对故事的预叙。如《醒世恒言》第十一卷《苏小妹三难新郎》的入话诗后有一段文字为"说话的，为何单表那两个嫁人不着的？只为如今说一个聪明女子嫁着一个聪明的丈夫，一唱一和，遂变出若干的话文。正是：说来文士添佳兴，道出闺中作美谈。"《警世通言》第十六卷《小夫人金钱赠年少》的入话诗后有一段文字为"如今说东京开封府界有个员外，年逾六旬，须发皤然，只因不服老，兀自贪色，荡散了一个家计，几乎作了失乡之鬼。正是：尘随车马何年尽？事系人心早晚休。"

第三，头回和正话之间插入预叙。如《初刻拍案惊奇》第十一卷《恶船家计赚假尸银狠仆人误投真命状》的头回结束后，叙述者预叙道："前边说的人命，是将真作假的了，如今再说一个将假作真的，只为些些小事，被奸人暗算，弄出天大一场祸来，若非天道昭昭，险些儿死于非命。"

第四，正话部分插入预叙。如《沈小官一鸟害七命》中，沈小官提着画眉去柳林里时，叙述者插入预叙："不想沈秀这一去，死于非命。"当沈秀的父亲沈昱因事到京时，叙述者又说："此一去，只因沈昱看见了自家虫蚁，又害了一条性命。"

话本小说的预叙如此之多，一方面是因为其文体源头是说书艺术。最初话本小说是作为说书人的底稿而存在的。说书人在坊间讲故事，不是一天两天能讲完的，听众也是流动不居的，为了能吸引听众，也为了使每一位听众对故事有个比较完整的了解，他们常在说的过程中插入对故事结果的介绍。另一方面是因为教化的创作目的。随着唐宋古文运动"文以载道"思想的影响和宋代理学的形成，文学的教化色彩越来越浓。话本小说的受众多是普通大众，这让文人创作时觉得对其进行劝诫教化的责任感或者欲望更强烈了。就像鲁迅所说的："唐人小说少教训，而宋则多教训。大概唐时讲话自由些，虽写时事，不至于得祸；而宋时则讳忌渐多，所以文人便设法回避，去讲古事。加之宋时理学极盛一时，因之把小说也都理学化了，认为小说非含有教训，便不足道。"① 鲁迅这段话指出了宋代小说普遍的教化特征。明代拟话本又是模仿宋话本而作，所以依然保持着浓郁的教化色彩。从《左传》可以看出，"预言—行动—应验"型的叙事模式最适合达到教化目的。不过，《左传》是通过神奇事件、贤人之语预言，且是故事层面的预叙，而话本小说则是话语层面的预叙，由叙述者直接告知读者故事内容，并进行劝诫。明清小说中也有很多发生于话语层面的预叙，但其功能不再只是教化了。比如很多小说开头的"楔子"。"楔子"是指在小说开头借助于神话、故事等方式来阐释作品的主旨或寓意的部分，类似于话本小说的"头回"。但是话本小说的"头回"有的与正话的故事之间并没有必然的联系，而楔子则与正文的故事内容有着密不可分的关系。《水浒传》第一回"张天师祈禳瘟疫，洪太尉误走妖魔"不仅是对水浒故事内容的预叙，而且包含着非常丰富的思想意蕴。

　　热奈特觉得预叙在西方小说中很少见，是因为它会减少悬念感，但中国古代小说预叙的频繁，似乎并没有影响受众的兴趣，话本小说的受众量是非常大的。这是因为故事结果的悬念感虽然没有了，但是又生出另一种悬念感，即过程的悬念感。当然，更深层的原因应是中西不同的叙事文化传统所培育出来的受众不同的接受心理吧。

---

　　① 鲁迅：《中国小说的历史的变迁》，见《鲁迅全集》第九卷，人民文学出版社2005年版，第329页。

第六章　史传的人物塑造及对文学的影响

　　叙事就是讲故事，故事离不开人。寓言、童话之类的叙事作品的主角虽然可以是动物、植物，但一定会被赋予人的特征。小说毫无疑问是叙事文学的代表。它是否塑造了栩栩如生、个性鲜明的人物形象常常作为衡量其是否成功的重要标准。读中国古典四大名著，留在读者印象中最深的是曹操、诸葛亮、孙悟空、猪八戒、武松、李逵、贾宝玉、林黛玉等一大批人物。金圣叹在《读第五才子书书法》中说："或问：'施耐庵寻题目，写出自家锦心绣口，题目尽有，何苦定要写此一事？'答曰：'只是贪他三十六个人，便有三十六样出身，三十六样面孔，三十六样性格，中间便结撰得来'""别一部书看过一遍即休。独有《水浒传》只是看不厌，无非为他把一百八人性格，都写出来。"金圣叹认为施耐庵写《水浒传》的动机即是写出"三十个人"来，读者百读不厌也是因为那"一百八人"。小说发展到当代，虽然出现了一些不以人物塑造为目的小说，但就大众的审美观念而言，人物依然是小说的核心要素。中国文学叙事的重要源头是史传，文学作品中的人物形象特质、人物塑造方式等必然留有史传的痕迹。

第一节　异人异相的人物表征

　　外貌描写是叙事文学写人的一个常用手段。但阅读史传可以发现，它的外貌描写是很少的。这主要是由两个因素造成：第一，古人撰史的根本目的是彰善瘅恶，以资殷鉴，而外貌与此无甚关联，史家自然不在上面浪费笔墨了；第二，史传描写的人物都是历史中的真人，无须用外形、服饰等进行标示使之鲜活化，以给读者留下深刻印象。因此，我们从《尚书》

中听到了众多远古帝王臣子的洪钟之声，却根本不知道他们的模样。《逸周书》中也唯有《太子晋》篇中有对太子晋脸色的描写："汝声轻浮，汝色赤。"《春秋》记事惜墨如金，根本不可能涉及人物外貌。至《左传》时，才有少数地方出现了外貌描写，现搜罗如下：

城者讴曰："（华元）睅其目，皤其腹，弃甲而复。于思于思，弃甲复来。"

子上曰："……（商臣，也即楚穆王）蜂目而豺声，忍人也，不可立也。"

子文曰："必杀之（越椒）。是子也，熊虎之状而豺狼之声，弗杀，必灭若敖氏矣。谚曰：'狼子野心。'是乃狼也，其可畜乎？"

初，宋芮司徒生女子，赤而毛，弃诸堤下。共姬之妾取以入，名之曰弃。长而美。平公入夕，共姬与之食。公见弃也而视之，尤。姬纳诸御，嬖，生佐。恶而婉。大子痤美而很，合左师畏而恶之。

及堂，闻其声而还，曰："（伯石）是豺狼之声也，狼子野心。非是，莫丧羊舌氏矣。"

（穆子）梦天压己，弗胜。顾而见人，黑而上偻，深目而豭喙。号之曰："牛！助余！"乃胜之。

（公孙）曰："有陈豹者，长而上偻，望视，事君子必得志，欲为子臣。吾惮其为人也，故缓以告。"

（冉竖）曰："有君子白皙，鬒须眉，甚口。"平子曰："必子强也，无乃亢诸？"对曰："谓之君子，何敢亢之？"

孔氏之竖浑良夫，长而美，孔文子卒，通于内。通伯姬。

（华父督）目逆而送之，曰："（孔父之妻）美而艳。"

《史记》中的外貌描写虽然也不多，但比起《左传》略有增加，列举如下：

（卫缭）缭曰："秦王为人，蜂准，长目，鸷鸟膺，豺声，少恩而虎狼心，居约易出人下，得志亦轻食人，……诚使秦王得志于天下，天下皆为虏矣。不可与久游。"

范蠡遂去，自齐遗大夫种书曰："……越王为人长颈鸟喙，可与共患难，不可与共乐。子何不去？"

高祖为人，隆准而龙颜，美须髯，左股有七十二黑子。仁而爱人，喜施，意豁如也。

平（陈平）为人长美色……"平虽美丈夫，如冠玉耳……"。

（张苍）身长大，肥白如瓠，时王陵见而怪其美士，乃言沛公，赦勿斩。

（孔子）生而首上圩顶，故因名曰丘云……长九尺有六寸，人皆谓之长人而异之……郑人或谓子贡曰："东门有人，其颡似尧，其项类皋陶，其肩类子产，然自要以下不及禹三寸。累累若丧家之狗。"

唐举孰视而笑曰："先生（蔡泽）曷鼻，巨肩，魋颜，蹙齃，膝挛。吾闻圣人不相，殆先生乎？"

赵人闻孟尝君贤，出观之，皆笑曰："始以薛公为魁然也，今视之，乃眇小丈夫耳。"

大（栾大）为人长美，言多方略，而敢为大言，处之不疑。

（李广）为人长，猿臂，其善射亦天性也，虽其子孙他人学者，莫能及广。

解（郭解）为人短小精悍，不饮酒。

综上可见，《左传》《史记》中外貌描写有如下特点：

第一，异人异象。这些外貌描写主要涉及人物的面部、声音和体型，呈现出异人异相的特点。貌恶者多为恶人，比如楚穆王蜂目而豺声、越椒熊虎之状而豺狼之声，伯石豺狼之声，竖牛黑而上偻、深目而豭喙，陈豹长而上偻、望视，秦王蜂准、长目、鸷鸟膺、豺声，越王长颈鸟喙等。这类人物多阴鸷残忍，心狠手辣，为了达到目的而不顾仁义道德。反之，貌善者则多为善人、君子，能建功立业，比如陈武子因白皙、鬒须眉而被称作君子，陈平为人长美色，栾大为人长美，张苍身长大、肥白如瓠，李广为人长、猿臂等。据此类推，圣人也必然圣相。比如高祖隆准而龙颜、美须髯、左股有七十二黑子，孔子生而首上圩顶、长九尺有六寸、其颡似尧、其项类皋陶、其肩类子产等。

第二，常用动物作比，与相人术及巫术思维有关。史传中的这些外貌描写大部分都出现在对话中，而且都与相人术有关。相人术是我国古代的术数之一。从《左传》《史记》中可以看出，它在春秋中期出现，战国时已很盛行，到了汉代，则出现了专职相工和相书。"汉代相人者有两位突出的代表人物，即许负与朱建平。"①《史记·绛侯周勃世家》《史记·外戚世家》中分别记载了许负为周亚夫、薄姬相面的事。朱建平在《三国志》中有专传。至于相书，《汉书·艺文志》中就著录有"《相人》二十四卷"。② 相人术的基本原则是表象类比，而且多用动物类比，也即人具有了某种动物的外表，也就具有了这种动物的本性和命运。这种思维与古老的巫术思维是相通的。弗雷泽在《金枝》中总结巫术赖以建立的思维原则为两类，一是相似律，一是接触律。所谓"相似律"，指"同类相生"或果必同因，也即彼此相似的事物可以产生同样的效果。③

如果一个人物的外貌与相人术没有关系，而又是推进故事发展的重要动力，那么史传作者则只会用"美""长而美""美而艳"等抽象性的词语来概括。如《左传》哀公十五年中的"孔氏之竖浑良夫长而美，孔文子卒，通于内"，桓公元年中的"宋华父督见孔父之妻于路，目逆而送之，曰：美而艳。二年春，宋督攻孔氏，杀孔父而取其妻"。

人物的外貌描写在魏晋南北朝时期的史传中比较普遍。这是受魏晋人物品藻之风的影响。魏晋是中国历史文化上的一个大转折时期，儒家经学走向衰微，以老庄思想为基础、兼收儒道的玄学兴盛起来。章启群认为："魏晋玄学对于人性问题的关注和对人的自然性的认识则是前所未有的。"④ 特别是晋代，清谈之风盛行，人物品藻的重心由汉魏时的才能、"英雄"⑤ 转为才情、容貌、风度、气质。此时的人物品藻已不再停留于政治伦理意义上，而发展至审美意义上。受这种社会风尚的影响，史家撰史时也开始重视人物的外貌描写。比如西晋陈寿的《三国志》中就有很

---

① 汝企和：《两汉时期相人术与汉代社会》，《齐鲁学刊》2005 年第 5 期。

② （汉）班固：《汉书》，中华书局 1962 年版，第 1771 页。

③ ［英］弗雷泽：《金枝》，徐育新等译，新世界出版社 2006 年版，第 15 页。

④ 章启群：《魏晋玄学与中国艺术的自觉》，见赵敦华主编《哲学门》第三卷第二册，湖北教育出版社 2003 年版，第 60 页。

⑤ 汤用彤在《读〈人物志〉》一文中指出："英雄者，汉魏间月旦人物所有名目之一也。"见《汤用彤学术论文集》，中华书局 1983 年版，第 200 页。

多，如：

> （刘表）少知名，号八俊，长八尺余，姿貌甚伟。
> （管宁）长八尺，美须眉。
> （程昱）长八尺三寸，美须髯。
> （赵云）身长八尺，姿颜雄伟。
> （诸葛亮）少有逸群之才，英霸之气，身长八尺，容貌甚伟。
> （许褚）长八尺余，腰大十围，容貌雄毅，勇气绝人。

由以上可见，陈寿很注重对人物的身高、眉毛、眼睛、须发的描写，尤其是身高，表现了“威”“伟”“雄”的时代审美风尚。对人的容止的崇尚至南朝时达到极致，从《宋书》《南齐书》《梁书》《陈书》等史书中可见一斑，而且，其外貌描写出现了“略形重神”的倾向，更关注人物内在的风采神韵，出现频率最高的词是“风神”“神采”“神仪”“神明”“风仪”“姿仪”“风韵”“精神”“风姿”等。如：

> （谢晦）美风姿，善言笑，眉目分明，鬓发如点漆。
> （羊欣）少靖默，无竞于人，美言笑，善容止。
> （刘义真）美仪貌，神情秀澈。
> （龚祈）风姿端雅，容止可观，中书郎范述见而叹曰：“此荆楚仙人也。”
> （徐孝嗣）幼而挺立，风仪端简。
> （褚渊）美仪貌，善容止，俯仰进退，咸有风则。每朝会，百僚远国使莫不延首目送之。
> （张融）形貌短丑，精神清澈。
> （萧统）美姿貌，善举止。
> （谢览）为人美风神，善辞令，高祖深器之。
> （陈昌）容貌伟丽，神情秀朗，雅性聪辩，明习政事。
> （袁枢）美容仪，性沉静，好读书，手不释卷。
> （谢庄）韶令美容仪，太祖见而异之，曰：“蓝田出玉，岂虚也哉？”

　　第三，用外貌暗示人物命运，推动故事发展，形成预验型叙事模式①。比如叔虎。他出生时，同父异母的哥哥叔向的母亲在堂外听到叔虎的声音，便说"是豺狼之声也，狼子野心。非是，莫丧羊舌氏矣"。后来，范宣子、士鞅父子诬陷栾盈谋反，羊舌氏受到牵连，叔向一度下狱。叔虎也被杀。这一切恰好应验了叔向母亲的预言。再如竖牛的故事。叔孙豹梦见天压在自己身上。他支持不住时，回头看见一个人，"黑而上偻，深目而豭喙"，就呼叫"牛！助余！"。醒来后，他找到了这个梦中之人，发现他正是自己在庚宗时与一个女人的私生子。竖牛的外貌描写暗示着他的恶劣品行。故事发展果然如此。竖牛挑拨离间，使叔孙豹杀了其他两个儿子。后来叔孙豹生病时，竖牛不允许别人接近他，活活把他饿死，然后带着他的财产逃到齐国去了。

　　史传作为中国叙事文学的重要源头，其人物外貌描写必然对后世文学产生深远的影响。关于这点，可用基思·托马斯的观点来解释其原因。

　　　　人们自古就倾向于从每一个物种身上看到与社会中的人有关的特性，因为人们总期望动物能够给他们描述自我提供类型。各种畜牲有固定的特点，往往基于文学传统的原型，而非源自观察；来自希腊、罗马与中世纪的汇编，而非源自对田野与森林中生命的仔细详察。几个世纪以来，人们一直认为狐狸狡猾、山羊淫荡、蚂蚁节俭。在戈德史密斯的作品以及十八世纪其他通俗作品中，猪永远是肮脏的、"令人厌恶"，虎"残忍"，蛇"奸诈"，而鼬鼠"残忍、贪吃且怯懦"。②

　　托马斯的意思是说，用动物来作为人类品格的标示，往往是基于文学传统，而不是源于对自然界的观察。在史传中，奸人恶人多用蛇、獐、犬、豺、鹰、鼠等，而贤人善人则用龙、凤、虎、豹等，这必然也会影响后世文学。《水浒传》中用动物作比来描写人物外貌的词语非常多，如鸟嘴、虎相、狼形、猿形、虎须髯、鹭鸶腿、蜘蛛肚、豹头环眼、燕颔虎须、燕颔猿臂、龙眉凤目、如狼似虎、蜂目蛇形、倒竖虎须、眼如丹凤、

---

　　① 关于这点，在本文的"预叙：从预占记录到叙事策略"一节中有详细论述。
　　② ［英］基思·托马斯：《人类与自然世界》，宋丽丽译，译林出版社 2008 年版，第 56 页。

眉似卧蚕，鹘眼鹰睛、虎体狼腰、鼠目獐头等。在小说中，不寻常的人物往往给他设计不寻常的外貌，以暗示其不寻常的命运。比如《水浒传》中宋江的外貌描写，"眼如丹凤，眉如卧蚕，滴溜溜两耳悬珠，明皎皎双睛点漆，唇方口正，髭须地阁轻盈，额阔顶平，皮肉天仓饱满，坐定时浑如虎相，走动时有若狼形。"虎相、狼形正暗示着他后来的谋反行径。《三国演义》中对刘备的外貌描写是"生得身长七尺五寸，两耳垂肩，双手过膝，目能自顾其耳，面如冠玉，唇若涂脂。""两耳垂肩，双手过膝"的描写最早出现于魏晋南北朝的史传中。《三国志》描写刘备即是"七尺五寸，垂手下膝，自顾见其耳"。这一特征很容易让人联想到佛、菩萨的形象。佛教大约在两汉之交传入中国，但真正进入中国文化的核心圈是在两晋之际。佛、菩萨的形象随着佛经的翻译和佛相的制作，逐渐深入人心，影响着魏晋时期人物品藻的标准。双耳垂肩是典型的好相、富贵相。季羡林认为《三国志》《晋书》"所记诸帝形貌多非事实，而实有佛教传说杂糅附会于其间"。[1]

　　在南北朝的许多正史里都讲到帝王，特别是开基立业的帝王们的生理特点，比如：《三国志·魏书·明帝纪》裴注引孙盛的说法，说明帝的头发一直垂到地上；《三国志·蜀书·先主纪》说，刘备垂手下膝，能看到自己的耳朵；《晋书·武帝纪》说，武帝的手一直垂到膝盖以下；《陈书·高祖纪》说，高祖垂手过膝；《陈书·宣帝纪》说，宣帝垂手过膝；《魏书·太祖纪》说，太祖广颡大耳；《北齐书·神武纪》说，神武长头高颧，齿白如玉；《周书·文帝纪》说，文帝头发垂到地上，垂手过膝；如此等等。这些神奇的不正常的生理现象都是受了印度的影响。佛书就说，释迦牟尼有大人物（Mahapu-rusa）三十二相和八十种好、耳朵大，头发长，垂手过膝，牙齿白都包括在里面。[2]

---

　　① 季羡林：《三国两晋南北朝正史与印度传说》，季羡林《学术文化随笔》，中国青年出版社1996年版，第61页。

　　② 季羡林：《季羡林文集》第四卷《中印文化关系》，江西教育出版社1996年版，第450页。

正史中人物的外貌描写尚且与历史上真实人物不符，更不必说历史演义类的小说了。其人物外貌常常有虚饰之辞，以表征人物命运。比如《岳飞传》中岳飞的外貌为"顶高额阔，鼻直口方"，而现今能见到的中兴四大名将画像中，岳飞的脸是圆胖的，鼻子也不高。小说之所以虚构这样的外貌特征，只是为了和他的大将身份相符而已，并以此来暗示其今后的不平凡人生。可见，由史传开创的通过外貌来暗示人物命运、推动故事发展的预验型叙事模式在文学中已变为一种叙事策略。

第二节 "行动 > 性格"与人物生成

亚里士多德在《诗学》中认为，"悲剧是对一个严肃、完整、有一定长度的行动的摹仿"①，悲剧必须包括六个成分，即情节、性格、言语、思想、戏景、唱段，并认为"事件的组合是成分中最重要的，因为悲剧摹仿的不是人，而是行动和生活，所以，人物不是为了表现性格才行动，而是为了行动才需要性格的配合。由此可见，事件，即情节是悲剧的目的，而目的是一切事物中最重要的。此外，没有行动即没有悲剧，但没有性格，悲剧却可能依然成立"②。"情节是对行动的摹仿；这里说的'情节'指对事件的组合。所谓'性格'，指的是这样一种成分，通过它，我们可以判断行动者的属类。"③ 希腊悲剧是西方最早的叙事文之一，亚里士多德对其叙事特点的解释可以概括为"行动 > 性格"。作者关注的是人物的行动，性格只是行动的副产品。事件就是由一连串的行动构成的，对事件的组合就构成情节。他有时直接把"事件"和"情节"等同，也即意味着行动 = 事件 = 情节，所以"行动 > 性格"也就是"事件 > 人物"。和中国史传一样，希腊悲剧也处在叙事文学发展的原初阶段。它与史传有一根本不同，即一为虚构一为实录。但是，他们在叙事上却有一个共同点，即都是"行动 > 性格"，或者说"事件 > 人物"。

① ［古希腊］亚里士多德：《诗学》，陈中梅译注，商务印书馆 1996 年版，第 63 页。
② ［古希腊］亚里士多德：《诗学》，第 64 页。
③ ［古希腊］亚里士多德：《诗学》，第 63 页。

一 "行动＞性格"与人物形象的单面化

史传"行动＞性格"的叙事方式，意味着人物不是史传的目的，也即不是作者有意塑造的，而是在叙述中生成的。那么生成的这些人物形象具有什么样的特征呢？刘再复在研究人物时，把人物性格特征归纳为四种模式，即单一型（性格结构只有一级）、向心型（各种性格特征不是互相对抗，而是构成一种合力，围绕着性格核心运转）、层递型（性格有发展）、对立型（性格内部具有深刻矛盾性）。它们的审美价值也依次递增，其中，对立型人物审美价值最高。① 根据这一研究模式，史传中的人物形象属于单一性和向心型，性格结构只有一级，或者只有一个核心，呈现出单面化而不是立体化的特点。

关于中国早期的史书，有"左史记言，右史记事"之说。《春秋》记事，事件的核心即行动。《尚书》虽为记言，但其记言还是为了记事，只不过它记录的是事件中人物的言语。这些言语并不是用来表现人物的，而是因为其本身具有重要意义，如刘知几所言："盖《书》之所主，本于号令，所以宣王道之正义，发话言于臣下，故其所载，皆典、谟、训、诰、誓、命之文。"《尚书》每一篇都有小序，介绍"言"发生的事件背景。所以章学诚说："《尚书》典谟之篇，记事而言亦具焉；训诰之篇，记言而事亦见焉。古人事见于言，言以为事，未尝分事言为二物也。"② 《国语》《战国策》也以记言为主，但记言都是为了记事。《战国策》每篇记载一个游说事件，基本模式是：游说背景—游说之辞—游说结果，关注的是人物的行动，一个行动结束，叙述也就随之结束了。

《左传》言事相兼，叙述非常完整。但是，它的叙事并不以塑造人物为目的，而是以记载人物的行动为目的。这也是所有史传的共同特点。因为史传的撰写目的是彰善瘅恶，"慎言行，昭法式""彰善瘅恶，树之风声"，而善恶之别只有通过人物的行动才能表现出来，所以史传只关注人物的行动，而不在乎人物的形象是否生动鲜活，是否具有审美价值。套用亚里士多德的话说，就是史传中的人物不是为了表现性格才行动，而是在

① 刘再复：《性格组合论》，上海文艺出版社1986年版，第39页。
② （清）章学诚著，叶瑛校注：《文史通义校注》，中华书局1985年版，第31页。

行动中附带生产了性格。能反映人物善恶的行动才是史传叙述的中心。可以说，没有行动、没有事件就没有史传，但没有性格，或者说没有鲜明的人物形象，史传依然可以存在。

关于《左传》人物的研究，孙绿怡的成果被广为引用。他把书中的人物分为两种类型：闪现型人物和累积形人物。前者指仅写一件事就勾勒出某一人物的形象或表现其某一方面的性格要素，后者指由分年记事逐渐展示某一人物的性格、构成完整的形象。① 据刘再复的分类标准，这两类人物分别属于简单型和向心型。他们都有一个共同的特点，即性格特征无发展，但非常鲜明，呈现出善恶二元化的特点。

史传中闪现型人物很多。如鉏麑，他只出现于宣公二年的触槐事件中，但由此事而表现出的忠义性格却非常鲜明。为此，作者甚至不惜违背史官实录的原则，虚拟了鉏麑触槐前的一番自语："麑退而叹曰：'不忘恭敬，民之主也。贼民之主，不忠；弃君之命，不信。'遂触槐而死。"再如介之推，据《史记》记载，秦穆公送重耳回国渡河时，介之推看到子犯向重耳邀功而不屑与之同行，于是自隐渡河。但《左传》没有写这件事，而写了另一件事，即晋侯赏从亡者，介之推不言禄，与母亲隐居深山至死，表现了他不贪功好利、不求荣华显达、充满正义和正气的性格特征。

累积型人物的特点为好人自始至终都好，坏人自始至终都坏。比如子产，在作者笔下就是一个近乎完美的"贤相"典型。《左传》中关于子产的事件有七十多个，不同事件激发出不同的性格特征，但这些性格特征都是朝着同一个方向——善的方向发展。子产襄公八年第一次出场时才是个十多岁的童子，便表现出过人的政治智慧。郑侵蔡成功，郑人皆喜，子产却预言郑国"祸莫大焉"。事件发展果然如其所料。过了两年，郑国大夫尉止发生暴乱，子产从容应对，平息叛乱。襄公三十年，子产执政后锐意改革。他首先采用各种方式安定大族，然后制定章程，打击不法之徒。昭公四年"作丘赋"，昭公六年"铸刑书"，心怀救世之心，以"苟利社稷，死生以之"的精神迎难而上。作者精心选择两首歌谣，以表现子产改革中所遇到的困难之大和改革后所收成效之显。"从政一年，舆人诵之，

---

① 孙绿怡：《〈左传〉与中国古典小说》，北京大学出版社 1992 年版，第 33 页。

曰：'取我衣冠而褚之，取我田畴而伍之。孰杀子产，吾其与之！'及三年，又诵之，曰：'我有子弟，子产诲之。我有田畴，子产殖之。子产而死，谁其嗣之？'"总之，这一系列事件激发出子产的各种性格特征，诸如大公无私、远见卓识、足智多谋、能言善辩、从容镇定、百折不挠、知人善任等，但都是朝着一个方向发展，最终完成了一个完美的贤相形象的塑造。至于《左传》中的昏君佞臣、奸邪小人，则从出场到退场都是反面形象。比如暴虐凶残、毫无人性的典型晋灵公，荒淫无耻、昏庸无道的典型陈灵公，等等。也正因为如此，清顾栋高才能在《春秋大事表》之"春秋人物表"中可以把人物分为纯臣、忠臣、佞臣、谗臣、贼臣、乱臣等。

为什么《左传》中的人物形象会表现出这样的特征？其根源就在于史传所关注的是人物的行动而非性格，是事件而非人物。由于受彰善瘅恶撰写目的的制约，其关注的行动又只限于和善恶有关的。关于这一点，《史通·人物》说得很明了，即："夫人之生也，有贤不肖焉。若乃其恶可以诫世，其善可以示后，而死之日名无得而闻焉，是谁之过欤？盖史官之责也。"①《左传》以记事为目的，所有人物都是因事之需要，呼之即来，挥之即去，所以必然出现闪现型和累积型人物，而这两类人物又表现出性格单面化而不是立体化的特点。

《史记》为纪传体，特别是其中以叙事为主的本纪、世家、列传部分是不是仍然重事件而轻人物呢？总体说来，答案是肯定的。《史记》中"本纪"载录天子之事，"世家"记述各诸侯国开国承家、世代相续之事，"列传"则叙列人臣事迹，其中确实有少数篇章中的人物具有丰富的性格特征，比如项羽、刘邦、李广、伍子胥等，这也是它们历来被视为文学性较高的篇目的原因。但是，总体说来，绝大部分列传叙述时仍以事件，而且是以宏大事件为主，尽管事件必然激发出相应的性格特征，但由于人物性格只是行动的副产品、衍生物，而不是最终目的，所以其性格的丰富性虽然比《左传》有较大进步，但仍然以单一型、向心型为主，善恶二元化倾向仍然存在。虽然《史记》中出现了少数对立型性格人物，比如项

---

① （唐）刘知几撰，（清）浦起龙释：《史通通释》，上海古籍出版社 1978 年版，第 237 页。

羽，钱锺书曾盛赞道："'言语呕呕'与'暗恶叱咤'，'恭敬慈爱'与'剽悍滑贼'，'爱人礼士'与'妒贤嫉能'，'妇人之仁'与'屠坑残灭'，'分食推饮'与'玩印不与'，皆若相反相违，而具在羽一人之身，有似两手分书，一喉异曲，则又莫不同条共贯，科以心学性理，犁然有当。《史记》写人物性格，无复综如此者。"① 项羽的性格系统中确实包含了很多互相对立的成分，但这样复杂的性格并不是由《项羽本纪》一篇文章塑造出来的，而是使用互见法（包括正文间互见、正文与论赞互见）塑造出来的。廉颇、郦食其、张汤、吕后等也是如此。那么，司马迁为什么不用一篇文章，而要用数篇文章来完成人物形象的塑造呢？苏洵认为还是为了更好地达到史书"彰善瘅恶，树之风声"的目的。他的这种说法自是有他的合理性。当然，也有可能有不同原因。比如写刘邦时，司马迁将反映刘邦负面品行的事件放入他传中，与司马迁身为汉代人，撰汉代史，必然有很多顾忌有关。写项羽时，司马迁将反映项羽负面品行的事件放入他传中，也可能是出于要把项羽塑造成悲剧英雄以抒发其自我情怀的目的。因为只有善的毁灭，才能引发强烈的悲剧情感。

二　其他因素导致的人物形象单面化

史传中的人物形象呈现单面化特征，性格结构只有静止的一级，或一个核心级，而没有变化，或对立的两极，除"行动＞性格"这个主要原因外，还与其他因素有关。

第一，史官写人，只能描写可以看得见的外在行动，不能描写看不见的内在心理。这是文学叙事与历史叙事的一个很大不同。史家之笔一般是不能进入人物内心领域的。他只能告诉读者人物做了什么，但不能告诉读者人物做事时的思想动机，内心所经历的种种矛盾、冲突、挣扎等。因为那是主观性很强的世界，与史传的客观叙事、权威叙事是相违背的。尽管如此，从《左传》到《史记》，还是可以看出史家企图窥视人物心理的蠢蠢欲动之心。

根据前文所引的美国学者史蒂文·科恩和琳达·夏尔斯对人物内心活动的叙述方式的分类标准，史传中的心理活动叙述方式，主要有两种，一

① 钱锺书：《管锥编》（第一册），中华书局 1979 年版，第 275 页。

是"内心独白",一是"心理叙述"(一致的心理叙述)。其中,前者是最主要的,因为它既没有违背历史叙事的客观性原则,又能展示人物内心,推动故事发展。不过,史传中的很多独白其实都是"史有诗心"的结果,而并非真的是实录了人物的独白。心理叙述本不属史官叙事的权利范围,《尚书》《春秋》中就没有,至《左传》时,出现了"怒""喜""惧""恐""恶""妒""悔""患"等说明人物心理感受的词汇,但还不属于心理活动的展示。《史记》中出现了很多对人物心理的叙述,比如《晋世家》中的"文公欲召吕、郤,吕、郤等党多,文公恐初入国,国人卖己,乃为微行,会秦缪公于王城,国人莫知",《刺客列传》中的"高渐离念久隐畏约无穷时,乃退",等等。毫无疑问,它们也同样有"史有诗心"的成分。这些心理叙述都比较简单。它并不是对人物在特定情势中的心理活动过程的如实描摹,所以读者无法通过这些心理叙述去获得更多的人物信息,比如人物的思绪如何的杂乱无章,语气语调如何的起伏变化等。它只是第三人称叙述者在故事外对人物心理的简单概括的说明,对塑造人物形象有一定的作用,但尚不能和文学中利用心理描写来塑造人物相比。

第二,史传叙事,是事后叙述,是为已经逝去的历史人物作传。人物的性格在已有的社会文化系统中已经有了一个基本定位,史官不可能任意更改。"传记家倾向于给人物以一种模式化的对待。个体被置入一种事先就定好的生活模式和人物类别中。这些传记本质上是社会位置的画像,而不是个体人物的画像……传记总是指向一个组织化的观念,一个具体的'角色'或某种人格。传记作者通过传主的行动和叙述来阐明这一历史角色。而为了这一目的,就必须从传主的生活中择取一到两个生活范例。在写作过程中,涉及历史的关键时刻时,历史人物身上的那些矛盾性就会被隐去。"① 所以说,史传写人,是先有人物性格定位,然后再用事件去佐证,所以人物性格一般不会有变化、有发展。《史记》中人物一出场,就有性格定位,这已经成为一种模式,如

禹为人敏给克勤,其德不违,其仁可亲,其言可信。

---

① [美]鲁晓鹏:《从史诗性到虚构性:中国叙事诗学》,王玮译,北京大学出版社2012年版,第94—95页。

燕有田光先生，其人智深而勇沉。

汤为人多诈，舞智以御人。

始皇为人，天性刚戾自用。

孝惠为人仁弱。

平原君为人辨有口，刻廉刚直。

灌夫为人刚直使酒，不好面谀。

第三，《史记》以人写史。几千年的历史中，即使是重要人物，也是非常多的，不可能一一作专传，所以出现了很多合传、类传。合传的原则主要有以事连缀和以类相从两种，类传则只有以类相从一种。这个"类"，也即他们的相似点，有的是外在的身份、职业相似，有的是内在的性格、品行相似，这导致作者在选择事件时，只选择同一类型的事件，表现其性格特征中相同的一面。这也易造成人物性格的单一性。这可从《史记·太史公自序》中看出：

奉法循理之吏，不伐功矜能，百姓无称，亦无过行。作循吏列传第五十九。

民倍本多巧，奸轨弄法，善人不能化，唯一切严削为能齐之。作酷吏列传第六十二。

救人于戹，振人不赡，仁者有乎；不既信，不倍言，义者有取焉。作游侠列传第六十四。

所夫事人君能说主耳目，和主颜色，而获亲近，非独色爱，能亦各有所长。作佞幸列传第六十五。

三　史传人物形象对后世文学的影响

史传"行动＞性格"的人物生成方式及其人物形象单面化的特点深深地影响了后世的文学。以小说为例。汉魏六朝的志怪小说搜奇列异，以记事为目的。志人小说如《世说新语》，虽然以写人为目的，但篇幅短小，多是粗陈梗概，往往只描写人物的外貌神韵，或是一两个典型的语言、动作，呈现人物性格的某个方面。这是因为无论是志怪小说，还是志人小说，其编撰目的都是实录真人真事，属于"史氏流别"，本就不以塑造完整丰富的人物形象为目的。

从志怪小说到唐传奇，在尚奇审美趣味的追求上一脉相承。无论是早期的《古镜记》《补江总白猿传》《游仙窟》，还是繁荣期的《枕中记》《霍小玉传》《南柯太守传》《李娃传》等，所注重的都是故事本身的传奇性，只有少数篇目如《莺莺传》中的人物形象鲜明突出。当然，唐传奇之奇与志怪小说之奇有重大不同。唐人是有意作小说，追求幻奇的审美效果，"作意好奇"，意味着作者在怪诞奇幻的故事中寄托着对现实社会、人生的思考。与汉魏六朝小说比起来，它具有了厚重的思想内蕴和较高的艺术品质，成为文学史上一种独特的文学类型。宋话本是说书人的底本。说书人要留住台下观众的脚步，靠的是故事本身的吸引力，所以往往在故事的波澜起伏、扣人心弦上下功夫。中国的小说真正以人物为叙述中心的，是明清白话小说。中国古典四大名著留在读者印象中最深的是贾宝玉、林黛玉、曹操、诸葛亮、孙悟空、猪八戒、武松、李逵等一大批人物。

在明清小说中，历史演义小说与史传的渊源最深，无论是故事本身，还是讲故事的策略都深受其影响。就其中的人物形象而言，也承传了史传的性格单一，善恶分明的特点。鲁迅在论及《三国演义》时说："写好的人，简直一点坏处都没有；而写不好的人，又是一点好处都没有。其实这在事实上是不对的，因为一个人不能事事全好，也不能事事全坏。譬如曹操他在政治上也有他的好处；而刘备，关羽等，也不能说毫无可议，但是作者并不管它，只是任主观方面写去，往往成为出乎情理之外的人。"[1]脂砚斋在《脂砚斋重评石头记批语》中也说："最恨近之野史中，恶则无往不恶，美则无一不美，何不近情理之如是耶？"[2] 究其个中原因，与历史演义这种文学类型有密切关系。所谓"历史演义"，就是用通俗的语言，将史籍中的事件演绎为引人入胜的故事，并以此来传"义"——作者的政治思想、道德观念等。（当然，也有少量历史演义小说，如《封神演义》，虽有"演义"之名，但其实离史实很远。）它以讲故事的方式来演说朝代更迭、战争兴废，事件是其叙述的核心。虽然事件必然会与人物

---

① 鲁迅：《中国小说的历史的变迁》，见《鲁迅全集》第九卷，人民文学出版社 1981 年，第 323 页。

② 黄霖等选注：《中国历代小说论著选》（上册），江西人民出版社 2000 年版，第 455 页。

有关，但它毕竟不以塑造人物，特别是性格结构复杂、具有较高审美价值的人物为目的。比如在事件选择上，总体而言，历史演义小说无疑会重宏大事件而轻生活琐事，有些事件可能会反映出人物性格的另一面，但是如果它与历史发展主线无甚关联，同时又会影响叙述的紧凑性，那它必然会被舍去。而且，很多历史人物的基本性格、道德品质等在史书中已有所定位，后又经过讲史、平话在民间流传，至文人创作时已基本定型，所以类型化、理想化的倾向在所难免。史书"慎言行，昭法式""彰善瘅恶，树之风声"的编撰思想已深深地嵌入历史演义小说作者的创作思维中。

综上所述，史传叙事呈现出行动＞性格的特征，以记事为目的，不以塑造人物为目的。这使它的人物性格以单一型、向心型为主，呈现出鲜明的善恶二元化的倾向。因为善与恶主要是由人物的行动体现出来的。这就决定了它的叙事，以行动为重心，性格只是行动的副产品。史传人物性格单面化的特征还与史传叙事不能透视人物内心世界、属于事后叙述、合传类传的编撰体例等因素有关。

第三节　从历史人物到文学人物
——《左传》和《晏子春秋》中的晏子形象比较

《晏子春秋》是记录春秋时代著名政治活动家晏婴言行的一部书。今本《晏子春秋》经汉代刘向编订，共8篇215章。刘向在《叙录》中说："其书六篇，皆忠谏其君，文章可观，义理可法，皆合六经之义。又有复重，文辞颇异，不敢遗失，复列以为一篇。又有颇不合经术，似非晏子言，疑后世辩士所为者，故亦不敢失，复以为一篇。凡八篇。"① 关于其原始作者和成书时间，历来众说纷纭。1972年4月，银雀山一号汉墓中出土的竹简中有关《晏子春秋》内容的共102枚，骈宇骞亲自参加了竹简的整理工作，并结合自己的整理成果写成了《晏子春秋校释》一书。他在序言中指出《晏子春秋》"成书年代最晚不会晚于秦统一六国，从书中的内容及书中的语言用字来看，很可能还会更早一些"。吴泽虞在《晏子春秋集释》序言中认为，"大约当在秦政统一六国后的一段时间之

① 吴则虞：《晏子春秋集释·叙录》，中华书局1962年版，第50页。

内……作者可能是淳于越之类的齐人。"高亨在《〈晏子春秋〉的写作年代》一书中认为它"作于战国时代……作者当是齐国人或久住齐国的人。当时齐国有自己的史书，而民间或士大夫间有许多关于晏婴的传说。作者大概是根据传说及史书而写成的"。关于这本书的性质，吴泽虞的说法具有一定的代表性。他认为该书"是我国最早的一部短篇小说集，也可以说是最早的'外传''外史'"①。

《左传》中有关晏子的记载有二十三处，《晏子春秋》中与之相同的有十三处。关于两者的关系，目前有多种说法：前者采录后者，后者采录前者，各有源头等。因为没有充足的文献依据，所以有些判断主观性太强。比如，郑良树判断谁采录谁的一个基本原则是"增饰难，删省易"，所以同叙一件事，谁文字多谁就是源头。此种推理有点难以令人信服。但是他说："无论是《左传》抄自《晏子》，或者抄自其他材料，能够入录《左传》的晏子故事，都应该有一些基本的准则；这个准则极可能与后来刘向《内》篇'文章可观，义理可法，皆合六经之义'不谋而合"②，这个说法是有道理的。《左传》是中国最早的编年体史书，其所记录的晏子无疑更接近历史上真实的晏子，而《晏子春秋》中的晏子则可以算作文学虚构的可能世界中的晏子。那么，从历史世界到文学世界，晏子形象经历了怎样的变化以及这些变化又是如何发生的呢？

由《左传》可知，晏子自鲁襄公十七年出场，历任齐灵公、齐庄公、齐景公三朝卿相，辅政长达50余年。他所处的时代正是春秋末期社会变化最急剧的时代。西周以来的礼乐制度正濒临崩溃，公室逐渐衰微，私门日益强大，新旧势力之间矛盾异常尖锐。而此时的齐国，统治者昏庸无能，残暴荒淫，晏子已预感到齐必将为陈氏所取代。但是，他仍然尽力挽救时弊，为国操劳，为民谋福，因而总是利用一切机会劝谏统治者推行仁政，以礼治国。《左传》通过对晏子在战争、内乱、与君王问谏等重大事件中的言行的叙述，塑造了一位忠于社稷、勤政恤民、机智应变、正直无私、节俭廉洁的贤相。晏子故事在传播过程中（包括口传和笔传），各个阶层的人们根据各自的主观目的对其进行增删、夸饰、加工、改造，甚至

---

① 吴则虞：《晏子春秋集释·序言》，中华书局1962年版，第30页。

② 郑良树：《论〈晏子春秋〉的编写及成书过程》，《管子学刊》2000年第1期。

重新虚构，使故事越来越多，人格特征①也越来越丰富。这在《晏子春秋》中表现极为突出。

一　通过多种方式强化原有人格特征

《晏子春秋》是在《左传》的基础上写成，它通过多种方式强化《左传》中，已有的晏子的人格特征，比如英明睿智、直言进谏、节俭爱民等。

1. 增饰史事。《晏子春秋》在《左传》叙事的基础上增加一些事件，以达到强化其原有人格特征的目的。比如，崔杼弑庄公故事中，《内篇·杂上·庄公不用晏子晏子致邑而退后有崔氏之祸第二》在《左传》叙述的基础上增加了崔杼与晏子的一段对话，原文如下：

> 崔子曰："子何不死？子何不死？"晏子曰："祸始，吾不在也；祸终，吾不知也，吾何为死？且吾闻之，以亡为行者，不足以存君；以死为义者，不足以立功。婴岂其婢子也哉！其缢而从之也！"②

崔杼语言的疾声厉色显示了当时形势的紧张、险恶，反衬出晏子的坚毅与从容。晏子的话进一步道出了自己不为庄公殉死的原因。他敢于打破千年来尊主卑臣、愚忠愚义的谬说，显示了人格的独立。

再比如庄公伐晋之事，《内篇·问上·庄公问伐晋晏子对以不可若不济国之福第二》中，晏子劝齐侯勿伐晋后有如下文字："晏子辞不为臣，退而穷处，堂下生蓼藿，门外生荆棘。庄公终任勇力之士，西伐晋，取朝歌，及太行、孟门，兹于兑，期而民散，身灭于崔氏。崔氏之期，逐群公子，及庆氏亡。"但据《左传》襄公二十二年载，晏子劝齐侯勿伐晋后并没有辞官。那么《晏子春秋》中的晏子辞官之事可能为作者虚构之辞，目的是表现晏子的英明与睿智。

---

① 这个概念源于傅修延《讲故事的奥秘——文学叙述论》（百花洲文艺出版社 1993 年版，第 218 页），人格特征不仅指人物的性格、品质，还包括思想等，比"性格特征"的内涵要宽泛些。

② 吴则虞：《晏子春秋集释·叙录》，中华书局 1962 年版。本书以下所有《晏子春秋》的引文均来自于此书，不另注。

此外,《晏子春秋》叙事时还常在真实事件后虚构"仲尼闻之",模仿《左传》君子曰的评论模式,颂扬晏子的善举义行,强化其人格特征。比如,《内篇·杂上居丧逊畚家老仲尼善之第五》中晏子为父服丧的事件后就增加了如下文字:"曾子以闻孔子,孔子曰:'晏子可谓能远害矣。不以己之是驳人之非,逊辞以避咎,义也夫!'"

2. 组接史事。把几个相同类型的故事组接在一起,在一篇文章中集中展示晏子的直言进谏、勇敢正直等品质。《内篇·谏上·景公游公阜一日有三过言晏子谏第十八》把《左传》中的三个故事按时间顺序组合在一起,而且都用"无几何"进行过渡。这三个故事分别是:齐侯至自田,晏子侍于遄台,借和同之辨表明怎样做才是真正的贤臣,"君甘则臣酸,君淡则臣咸";齐侯饮酒,与晏子谈论生死,晏子认为应坦然面对死亡,顺其自然;齐有彗星,齐侯使禳之,晏子借机直陈君王过失,"政不饰而宽于小人,近谗好优,恶文而疏圣贤人",希望景公能"设文而受谏,谒圣贤人"。三个故事后面都用"公忿然作色,不说"来反衬晏子的正直与勇敢。故事结尾还以"及晏子卒,公出,背而泣曰:'呜呼!昔者从夫子而游公阜,夫子一日而三责我,今谁责寡人哉!'"进一步反衬晏子的为国为民、直言相谏的品质。

3. 对同一个事件多次敷陈。晏子与历史上的子产、叔向等著名贤相人格特征上一个最大的不同,就是节俭。最能体现晏子节俭的事件是更宅故事。它在《晏子春秋》中共出现三次:《内篇·杂下·景公欲更晏子宅晏子辞以近市得求讽公省刑第二十一》《内篇·杂下·景公毁晏子邻以益其宅晏子因陈桓子以辞第二十二》《内篇·杂下·景公欲为晏子筑室于宫内晏子称是以远之而辞第二十三》。"一心事三君"的故事出现了四次,分别是:《内篇·问下·梁丘据问子事三君不同心晏子对以一心可以事百君第二十九》《外篇上·高子问子事灵公庄公景公皆敬子晏子对以一心第十九》《外篇上·仲尼称晏子行补三君而不有果君子也第二十七》《外篇下·仲尼见景公景公曰先生奚不见寡人宰乎第三》,充分表现了晏子一心以社稷为重,忠于公室的品质。

4. 在一个叙事模式下反复衍生。《内篇·谏上》中的《景公欲诛骇鸟野人晏子谏第二十四》和《景公所爱马死欲诛圉人晏子谏第二十五》,《内篇·谏下》中的《景公欲杀犯所爱之槐者晏子谏第二》和《景公逐得

斩竹者囚之晏子谏第三》，《外篇上》中的《景公欲诛断所爱橚者晏子谏第
九》和《景公使烛邹主鸟而亡之公怒将加诛晏子谏第十三》，这六个故
事都是为了表现晏子面对景公自私暴虐的行为，如何机智巧妙地讽谏，表
现了晏子爱民恤民的品质。它们的叙事模式完全相同：景公喜爱某物——
因某个人的疏忽而失去——景公欲诛其人——晏子巧妙劝谏使其免遭祸
患。晏子的劝谏方式有所不同：或者先直接劝谏，然后以幽默的语言细数
"三大罪状"，使景公明白自己行为的荒唐；或者直陈景公如此行为的严
重后果，"君享国，德行未见于众，而三辟着于国，婴恐其不可以莅国子
民也"；或者以先君的宽惠慈众、仁爱之心来教导景公。《内篇·谏下·
景公欲杀犯所爱之槐者晏子谏第二》中还出现了犯槐者的女儿以身相托
求救于晏子的事件，使故事一波三折，增强了趣味性。

　　《左传》中记载了晏子不愿更宅的故事，表现了晏子"住"方面的节
俭。《晏子春秋》中便据此衍生出多篇表现晏子衣、食、行方面节俭的故
事，如《内篇·杂下》中的《梁丘据言晏子食肉不足景公割地将封晏子
辞第十七》《景公以晏子食不足致千金而晏子固不受第十八》《景公以晏
子衣食弊薄使田无宇致封邑晏子辞第十九》《景公睹晏子之食菲薄而嗟其
贫晏子称其参士之食第二十六》《景公以晏子乘弊车驽马使梁丘据遗之三
返不受第二十五》等。其实，如果把衍生的概念稍放宽一点点，那么
《晏子春秋》中的重言重意篇都有可能是衍生之作。吴泽虞《晏子春秋集
释》的附录中有"晏子春秋重言重意篇目表"，据其可以看出《外篇上》
几乎都与前文重复。

　　5. 无中生有地虚构事件。有些虚构出来的事件与史实时间明显不合。
《内篇·杂下·晏子使吴吴王命傧者称天子晏子详惑第八》中晏子见吴王
夫差之事，表现了晏子善于外交、机智应变、以礼修身的品质。据《史
记·齐太公世家》，晏婴卒于齐景公四十八年。又据《史记·十二诸侯年
表》可知吴王夫差之立为齐景公五十三年，距晏婴之卒已五年，可见此
事的虚构性。《内篇·谏上·景公欲废适子阳生而立荼晏子谏第十一》中
晏子谏齐景公不能废公子阳生而立荼。但据《史记·齐太公世家》，"（齐
景公）五十八年夏，景公夫人燕姬嫡子死。景公宠姜芮姬生子荼"，可见
荼出生时，晏子已卒十年。此事必然是后人依据景公废长立少事件杜撰而
成，将其附会于晏子，以表现晏子英明、有远见、重视礼制等人格特征。

除此之外，还有一些事件明显悖于情理，如《内篇·杂上·庄公不说晏子晏子坐地讼公而归第一》中晏子坐地诉公；《内篇·谏上·景公饮酒不恤天灾致能歌者晏子谏第五》中晏子怒而走，景公一路紧追，还跟在身后说"寡人有罪"；《内篇·谏上·景公登牛山悲去国而死晏子谏第十七》中景公游于牛山，北临其国城而流涕，艾孔、梁丘据皆从而泣，晏子独笑于旁；《内篇·谏下·景公逐得斩竹者囚之晏子谏第三》齐景公路过看到斩竹者，竟然亲自"以车逐，得而拘之"。这些悖于情理之作虚构的可能性更大。

《晏子春秋》除虚构晏子的故事以正面强化其人格特征外，还虚构他人故事从侧面衬托晏子。《外篇下》中的《庄公图莒国人扰绐以晏子在洒止第十五》《晏子死景公驰往哭哀毕而去第十六》《晏子死景公哭之称莫复陈告吾过第十七》《晏子没左右诶弦章谏景公赐之鱼第十八》等四篇的编写时代较晚，均采用侧面衬托的手法来表现晏子在君王和国人的心目中的地位。第一篇以一个夸张的小故事附上君子曰，显示了晏子"立人臣之位，而安万民之心"；另两则故事都写晏子去世后景公的表现，"晏公游于灾，闻晏子死，公乘侈舆服繁驵驱之。而因为迟，下车而趋；知不若车之遬，则又乘。比至于国者，四下而趋，行哭而往，伏尸而号"，这段动作描写特别精彩，把景公痛失贤臣后的悲痛表现得淋漓尽致。

二　虚构事件增加其他人格特征

《晏子春秋》通过虚构一些事件增加晏子在《左传》中所没有的人格特征，这在《外篇下》中最为普遍。其十八则故事中没有一则是《左传》中有的，刘向编辑整理时也说，"又有颇不合经术，似非晏子言，疑后世辩士所为者，故亦不敢失，复以为一篇。"[①] 此篇除上文已论述的最后四章外，其余内容列表如下：

一	景公欲封地给孔子，晏子批评孔子傲慢、好乐、厚葬等主张，认为"其道也，不可以示世；其教也，不可以导民。"
二	景公听到服丧的哭声，晏子批评儒家"崇死以害生"的丧礼制度。

---

① 吴则虞：《晏子春秋集释·叙录》，中华书局 1962 年版，第 50 页。

续表

三	孔子因闻晏子一心事三君，游齐时不见晏子，景公以告，晏子认为孔子是非不分，如同诽谤。
四	子贡问孔子为何不见晏子，孔子回答说是因为晏子一心事三君。晏子闻知，批评孔子"非人不得其故""望儒而疑之"，孔子派宰我谢罪。
五	晏子在与景公对话中，批评孔子不如舜，因为其行为异端，不容于群。
六	景公患孔子相鲁，晏子设计离间孔子与鲁君，终于使其困于陈蔡。
七	晏子与景公论大臣及兄弟是否足恃，晏子认为均不足恃。
八	晏子与景公辩说"三愿"。
九	大钟毁，晏子、孔子、柏常骞三人辩说大钟为何而毁。
十	田无宇非难晏子妻老，晏子认为自己不会去做忘义、失伦之事。
十一	有工女私奔晏子，晏子由此反省自己"必见色而行无廉"，不见。
十二	羽人不恭敬地偷看景公，欲诛，晏子认为不宜。
十三	景公编造东海赤水故事，晏子也以假话相对。
十四	景公问天下的极大极细之物，晏子对之以大鹏和焦冥。

由上可知，第十章至第十五章虚构的故事仍然是为了表现晏子正直廉洁、机智博学、善于进谏等人格特征，与前文基本一致。第一章至第五章的故事则为晏子形象增加了新的人格特征——批孔批儒，这自然是后人附会而作，其中第四章最为明显。据《史记·齐太公世家》，晏子卒于齐景公四十八年，也即鲁定公十年。据《古史辨》中钱穆编的孔子年表，"鲁定公十年，齐晏平仲卒。鲁定公十三年，孔子不得志于鲁，孔子去鲁适卫，哀公六年，孔子自陈如蔡，被兵绝粮。"由此可见，孔子死于阵蔡时晏已去世十一年，而此章中却有晏子谈论孔子厄于陈蔡之事，足见其虚构性。第六章至第九章的晏子又具有了战国辨士的特征，特别是离间孔子和鲁君的故事，如出苏秦、张仪之口。

三　民间想象中的神化倾向

《晏子春秋》的材料来源，吴泽虞说："我认为《晏子春秋》的成书，有其长期间的积累和演化过程。原始的素材可能有两类：一类是古书（如《齐春秋》等）里的零星记载，一类是民间流传的故事（即司马迁《管晏列传》里所提到的'轶事'）。那些古书里的零星记载，既被采入《晏子春秋》，同样地也被采入《左传》和《吕氏春秋》等书。至于民间传说的那一部分，也有同样的情形。例如越石父、北郭骚等故事，《晏子春秋》和《吕氏春秋》中都有同样的材料。这类故事，由于长期在人民口头辗转传播，容易发生分歧和有所增损，所以同是一个故事，在几种不同的记录里，内容往往有所出入，在地名人名方面甚至还有张冠李戴的情形。"① 前文论述中涉及晏子故事虚构的四种情形，即增饰史事、组接史事、以一个事件为核心多次敷陈、在一个叙事模式下反复衍生，都与其民间口头传播的特征紧密相关。芬兰学者阿尔奈列举出民间故事流传中的十五种变化，其中有很多就涉及故事变化。②

晏子只不过是春秋战国时期的一位贤相，而那时候的贤相是很多的，如管仲、子产、叔向、伍子胥等，为什么独有晏子故事在民间广泛流传？这主要是由于晏子的民本思想和节俭品质。春秋战国时期，社会动乱，战争频仍。正如孟子所言："春秋无义战。"从《左传》《战国策》等史籍中可以看出，诸侯国之间的战争可能仅仅是因为一句不尊敬的话，一个不得体的礼仪，而下层人民却要为此颠沛流离、妻离子散、家破人亡。人民想反抗，想改变现实处境，但由于受时代的局限，他们不可能有独立、自由、民主等思想，而只会把希望寄托于明主贤臣的身上。晏子就是其中的一位。

《左传》襄公二十五年中，崔杼之乱，晏子曰"君死，安归？君民者，岂以陵民？社稷是主"。晏子认为国君是人民的国君，不能凌驾人民之上。当有人建议崔杼杀死晏子时，崔杼曰："民之望也！舍之，得民。"可见晏子在当时民众中已经享有崇高的威望了。《左传》昭公三年中，晏子到晋国时与叔向私下言谈。当叔向问齐国状况时，晏子回答道："此季世也，吾弗知。齐其为陈氏矣！公弃其民，而归于陈氏。齐旧四量，豆、

① 吴则虞：《晏子春秋集释》，中华书局1962年版，第18页。
② 具体内容见第三章第一节。

区、釜、钟。四升为豆，各自其四，以登于釜。釜十则钟。陈氏三量，皆登一焉，钟乃大矣。以家量贷，而以公量收之。山木如市，弗加于山。鱼盐蜃蛤，弗加于海。民参其力，二入于公，而衣食其一。公聚朽蠹，而三老冻馁。国之诸市，屦贱踊贵。民人痛疾，而或燠休之，其爱之如父母，而归之如流水，欲无获民，将焉辟之？箕伯、直柄、虞遂、伯戏，其相胡公、大姬，已在齐矣。"晏子预言陈氏代齐的原因是齐氏弃民，而陈氏爱民如同父母，所以人民归附他如同流水。由此可见，晏子始终认为民是国之本，得民心者才能得天下。他不仅爱民恤民，而且力行节俭，成为民间理想中的忠臣贤相。

《晏子春秋》中的晏子不仅勇敢无畏地在君王面前直陈其对人民的横征暴敛、压迫残害，代表人民的声音，而且还直接为下层人民排忧解难，比如骇鸟的野人、养马的圉人、犯槐者、斩竹者、养鸟的烛邹、途中的乞儿、欲在景公路寝之下合葬其父母的逢于何、盆成适等，饥荒时他甚至把自己家的粮食都分给穷人。

人民热衷于编造、传播晏子故事，以寄托自己的理想，甚至把晏子形象神化，让他成为一位无所不知、无所不能的神人。《外篇上·景公置酒泰山四望而泣晏子谏第二》中彗星出，景公悲，"晏子曰：'君之行义回邪，无德于国，穿池沼，则欲其深以广也；为台榭，则欲其高且大也；赋敛如撝夺，诛僇如仇雠。自是观之，茀又将出。天之变，彗星之出，庸可悲乎！'于是公惧，洒归，寘池沼，废台榭，薄赋敛，缓刑罚，三十七日而彗星亡"。齐国大旱，景公欲祠灵山河伯以祷雨，晏子谏景公避宫殿暴露，与灵山河伯共忧，三日，天果大雨，民尽得种时。晏子见钩星在四心之闲，便知将有地震。景公只说梦见二丈夫，晏子就能断定那是宋的祖先汤与伊尹，而且还能具体描绘他们的容貌，并借机劝景公停止攻打宋国。景公不听，结果齐师败绩，与晏子"师若果进，军必有殃"的预言完全一致。

正因为《晏子春秋》中很多故事都源于民间创造，所以其人物形象单纯而鲜明，而且常用对比手法，叙事语调中透出轻松与幽默，体现了民间文学的特点。晏子与和齐景公是一组对立的人物。晏子是忠臣、贤相、智者的典型，齐景公则是昏君、庸君、淫君的典型。两个人物的形象都有被夸张的倾向。特别是用来衬托晏子的齐景公，简直被漫画化了，比如他穿上黄金白银做的鞋子听朝、以人礼葬狗、穿五彩之衣被发乱首地立于曲潢之上作傲然状等。这不禁让人想起狄德罗的话："假使历史事实不够惊奇，诗人应该用异常的情节来把它加强。"① 文学与历史的区别由此可见也。

---

① ［法］狄德罗：《论戏剧艺术》，见《文艺理论译丛》1958 年第 1 期，第 172 页。

第七章 杂史——从史传叙事到文学叙事的过渡

"杂史"的称谓始于《隋书·经籍志》。该书云:"自秦拨去古文,篇籍遗散。汉初得《战国策》,盖战国游士记其策谋。其后陆贾作《楚汉春秋》,以述诛锄秦、项之事。又有《越绝》,相承以为子贡所作。后汉赵晔又为《吴越春秋》。其属辞比事,皆不与《春秋》《史记》《汉书》相似,盖率尔而作,非史策之正也……然其大抵皆帝王之事,通人君子,必博采广览,以酌其要,故备而存之,谓之杂史。"《战国策》是第一部杂史,《吴越春秋》在《隋书》《旧唐书》《新唐书》《宋史》中被列入杂史、霸史类。它们在从史传叙事到文学叙事的发展过程中,具有重要的过渡意义。

第一节 《战国策》中虚构叙事的发生及范式

《战国策》是西汉著名学者刘向汇纂、整理多种名目古书而成的一部典籍。关于它成书的有关情况,《〈战国策〉序录》中有清晰的说明:

> 所校中《战国策》书,中书余卷,错乱相揉莒。又有国别者八篇,少不足。臣向因国别者,略以时次之,分别不以序者以相补,除复重,得三十三篇。本字多误脱为半字,以"赵"为"肖",以"齐"为"立",如此字者多。中书本号,或曰《国策》,或曰《国事》,或曰《短长》,或曰《事语》,或曰《长书》或曰《修书》。臣

向以为战国时游士，辅所用之国，为之策谋，宜为《战国策》。①

《战国策》在后来的流传中有残缺现象。至宋《崇文总目》收录时已缺十一卷，曾巩访士大夫家补足三十三篇，然而此本已非刘向编订本的原来面目。刘向在其《序录》中提到《战国策》"其事继春秋之后，迄楚、汉之起"，然而曾巩本记事上起公元前 458 年知伯灭范、中行氏，下至公元前 221 年秦统一中国后高渐离筑击秦始皇，两者不符，说明流传中增删窜改现象较严重。此后所传《战国策》本主要是南宋姚宏本和南宋鲍彪本，两者虽略有异同，但都是从曾巩补校本演变而来。关于这本书的性质，说法众多。班固在《汉书·艺文志》中列其为正史，《隋书·经籍志》又把它归入杂史类，除这类传统的"史书说"外，还有"子书说""史子综合说""故事汇编说""游说脚本说"等。后代学者将它与《史记》、帛书《战国纵横家书》等史籍进行比较，证明其中既有真实史事，又有大量的虚构不实之辞。如果说《左传》《史记》中的虚构是史有诗心、虚毛实骨的话，那么《战国策》中的虚构则是文心胜史心、虚实参半了。亚里士多德认为历史家与诗人的区别是前者描述已经发生的事，后者描述可能发生的事②，也即文学，区别于历史的一个突出特征是其虚构性。可以说，虚构是文学发育的先决条件。《战国策》的成书过程及性质决定了其在从史传叙事到文学叙事的过程中起着重要的过渡作用，最能见出文学性叙事如何在史传母体中孕育、躁动、成长并渐成剥离之势。

一　虚构叙事的发生

《战国策》是一部记录战国时代谋臣策士游说诸侯卿相之书，其虚构叙事的发生，是在特定的社会文化土壤中培育起来的。战国时期是我国古代历史大变革的时期，奴隶制走向解体，封建生产关系逐步建立。学术文化方面也发生了重大变化，士人阶层的崛起，百家争鸣局面的形成，就是其中最突出的现象。正是这种文化背景促成了《战国策》的虚构叙事的

---

① 何建章：《战国策注释》，中华书局 1991 年版。本书以下所有《战国策》的引文均来自于此书，不另注。

② ［古希腊］亚里士多德：《诗学》，陈中梅译注，商务印书馆 1998 年版，第 81 页。

发生。

　　《战国策》所涉及的策士是"士"的一种。"士"在古代早已有之。《礼记·王制》记载："诸侯之上大夫卿、下大夫、上士、中士、下士，凡五等"①，可见"士"处于大夫和庶人之间。他们的地位虽不高，但是有自己的土地，由庶人耕种，衣食无忧。春秋战国之际，诸侯争霸、战争频仍的社会现实使上层阶级意识到人才对于战争胜败的决定性作用，所以上至诸侯国君，下至贵族权要，纷纷礼贤下士，延揽人才，养士成风，著名的有齐国的孟尝君田文、赵国的平原君赵胜、魏国的信陵君魏无忌、楚国的春申君黄歇。他们养士多达几千人。政治、经济大变动的同时，教育也从学在官府变为学在民间。士阶层在这样的社会现实中也发生了重大变化。一方面，部分贵族士大夫因为家族没落或政治斗争中失败等原因沦落为士，如《左传·昭公三十二年》中太史墨对赵简子说："社稷无常奉，君臣无常位。故〈诗〉曰：'高岸为谷，深谷为陵。'三后之姓于今为庶"；另一方面，部分庶人通过武功或学术仕进等途径擢升为士。《左传·哀公二年》中，赵简子战前誓师动员时说，"克敌者，上大夫受县，下大夫受郡，士田十万，庶人工商遂，人臣隶圉免"。杜预注"庶人工商遂"即"得遂仕进"。《吕氏春秋·尊师》中载："子张鲁之鄙家也，颜涿聚梁父子大盗也，学于孔子。段干木晋国之大驵也，学于子夏……此六人者，刑戮死辱之人也。今非徒免于刑戮死辱也，由此为天下名士显人，以终其寿。"② 这些都是由庶人擢升为士的例子。士的种类很多，据杨柳对先秦文本和《史记》的统计，有 26 类之多。③ 他们所从事的职业千差万别，但都是依靠自己的知识和技能谋求生计，不再依附于某个固定的集团，成为相对自由知识分子。士阶层的繁荣壮大，有力地推动了学术文化的发展，形成了百家争鸣的局面。

　　《战国策》的作者多是纵横家，也被称为策士、辩士等，诸子百家之一，主要从事政治外交活动。《韩非子·五蠹》中对"纵横家"的解释为："纵者，合众弱以攻一强也；而横者，事一强以攻众弱也。"④ 纵横家

---

①　杨柳：《先秦游士》，当代中国出版社 1996 年版，第 141 页。

②　许维遹：《吕氏春秋集释》卷四，北京市中国书店 1985 年版。

③　杨柳：《先秦游士》，第 14—17 页。

④　陈奇猷校注：《韩非子新校注》，上海古籍出版社年 2000 版，第 1114 页。

们在战国舞台上作用非凡，"一怒而诸侯惧，安居而天下熄"①，"一人之辨，重于九鼎之宝；三寸之舌，强于百万之师"②。策士们巧舌如簧，长于论辩。《汉书·艺文志》中即说："从横家者流，盖出于行人之官。孔子曰：'诵《诗》三百，使于四方，不能颛对，虽多亦奚以为？'又曰：'使乎，使乎！'言其当权事制宜，受命而不受辞。此其所长也。及邪人为之，则上诈谖而弃其信。"③ 章学诚也说："至战国而抵掌揣摩，腾说以取富贵，其辞敷张而扬厉，变其本而加恢奇焉，不可谓非行人辞命之极也。"④ 策士们在游说人主权贵时，不仅用辞敷张扬厉，而且"变其本而加恢奇"，有意识地对事实进行增删、夸张、虚饰，以达到增强说服力、震撼力的目的。这是《战国策》虚构叙事发生的原因之一。

此外，策士们为了练习游说之术，会假托一人名、假设一事件制作游说的练习辞或脚本，而且那些教授纵横游说之术的人为教授弟子也可能去编写类似于教材性质的练习辞。据史料记载，战国时期确实存在着这类人。《史记·张仪列传》载"（张仪）始尝与苏秦事鬼谷先生学术"。《史记·樗里子甘茂列传》载"甘茂事下蔡史举先生，学百家之术"。且不管这些练习辞是谁人所为，但其性质毫无疑问是纯粹的虚构叙事了。比如《中山策·中山与燕赵为王》记载："中山与燕、赵为王，齐闭关不通中山之使，其言曰：'我万乘之国也，中山千乘之国也，何等名于我？'欲割平邑以赂燕、赵，出兵以攻中山。蓝诸君患之。张登谓蓝诸君曰：'公何患于齐？'蓝诸君曰……张登曰：'请以公为齐王，而登试说公。可，乃行之。'蓝诸君曰：'愿闻其说。'。"《魏策二·田需死》也有类似现象。苏代在游说梁王之前先让昭鱼假扮梁王练习说辞。这说明战国时期的策士为了达到较好的游说效果，确实会在事前进行演习。有现场演习，书面的练习辞或脚本。《齐策三·楚王死》的练习辞的痕迹就非常明显。文章在叙述完苏秦说薛公后插入一段叙述者的议论："苏秦之事，可以请行；可以令楚王亟入下东国；可以益割于楚；可以忠太子而使楚益入地；可以为楚王走太子；可以忠太子使之亟去；可以恶苏秦于薛公；可以为苏

① 杨伯峻译注：《孟子译注》，中华书局1960年版，第140页。

② 黄霖编著：《文心雕龙汇评》，上海古籍出版社2005年版，第69页。

③ 班固：《汉书》，中华书局1962年版，第1740页。

④ （清）章学诚著，叶瑛校注：《文史通义校注》，第61页。

秦请封于楚；可以使薛公以善苏子；可以使苏子自解于薛公。”然后下文分别承接此段，叙述苏秦为实现上述目的而进行的游说，每段结尾均以“故曰可以请行也……故曰可以使楚亟入地也……”来呼应上文。“《钟氏勘研》云：‘此章所言多不切合事理。殆著者故假楚怀王拘于秦事，伪托苏子，妄为此文，以见其技之层出不穷、变化莫测耳’……齐思和亦云：‘此章胜意层出，奇变无穷，乃国策中之至文也，然案之于史事则皆虚，盖纯为习长短者揣摩之谈耳。’”① 这些练习辞都是拟托之作，它们在《战国策》中所占比例很大。缪文远的《〈战国策〉考辨》将这些不可信或晚出依托之文，都标明为“拟托”。如果以《战国策鲍彪注》本的章节设置来计算，在其考察的 499 篇中，标明为“拟托”之作的为 97 篇，再加上无法考证系年的 60 余篇，《战国策》一书中的不可信之文约占全书的三分之一。这些拟托之作是《战国策》中虚构叙事的主体，它的性质已接近文学创作，虽然作策者的初衷并非如此。关于这点，郑杰文的观点很有道理：“虽然从整体上来说，纵横策士们的说辞是为了游说活动等社会政治需要而制作的，战国史官们或随行弟子们对策士游说行事的记录也不是为了文学创作而进行的，但是，其中那些拟托文的创作，却在客观上向着文学创作迈进了一步，使《战国策》中出现了虽数量不多但却甚应值得注意的、文学意味颇浓的文章。从某种意义上可以说，虽然我国古代的自觉文学创作，一般人都认为始于魏晋时期，但战国策士的拟托文却应算是使古代散文走上自觉创作道路的有益探索之作。这是古代散文发展史上不可忽视的现象。”②

二　虚构叙事的范式

依据缪文远的《〈战国策〉考辨》一书，本文暂且把《战国策》中的文章分为信史文和拟托文来分别研究其虚构叙事的范式。其中，信史文指所写事件或事件骨架与《左传》《史记》等史书记载基本一致，拟托文则特指由于存在着年代乖忤、地理混乱、不合信史、悖于事理、自相矛盾等原因而被缪文远标为“拟托”的 97 篇文章。

---

① 缪文远：《战国策考辨》，中华书局 1984 年版，第 149 页。
② 郑杰文：《战国策文新论》，山东人民出版社 1998 年版，第 284 页。

1. 信史文：依附史实，踵事增华

"依附史实，踵事增华"是信史文虚构发生的主要方式。《左传》《史记》为史官本着实录之旨而作，但其中仍不乏少量的虚构成分。因为史家需要通过想象来弥补史料的不足，使断裂的信息链条得以续接，使事件的发生发展过程变得完整，所以"史有诗心"①具有一定的客观必然性。但是，它的虚构只限于局部的细节上，傅修延谓之"虚毛实骨"②是非常形象而准确的。《战国策》是战国策士游说之辞的辑录，虽也具有一定的史料价值，但是由于作者的目的并非实录历史，而是表现策士们凭借三寸之舌纵横天下的神通，所以它的虚构是有意为之，并且由"毛"侵"骨"（即故事主干），可谓诗心胜于史心。

《秦策五·濮阳人吕不韦》的故事核心框架于史有征，在赵国做人质的子楚确是由于巨贾吕不韦的游说才返回秦国，做了太子，后被立为秦庄襄王。他即位后，封吕不韦为相国。将它与《史记·吕不韦传》的细比较，可发现有很大不同。钱穆在《先秦诸子系年考辨》中将此文与《史记·吕不韦传》比较后说："《史》谓不韦入秦当昭王时，孝文王尚为太子，而《秦策·吕不韦》为子楚游秦已当孝文王世，此一异也。《史》谓不韦先说华阳夫人姊，而《秦策·吕不韦》所说乃秦王后弟阳泉君，此二异也。《史》谓子楚于邯郸之围脱亡赴秦军，而《秦策》乃王后请之赵，而赵自遣之，则三异矣。果如《秦策》所言，不韦游秦，始皇之生已及十年，不韦安得预为钓奇如此？"③除此之外，它们的不同点还有：《秦策》增加了很多事件，比如开篇增加了吕不韦与其父的谈话，中间部分增加了吕不韦说阳泉君、说赵王两件事，结尾增加了子楚见秦王、王后事件。与《史记》相比，《秦策》中的人物关系、历史时间错乱，事件被增删窜改，这证明了策士们并不像史官那样追求客观实录，而更看重如何通过事件的选择、编排、叙述来表现吕不韦的游说才能。吕不韦与其父的对话，更不可能有历史记录，只能是作者想象的产物。虚构此事不仅有利于表现吕不韦的商人本质和勃勃野心，而且其所揭示的吕不韦建国立君的

---

① 钱锺书：《管锥编》（第一册）中华书局 1979 年版，第 164 页。

② 傅修延：《先秦叙事研究——关于中国叙事传统的形成》，东方出版社 2007 年版，第 212 页。

③ 缪文远：《战国策考辨》，中华书局 1984 年版，第 72 页。

愿望为下文的叙述提供了动力，使故事更加引人入胜。傅修延认为，叙述动力来源于故事，在故事动力的传递中，人物的愿望起着一种标志作用。① 作者开篇虚构这场对话，展示吕不韦"建国立君"的愿望，为下文故事的发展设置动力，至结尾时，愿望获得满足，故事不再提供动力，叙述圆满完成。中间虚构的说阳泉君、说赵王等小故事使整个大故事变得更加丰富、曲折，同时也能更充分地展现吕不韦的游说才能。

《齐策四·齐人有冯谖者》与《史记·孟尝君列传》都有冯谖故事的记载，虽然故事框架相同，但不同点甚多，比如：《齐策》中的孟尝君听说冯谖歌"无以为家"后便派人给其母食物、冯谖为孟尝君营造"三窟"等事件，《史记》中没有，而《史记》中冯谖劝孟尝君不能怨士之势利而绝宾客之路的事《齐策》中没有；《齐策》是冯谖矫令烧券后返齐主动求见孟尝君，而《史记》则是冯谖得息钱十万后杀牛置酒召集所有欠债者，贫穷不能还息者则烧其券，孟尝君听说此事后怒而使人召冯谖；《齐策》中孟尝君听到冯谖解释烧券事件后的反应是"不说，曰：'诺，先生休矣！'"，而《史记》则是"拊手而谢之"；《齐策》中冯谖游说的是魏王，《史记》中则变成了秦王和齐王等，等等。郑良树认为两书相异处有二十五处。究其原因，他认为是由于主旨不同。《战国策》是"市义"，《史记》是表现世态炎凉。他认为前者比后者有意义多了。② 就叙事的艺术性出发，《齐策》明显技高一筹。这首先表现在叙事的曲折性上。《齐策》善于通过前后文对比、照应来制造落差，欲扬先抑，使故事有波澜。故事开始时冯谖托人传话孟尝君想寄食其门下，有这样的场景描写："孟尝君曰：'客何好？'曰：'客无好也。'曰：'客何能？'曰：'客无能也。'孟尝君笑而受之曰：'诺。'"作者用铺排的手法进行的对话描写突出了冯谖的"无能"，孟尝君"笑"的神情中透露出他根本没把冯谖当回事，甚至有点轻慢不屑之意。这与后文冯谖的杰出才能以及孟尝君对他刮目相看、主动谢罪形成对比。《齐策》增加了冯谖歌"无以为家"之事，并有一个细节描写——"左右皆恶之，以为贪而不知足"，而孟尝君则打听到其有

---

① 傅修延：《讲故事的奥秘——文学叙述论》，百花洲文艺出版社 1993 年版，第 95—98 页。

② 缪文远：《战国策考辨》，山东人民出版社 1998 年版，第 112 页。

老母后便给其食物。冯谖解释薛邑烧券之事后孟尝君不高兴，也不以为然，后来当孟尝君被废回到薛邑百姓夹道欢迎时他才明白冯谖的良苦用心。孟尝君的前后表现形成对比，同时也表现了冯谖的深谋远虑。与之相比，《史记》中孟尝君听完冯谖解释后当即拊手而谢的表现则使故事平淡多了。叙事中制造波澜、曲折，才能增加吸引力，给读者带来审美的愉悦感。其次表现在人物的塑造上。《齐策》中孟尝君供养冯谖老母的故事能进一步突出孟尝君的贤德与胸怀。《齐策》把《史记》中冯谖矫令烧券后孟尝君怒而派人召回冯谖变为冯谖返齐主动求见孟尝君，孟尝君听完后仅是不悦而非大怒，这样的改动保持了人物性格的一致性。此外，《齐策》中的冯谖为孟尝君营造"三窟"以保身避祸的事件既强化了冯谖的远见卓识，也反衬出孟尝君识士的眼光。

《齐策六·齐负郭之民有狐咺者》中讲述齐闵王（即齐湣王）的故事。他滥杀忠臣，众叛亲离，与燕国交战，兵败而逃，后为楚顷襄王派去相齐的楚国公族淖齿所杀。《史记·田敬仲完世家》中对此事的记载则只有一句话："淖齿遂杀湣王而与燕共分齐之侵地卤器。"而《齐策六》中的叙述则为：

> 王奔莒，淖齿数之曰："夫千乘、博昌之间，方数百里，雨血沾衣，王知之乎？"王曰："不知。""嬴、博之间，地坼至泉，王知之乎？"王曰："不知。""人有当阙而哭者，求之则不得，去之则闻其声，王知之乎？"王曰："不知。"淖齿曰："天雨血沾衣者，天以告也；地坼至泉者，地以告也；人有当阙而哭者，人以告也。天地人皆以告矣，而王不知戒焉，何得无诛乎？"于是杀闵王于鼓里。

雨血沾衣、地坼至泉、当阙而哭之人求之不得去之闻声，这些神奇的事件必然是虚构的，《史记》中没有这些话。作者以极度夸饰的笔法表现了齐湣王的罪恶深重，其灭亡是天、地、人共同的意愿。

《战国策》具有一定的史料价值，司马迁作《史记》取《战国策》90余事。但后人的考证显示即使在视为信史的篇章中，排除那些因误传、误改而导致的人名、地名有错外，仍有很多内容可以看出是明显的增饰之辞，上文所分析的《秦策五·濮阳人吕不韦》《齐策四·齐人有冯谖者》《齐策六·齐负郭之民有狐咺者》等作品中的增饰主要表现在大的故事框架上。至于故事细节上增饰，那更是数不胜数。比如《楚策一·江乙说于安陵君》中楚王游云梦的场景及内心描写，具有强烈的戏剧性，"楚王游于云梦，结驷千乘，旌旗蔽日，野火之起也若云蜺，（兕）虎嗥之声若雷霆，有狂兕牂车依轮而至，王亲引弓而射，壹发而殪。王抽旃旄而抑兕首，仰天而笑曰：'乐矣，今日之游也！寡人万岁千秋之后，谁与乐此矣？'"再如《齐策六·燕攻齐》中田单在迎襄王回临淄途中见受寒老人、"解裘而衣之"时他和襄王的内心活动，《赵策一·晋毕阳之孙豫让》中豫让逃往山中等。

由此可见，《战国策》中的信史文为了表现策士驰辞骋辩、纵横天下的才能，对历史事件进行了渲染、铺陈、夸饰、增删等加工，其间充满了想象和虚构的因子，离文学愈来愈近了，而《战国策》中的拟托文则更是把虚构叙事推向了极致，已于不知不觉中由史入文，类似于现代意义上的文学创作了。

2. 拟托文：借名拟托，无中生有

《战国策》中的拟托文的存在，从史学角度看，降低了《战国策》的史学价值，但若从文学角度看，则功不可没。因为拟托的性质是虚构，而虚构是文学叙事区别于历史叙事的突出特征，所以，作者的行为可以看作披着史学的外衣进行文学创作。他们通过虚构一个个游说故事，或是为了练习游说之术，或是为了展示纵横家们的神威，或是为了描画心中理想的纵横家形象，或是为了表达明君贤相的政治愿望，等等，这些主观动机已无从考证，但是，客观上来说，这些故事都是虚构的，其性质属于文学，而非史学了。虚构是文学叙事发育的先决条件，那么，《战国策》拟托文中的虚构叙事是如何发生的呢？

第一，附会《战国策》的拟托文多是附会之作，其中附会于苏氏三兄弟、张仪、孟尝君、陈轸等较多，尤以苏秦为甚。苏秦是战国时期最具代表性的纵横家，是策士们竞相效仿的对象。司马迁《史记·苏秦列传》中曾言："世言苏秦多异，异时事有类之者皆附之苏秦。"二千年后，随着《战国纵横家书》的出土，苏秦身份的真相已很明确。缪文远认为：

"《史记·苏秦传》多采附会之说，可信者十无一二。"①《战国策》中苏秦之事的虚构性更不用说了，他已经远离历史上的苏秦而成为了一个箭垛式人物了。与苏秦同为纵横家代表的还有张仪。据帛书显示，苏秦活动的时代晚于张仪，其死于张仪之后二十六年。但在《战国策》拟托文中，两人的年代颠倒了，以至于出现了张仪在游说赵王和魏王时两次谈到苏秦被车裂而死的荒唐事。苏秦游说六国君主合纵抗秦之作计六篇，与之相对应，张仪破坏苏秦合纵策略主张连横之作也有六篇，如下：

　　齐策一：苏秦为赵合从说齐宣王——张仪为秦连横说齐王
　　楚策一：苏秦为赵合从说楚威王——张仪为秦破从连横
　　赵策二：苏秦从燕之赵始合从——张仪为秦连横说赵王
　　魏策一：苏子为赵合纵说魏王——张仪为秦连横说魏王
　　韩策一：苏秦为楚合从说韩王——张仪为秦连横说韩王
　　燕策一：苏秦将为从北说燕文侯——张仪为秦破从连横谓燕王

　　这些作品在章法上明显雷同，拟托痕迹非常明显。比如，苏秦的说辞，总是先从东南西北四个方向铺叙该国地理之优越，然后罗列军队数量之多、兵力之强，再陈述合纵的好处和西面事秦的坏处等。张仪的说辞，也多从该国地理之劣势、兵力之弱势说起，再分析合纵的不明智和不事秦的严重后果，其语气中充满着威胁、恫吓的色彩。更奇怪的是，各国君主对两种截然相反的战略的反应竟然完全相同，无不感恩戴德，虚心接受，甚至在遣词造句上都有着惊人的一致，如魏王和韩王回应张仪之语，一为"请称东藩，筑帝宫，受冠带，祠春秋，效河外"，一为"筑帝宫，祠春秋，称东藩，效宜阳"，而这又与苏秦说魏王时的讽刺之语如出一辙，"今乃有意西面而事秦，称东藩，筑帝宫，受冠带，祠春秋，臣窃为大王愧之"。
　　《秦策一·苏秦始将连横》叙述苏秦欲以连横之策游说秦惠王，十次上书而不成，穷困潦倒，归家后"妻不下纴，嫂不为炊，父母不与言"，遂发愤读书，引锥刺股，一年后揣摩太公兵法而成，游说赵王，一举成

---

① 缪文远：《战国策考辨》，中华书局1984年版，第11页。

名，"父母闻之，清宫除道，张乐设饮，郊迎三十里。妻侧目而视，倾耳而听。嫂蛇行匍伏，四拜自跪而谢"，苏秦不由得感叹"人生在世，势位富贵，盖可忽乎哉？"这篇文章由于明显的时间和地理的错乱以及夸饰成分，学者们一致认为是拟托之作，可以视之为一篇故事曲折、结构完整、人物鲜活的小说。它详细地叙述了主人公的游说活动，描述了其失败与成功后的外貌、行动、语言、心理，以及家人对其前倨后恭的态度，不仅鲜明地表现了苏秦奋起于桑户、汲汲于富贵的品性，而且反映了世态炎凉、人情淡薄的社会现实，以至在后世演变成一个典故。如李白诗《别内赴征》中写道："归时倘佩黄金印，莫学苏秦不下机"，白居易《初除官蒙裴常侍赠鹊衔瑞草绯袍鱼袋因谢惠贶兼抒离情》中也有"惠深范叔绨袍赠，荣过苏秦佩印归"，明代苏复之还以苏秦之事为题材写了传奇《金印记》。

　　这些附会之作都是假借某人之名而行虚构之实，所以它可以完全不顾历史真相而任意驰骋想象力，描画种种可能的世界。如《楚策二·楚怀王拘张仪》与《楚策三·张仪之楚贫》两文所写为同一事，但具体内容却大不相同。前者说张仪将献秦王爱女于楚，后者又言张仪将北求郑、周之美女于楚；前者说靳尚为救张仪而求郑袖，后者则说南后、郑袖献金求张仪；前者说张仪之策是为了脱身，后者又说是为了骗金。两个作品创造了两个不同的可能世界。

　　第二，套括。套括，即一定的模式、框框。《战国策》中有些拟托文的故事框架与信史文几乎相同，只是换了人名地名而已。这构成了史传虚构叙事发生的另一种方式。《赵策三·建信君贵于赵》中魏牟以尺帛为冠作喻向赵王宣讲治国之道，《齐策四·先生王斗》中王斗谏齐宣王也用同样的比喻，"王之爱国爱民不若王爱尺縠"。《赵策四·客见赵王》客谏赵王时把尺帛为冠之事改为买马，但取意完全相同。原文如下：

　　　　魏牟曰："王能重王之国若此尺帛，则王之国大治矣。"……曰："王有此尺帛，何不令前郎中以为冠？"王曰："郎中不知为冠。"魏牟曰："为冠而败之，奚亏于王之国？而王必待工而后乃使之。今为天下之工，或非也，社稷为虚戾，先王不血食，而王不以予工，乃与幼艾……。"

王斗曰："王之忧国爱民，不若王爱尺縠也。"王曰："何谓也?"
王斗曰："王使人为冠，不使左右便辟，而使工者何也? 为能之也。
今王治齐，非左右便辟无使也，臣故曰'不如爱尺縠'也。"

……对曰："买马而善，何补于国?"王曰："无补于国。""买马
而恶，何危于国?"王曰："无危于国。"对曰："然则买马善而若恶，
皆无危补于国。然而王之买马也必将待工。今治天下举错非也，国家
为虚戾，而社稷不血食，然而王不待工而与建信君，何也?"

据《战国策考辨》一书，第一篇尚无法辨明真伪，后两篇则有充足
的依据定为拟托。与此类似的还有《韩策二·楚围雍氏》与《韩策三·
赵魏攻华阳》，其故事框架也相同。楚围雍氏，韩王遣张翠求救于秦。张
翠称病，日行一县。至秦国时，谓甘茂曰："韩未急也，且急矣"，"韩急
则折而入于楚矣，臣安敢来?"秦认识到不救韩于己不利，下师救韩。
赵、魏攻华阳，韩相国劝有疾在身的田苓去秦国告急。田苓见穰侯。穰侯
曰："韩急乎? 何故使公来?"田苓对曰："未急也"，"彼韩急则将变
矣。"穰侯意识到唇亡齿寒的道理，马上请求君王发兵救韩。据《战国策
考辨》一书，后者为拟托之作。①

第三，仿改。《战国策》中有些拟托之作与《韩非子》《吕氏春秋》
《说苑》《新序》《淮南子》等书中的篇章相似，虽已无法一一考证何为
源何为流，但至少说明了它们之间存在着模仿改造现象，这就必然导致虚
构叙事的发生。比如《齐一·邹忌修八尺有余》中的邹忌事与《吕氏春
秋》中的列精子高事、《新序》中的田巴事的故事主干大致相同。缪文远
认为，"列精子高故事本属寓言，策文辗转模仿，其事实更不足置信。田
巴先生事，周中孚以为乃又自齐策演变而来。"②邹忌和列精子高两个故
事的构思基本相同，都由小及大，由浅入深，从生活小事推及朝廷大事。
但是，后者为寓言，前者则近似短篇小说了，所以其虚构的信息多，涉及
的故事时间跨度大，这些虚构的小事件以链接的形式组合成大的事件序
列，随着故事的逐步推进，人物也在故事中得以生成，齐威王从善如流的

① 缪文远:《战国策考辨》，中华书局1984年版，第298页。
② 缪文远:《战国策考辨》，第89页。

明君形象、邹忌的忠心耿耿的贤臣形象都呼之欲出了。

《魏三·芒卯谓秦王》的故事又见于《吕氏春秋》。缪文远认为"此文乃袭自吕览，其经改窜而《吕览》违异者皆不可通"。① 其改动处有：《吕览》载献地在先，芒卯（其原文为"孟卯"）为魏之司徒在后，策文则反之；《吕览》载所割之地为绛、汾、安邑三地，《战国策》改其为长羊、王屋、洛林，从地理位置上看，后者不合理；《吕览》结尾是魏王令芒卯为司徒，《战国策》结尾则是芒卯率领秦魏军队进攻齐国，侵占了二十二个县，从当时的形势看，齐国很强大，不可能丧失二十二县。那么，《战国策》为何作如此改动？细读此文即发现，作者目的是要证明纵横家游说术的神通广大，一言既合，取卿相于指顾之间。芒卯凭三寸之舌，使自己顺利成为魏国的司徒，使魏国甘愿割让三地给秦国，使自己免于魏王之重责，使秦王马上出兵助魏击齐，使魏王如愿以偿地得地二十二个。至于历史事实，作者全然不在乎。

《宋卫策·智伯欲伐卫》《宋卫策·智伯欲袭卫》中的故事与《说苑·权谋》中的智氏、赵简子两事相类，缪文远认为可能是策文仿改了《说苑》之文，也可能两文都是拟托之作。② 《燕策三·张丑为质于燕》可能仿于《韩非子·说林上》③ 中的子胥语楚边侯。

第四，缀辑。《战国策》中有些篇章把多个历史事件缀于一人之上，组接成一个完整的故事，这也是史传叙事向文学叙事演变的一种方式。《秦四·秦王欲见顿弱》因与史实不合而定为拟托之作。据《史记·秦始皇本纪》，谏始皇复太后者为齐人茅焦，教秦以金散六国之纵者为梁人尉缭。④ 此文缀辑这二人之事于顿弱一人之上，塑造出一个功成名就的游说之士形象，"（秦王）乃资万金，使东游韩、魏，入其将相；北游于燕、赵，而杀李牧。齐王入朝，四国必从，顿子之说也。"

《齐策四·先生王斗造门》是由多个事件缀辑而成。开头部分"王斗曰：'斗趋见王为好势，王趋见斗为好士'"与《齐策四·齐宣王见颜斶》中"颜斶对（宣王）曰：'斶前为慕势，王前为趋士'"相同。中间部分

① 缪文远：《战国策考辨》，中华书局 1984 年版，第 237 页。
② 缪文远：《战国策考辨》，第 318 页。
③ 缪文远：《战国策考辨》，第 311 页。
④ 缪文远：《战国策考辨》，第 68 页。

王斗说齐宣王之语与《说苑·尊贤》中的淳于髡说齐宣王几乎相同，只是《说苑》中的"古者所好四"中的"古者"被指实为"齐桓公"，其"云：'昔先君桓公所好者，九合诸侯，一匡天下'"。但是历史上"九合诸侯，一匡天下"的桓公并非齐宣王之先君田齐之桓公，而是齐姜之桓公。这说明作策者对齐国史事不甚熟悉。结尾部分王斗以尺縠为冠作喻谏宣王与《赵策三·建信君贵于赵》中魏牟以尺帛为冠作喻向谏赵王全同。由此可见，为了塑造策士王斗形象，作者巧妙地把这三个事件缀辑在一起，形成了一个有头有尾的故事。

《中山策·中山君飨都士大夫》中的中山君在宴请士大夫时因分羊羹没有分给司马子期，司马子期一怒之下跑到楚国说服楚王伐中山。中山君被逼逃亡时，有两个人紧随其后保护他。这是因为中山君曾经在他父亲饿得快死时把自己壶中食物给了他。吴补和缪文远都认为该文可能是"袭《左传》之文而依托者"[①]。《左传·宣公二年》有华元以羊羹飨士、赵宣子食翳桑饿人两件事，分别为：

> 将战，华元杀羊食士，其御羊斟不与。及战，曰："畴昔之羊，子为政，今日之事，我为政。"与入郑师，故败。

> 初，宣子田于首山，舍于翳桑，见灵辄饿，问其病。曰："不食三日矣。"食之，舍其半。问之，曰："宦三年矣，未知母之存否，今近焉，请以遗之。"使尽之，而为之箪食与肉，置诸橐以与之。

将文本进行比较可知，作者把这两个有关联的事件巧妙地缀辑在一起，以形成鲜明的对比，结尾揭示主题，"中山君喟然而仰叹曰：'与不期众少，其于当厄；怨不期深浅，其于伤心。吾以一杯羊羹亡国，以一壶飡得士二人'"。此文不像策士游说之辞，有些学者视之为独立成篇的寓言文学也很有道理，它的虚构性是一目了然的。

第五，衍生。"衍生"是《战国策》中虚构叙事发生的又一种新方式，它往往是从历史中"只取一点因由，随意点染"（鲁迅），用想象力使故事不断地衍生、成长。《魏策一·张仪为秦连横说魏王》中张仪说魏

---

① 缪文远：《战国策考辨》，中华书局1984年版，第327页。

王道："且夫诸侯之为从者，以安社稷、尊主、强兵、显名也。合从者，一天下，约为兄弟，刑白马以盟于洹水之上，以相坚也。"这件事情来源于《赵策二·苏秦从燕之赵》一文，其载苏秦说赵王曰："为大王计，莫如一韩、魏、齐、楚、燕、赵六国纵亲以傧畔秦，令天下之将相相会于洹水之上，通质、刑白马以盟之"，此处仅为虚拟之辞，但是在张仪一文中演变为实有之事。苏秦说魏王时讽刺说："今乃有意西面而事秦，称东藩，筑帝宫，受冠带，祠春秋，臣窃为大王愧之"，在此文中也变成了真实事件。再比如《楚策四·楚王后死》《齐策三·齐王夫人死》两文：

> 楚王后死，未立后也。谓昭鱼曰："公何以不请立后也？"昭鱼曰："王不听，是知困而交绝于后也。""然则不买五双珥，令其一善而献之王，明日视善珥所在，因请立之。"
>
> 齐王夫人死，有七孺子皆近。薛公欲知王所欲立，乃献七珥，美其一，明日视美珥所在，劝王立为夫人。

"献珥测幸"在楚策中还只是别人献给昭鱼的建议，至齐策中已被变成实有其事了。当然，这两篇据考证均为拟托文，所以也有可能是先有齐策之文，再有楚策之文。但无论是哪一种，都可以说明故事是如何被重复地进行虚构并衍生发展为新故事的。

除了以虚言为实事的故事衍生方式外，还有其他的衍生方式，比如在别人虚构的故事后接着虚构，使故事像滚雪球一样越滚越大。《齐策六·貂勃常恶田单》中的前一个故事在孔衍的《春秋后语》中有记载，即貂勃常恶田单于襄王，田单问之，貂勃以狗为喻，田单任之为王。但后一个故事，即襄王的九个幸臣欲谋害田单，貂勃使楚归来，在襄王面前为之辨，不仅使襄王杀了那九个人并驱逐其家眷，而且还把万户的夜邑封给了田单，这是作者在前人故事的基础上进行的生发拓展。作者接着虚构貂勃的故事，并不是为了进行以恩报恩的道德劝诫，而是为了进一步表现游说之术的神威，这由《战国策》一书的性质可推断。

《战国策》的拟托文鲜明地呈现了历史上的真实世界如何变成文学中的可能世界，附会、套括、仿改、缀辑、衍生这五种虚构叙事发生方式近乎包括了后世历史小说尤其是新历史小说的所有类型。这些拟托文所建构的世界是虚构世界，它与史文建构的历史世界虽然都是可能的世界，但是两者仍有很大不同。卢波米尔·道勒齐尔在《虚构叙事与历史叙事：迎接后现代主义的挑战》一文中总结虚构世界和历史世界的区别为四点：第一，虚构世界既可以是实际可能的世界，也可以是实际不可能的世界（指与实际世界的自然法则和逻辑规律相矛盾的世界），而历史世界只限于实际可能的世界；第二，历史世界里的施事是由过去（事件中）的施事决定的，而虚构世界里的施事星河却不受这样的限制；第三，虚构世界将历史人物移入时，会改变那些人物的个体化属性和生活情节，而历史世界的人物及其事件和背景等只能具有文献说述的那些属性，所以历史家必须随着新资料的出现而不断地重写历史；第四，虚构世界和历史世界必然是不完整的，但前者可以根据审美（文体）和语义因素自由地变更断点的数目、范围及功能，后者则必须受到人类知识的限制。[1] 以此为参照，《战国策》中的拟托者无疑属于虚构世界，它的话语类型属文学，而非史学，所以才会出现：早死于苏秦二十六年的张仪在游说赵王和魏王时大谈苏秦被车裂而死；齐人茅焦谏始皇复太后者、梁人尉缭教秦以金散六国之纵者之事都变成顿弱所为；历史上竟然出现了诸侯为合纵而刑白马以盟于洹水之上一事；与秦武王生活年代相差二百余年的扁鹊可以为他治病，等等。由于《战国策》的杂史杂传的文本性质，它尚不可能出现像《庄子》那样"空语无事实"地创造出超自然的世界，它搭建虚构世界的砖瓦椽柱还是捡拾于历史世界，不过其任意地搭配不由得让人想起新历史主义小说家苏童的那番话"我随意搭建的宫廷，是我按自己的方式勾兑的历史故事，年代总是处于不祥状态，人物似真似幻……"[2] 虽然，《战国策》拟托文叙事的文学性绝对不能与新历史小说同日而语，但就其虚构叙事的思维方式而言，两者是相同的。

三　虚构叙事的影响

《战国策》中包含的大量的虚构叙事的成分，成为文学叙事发育的温床，影响着后世文学的发展。其敷张扬厉、夸饰恣肆之风的直接承续者是

---

① ［美］戴卫·赫尔曼主编：《新叙事学》，北京大学出版社 2002 年版，第 186—192 页。
② 苏童：《苏童文集·后宫·自序》，江苏文艺出版社 1994 年版。

汉大赋。清代章学诚认为"京都诸赋，苏秦纵横六国，侈陈形式之遗说也"，又说"赋家者流，纵横之派别，而兼诸子之余风，此其所以异于后世辞章之士也"①。苏秦的游说之辞，常从东南西北等多个方位铺叙国家地理之优越，比如《秦策一·苏秦始将连横》中苏秦说秦惠王曰："大王之国，西有巴、蜀、汉中之利，北有胡貉、代马之用，南有巫山、黔中之限，东有肴、函之固。田肥美，民殷富，战车万乘，奋击百万，沃野千里，蓄积饶多，地势形便，此所以天府之，天下之雄国也。"司马相如的《子虚赋》《上林赋》在描写都城、园林、宫室的繁华盛景时也常从东南西北等多个方位极尽铺陈。比如《子虚赋》中写云梦泽，在铺叙了其山、其土、其石的风景后，又有"其东则有蕙圃蘅兰……其南则有平原广泽……其西则有涌泉清池……其北则有阴林巨树……其上则有赤猿蠷猱……其下则有白虎玄豹……"②这种文风上的承续也与它们的作者——纵横家与辞赋家之间的关联有关。章学诚曾指出："虽然，纵横者，赋之本。古者诵《诗》三百，足以专对。七国之际，行人胥附，折冲于尊俎间。其说恢张谲宇，纰缪无穷，解散赋体，易人心志。鱼豢称鲁连、邹阳之徒，援譬引类，以解缔结，诚文辩之隽也。武帝以后，宗室削弱，藩臣无邦交之礼，纵横既黜，然后退为赋家，时有解散。"③《战国策》的夸饰恣肆之风直接影响了汉赋"极声貌以穷文"④的文体风格的形成。而汉赋对后世文学叙事又产生了重要影响。傅修延在《赋与中国叙事的演进》中指出，"赋的铺叙手段与问答格式对于叙事的枯涩与想象的缺乏来说，正好是一剂对症治疗的良药"。⑤"叙事的枯涩"与强大的史传叙事传统又有关，刘知几即认为，"夫国史之美者，以叙事为工，而叙事之工者，以简要为主。简之时义大矣哉！"⑥《战国策》目的不是实录历史，而是表现策士谋臣的游说才能，所以，它们不再执着于"简要"的叙事原则，而

①　（清）章学诚著，叶瑛校注：《文史通义校注》，中华书局1985年版，第61、80页。

②　金国永校注：《司马相如集校注》，上海古籍出版社1993年版，第6页。

③　（清）章太炎撰，庞俊、郭诚永疏证：《国故论衡疏注》，中华书局2008年版，第432页。

④　黄霖编著：《文心雕龙汇评》，上海古籍出版社2005年版，第35页。

⑤　傅修延：《赋与中国叙事的演进》，《江西社会科学》2007年第9期。

⑥　（唐）刘知几撰，（清）浦起龙释：《史通通释》，上海古籍出版社1978年版，第166页。

是在想象力的作用下极尽夸饰之词进行场景的铺排、气势的渲染等。

此外,《战国策》中还出现了大量的具有虚构性质的寓言。陈浦清认为有五十四则①,熊宪光认为有七十则②,这是由于他们所持寓言概念的差异而造成的。寓言的大量出现与中国古代的征引传统分不开。《左传》《国语》中的引诗之多充分反映了春秋时期征引风气之盛,以至于孔子曰"不学《诗》,无以言"③ 其实,在《诗经》等经典没有产生之前,征引言事的叙事方式早已存在,主要表现在征引民间谣谚和征引历史事实两个方面。《尚书》《左传》《国语》中均有征引史实说事论理的现象。但是在《战国策》中,征引不再限于真人真事了,而是走向虚拟化,在真实历史人物身上附会虚拟性故事,或者虚构社会生活中的事件,或者把动植物拟人化等,其行为已具文学创作的性质了。傅修延在研究诸子寓言时说:"寓言为小说之母,这是从叙事史角度观察诸子寓言后势必得出的结论……那么,究竟是什么原因使小说从寓言中脱颖而出呢?本书认为这是寓言的虚构性。"④ 寓言的虚构性在庄子寓言中走向了极致,人们常用"空语无事实"⑤ 来形容。《战国策》寓言的风格与之不同。如果说前者体现的是浪漫主义精神的话,那么后者则是现实主义精神。这是因为战国时期的策士们都是在国家或个人面临生死存亡的关键时刻去游说统治者。这些人位高权重,性格又多暴戾凶残,说服他们并非易事。《荀子·非相》篇中说:"凡说之难,以至高遇至卑,以至治接至乱。未可直至也,远举则病缪,近世则病佣……谈说之术,——矜庄以莅之,端诚以处之,坚强以持之,譬称以喻之,分别以明之,欣欢芬芗以送之……"⑥ 由此可见,"譬称以喻之"是策士们常用的辨说技巧。寓言即是扩展了的比喻,借寓言来把深刻的道理说得生动形象,通俗易懂,是策士们常用的方式,而他们所凭借的寓言,必须"远举而不谬,近世而不佣",也就是不能过

---

① 陈蒲清:《中国古代寓言史》,湖南教育出版社1983年版,第79页。

② 熊宪光:《战国策研究》,重庆出版社2004年版,第71页。

③ 杨伯峻:《论语译注》,中华书局1980年版,第178页。

④ 傅修延:《先秦叙事研究——关于中国叙事传统的形成》,东方出版社2007年版,第272页。

⑤ (汉)司马迁:《史记》,中华书局1962年版,第2144页。

⑥ 梁启雄:《荀子简释》,中华书局1983年版,第55—57页。

于虚幻、怪诞，不能与生活中的逻辑规律相乖谬，否则无法劝服别人。《战国策》寓言的这个特点除了与上述创作目的有关外，还与它的来源有关。其寓言少数由策士自主创作，大部分则来自于对民间故事的改编。这与战国时期"士"阶层的崛起密切相关，很多士人本身就来自于庶人皂隶中。"总之，由于士阶层的抬头，便将民间的传说，带给了统治阶级；又由于统治阶级对于民间传说的欣赏，鼓舞了士阶层构造寓言的兴趣。"①策士们为了辩难说理，把民间故事改造成寓言，推动了叙事从口头虚构向笔头虚构的发展。

《战国策》还出现了一些虚构性较强的长篇叙事文，在文史分离及中国叙事传统的形成过程中有着具有重要的过渡意义。先秦时期的史传叙事经历了从言事分记到言事相兼的发展阶段，至《左传》时，叙事能力已经有很大增强。但是，《左传》按年布事的史书叙事体例影响了其叙事的完整性、连贯性。《战国策》在体例上则有所突破。它不仅每篇叙述一个完整的故事，而且常连续数篇集中写一个人的事迹，呈现出向人物传记过渡的明显趋势，为《史记》纪传体的形成提供了雏形，而纪传体又对中国后世文学特别是传统小说的叙事体例产生了普遍而深远的影响。《战国策》的叙事追求完整连贯，一般先交代游说原因、背景，再叙述游说过程，最后简要交代游说结果。如《齐策一·邹忌修八尺有余》一文，据缪文远考证，此为拟托之作，可能是在《吕氏春秋》中的列精子高寓言的基础上仿改加工而成。比较这两个故事，可以发现，后者叙事文学性的增强，从中可见出虚构的冲动是如何推动只有主干的故事之树向着枝繁叶茂的方向发展。《战国策》中的《燕太子丹质于秦亡归》《晋毕阳之孙豫让》《韩傀相韩》被司马迁照搬进《史记·刺客列传》，其叙事不仅完整连贯，而且曲折多姿、引人入胜，具有很强的文学审美功能。

第二节　《吴越春秋》叙事的文史剥离之势

《吴越春秋》在历代目录学文献中多被归为杂史一类，如在《隋书·经籍志》《旧唐书·经籍志》《新唐书·艺文志》《宋史·艺文志》中。

---

① 王焕镳：《先秦寓言研究》，中华书局1959年版，第15页。

明代绿天馆主人在《古今小说叙》中说："史统散而小说兴。始乎周季，盛于唐，而淫于宋。韩非、列御寇诸人，小说之祖也。《吴越春秋》等书，虽出炎汉，然秦火之后，著述犹希。迨开元以后，而文人之笔横也"。① 绿天馆王人视韩非、列御寇为小说之祖，自然是因为他们的作品中有大量质均的寓言，他接着便提到《吴越春秋》，可见他看到的是该书的虚构色形、小说性质。可以说，《吴越春秋》是历史演义小说的滥觞，鲜明地呈现出文学从史传中剥离之势。

一　事件的虚实

《吴越春秋》在明代被视为小说，与其时关于正史与历史演义小说关系的广泛而深入的探讨有关。蒋大器的《三国志通俗演义序》、陈继儒的《唐书志传序》、袁宏道的《东西汉通俗演义序》、甄伟的《西汉通俗演义自序》等文从语言表达、描写方式、创作方法、读者欣赏等角度区分了两者的不同。其中，袁于令在《隋史遗文序》中的观点具有代表性，"史以遗名者何？所以辅正史也。正史以纪事，纪事者何？传信也。遗史以搜逸，搜逸者何？传奇也。传信者贵真：为子死孝，为臣死忠，摹圣贤心事，如道子写生，面面逼肖。传奇者贵幻，忽焉怒发，忽焉嘻笑，英雄本色，如阳羡书生，恍惚不可方物。"② 正史传信，所以"贵真"，所叙人和事必须有史料记载，要真实而准确，就如吴道子写生，逼肖如真人。逸史传奇，所以"贵幻"，也即注重想象、虚构，像《续齐谐记》中的那位阳羡书生，变幻莫测，引人入胜，要塑造出有血有肉、生动形象的人物来。

《吴越春秋》为东汉赵晔所著。赵晔在撰此书时，有关吴越争霸的史料应是很多的，可以确定的就有《左传》《国语》《韩非子》《吕氏春秋》《战国策》《史记》《说苑》《新序》《韩诗外传》等。综观全文，作者无论是对史料的选择、增饰、改铸，还是对神奇事件、民间传说的博采、加工，都在想象力的作用下进行了大量的虚构，使故事充满了传奇性，具有很强的审美功能。与史家相比，作者的目的已从"贵真"渐趋"贵幻"，从为史传"信"渐趋为文传"奇"，这也正是《吴越春秋》被视为历史

---

① 丁锡根编著：《中国历代小说序跋集》，人民文学出版社 1996 年版，第 773 页。
② 丁锡根编著：《中国历代小说序跋集》，第 957 页。

演义小说雏形的原因。

1. 史事的增饰改铸

《吴越春秋》采纳了各种史籍、文章中的资料，借助想象力进行点染生发、踵事增华、移花接木、无中生有等多种虚构方式，追求故事的传奇色彩和审美功能，着力塑造出性格丰富、形象鲜明的人物形象。

以伍子胥故事为例。有关他的记载最早见于《左传》，共有六处，主要围绕他为阖闾出谋划策与楚交战和在吴越冲突中因直言劝谏而被赐死这两件事。《史记·范雎蔡泽列传》增加了伍子胥吴市吹箫事件。《史记·伍子胥列传》略去了伍子胥为吴王出谋败楚之类的事件，增加了逃亡途中的乞食、掘墓鞭尸复仇和赐死时的预言及吴王怒而投其尸于江等事件，目的是突出伍子胥的坚忍性格和复仇精神。

《吴越春秋》在《左传》《史记》的基础上，吸收了其他各种史料，进行了大量的增饰和改铸。比如平王派使者召伍尚、伍子胥事件。《左传》只记载了伍尚的一番表现孝、仁、智、勇的话，没有记载伍子胥的言行。《史记》将其改编成一次对话，增加了伍子胥贯弓执矢、使者不敢抓捕、伍子胥逃亡事件。《吴越春秋》则借助想象的力量，将其还原成一幅完整的历史场景。这里不仅有使者与伍尚的对话，有伍尚与伍子胥一来一往的四次对话，而且还有伍子胥的林中独白，以及"叹曰""泣曰"、"旋泣辞行""子胥行至大江，仰天行哭林泽中"的神态、心理的描写，充分展示了伍子胥的智慧与刚毅。

再如奔吴途中的渔父沉船、击绵女投水事件。《左传》中没记这两件事，《史记》中有渔父帮子胥渡江事件，但并未说渔父自投于江，而且叙述非常简略。《吴越春秋》则详细叙述了事件的经过。伍子胥呼渔父过渡，因有人窥之，渔父以渔歌暗示夜渡；子胥饿，渔父回家取饷；子胥疑，潜身于芦苇中，渔父来，又歌而呼之；子胥赠剑报答，渔父不受，叮嘱其富贵莫相忘；子胥临行诫其掩藏饭具，渔父答应；子胥行数步，渔父自沉于江。整个故事可谓一波三折，曲折有致。伍子胥的机智谨慎、渔父的仗义决绝的性格得到生动地刻画。关于伍子胥向击绵女乞食之事，《史记》中只有"乞食"二字。蔡邕《琴操》《越绝书》中有伍子胥向击绵女乞食的故事，但叙述很简略。《吴越春秋》的叙述则详细生动。它通过对话与独白表现了击绵女内心的斗争过程。至于作者把击绵女投水的原因由前两书中的怕泄密改为违背礼仪，则显示了其时对小说道德教化功能的重视。

以上两件事的虚构多表现在对已有史料的增饰上，而伍子胥向阖闾荐要离刺杀庆忌之事的虚构则表现在对史料的组接、改铸上。伍子胥给阖闾讲的椒丘忻入河斗水神、要离折服椒丘忻两个事件，前者见于《韩诗外传》卷十及《论衡·龙虚篇》，后者见于《韩诗外传》卷十。要离刺庆忌事件则散落于《战国策·魏策》《吕氏春秋·忠廉》《说苑·奉使》等篇中。要离与伍子胥本没有任何关系，作者在这里借伍子胥来串联这三个故事，一方面表现了伍子胥独具慧眼、知人善任、深谋远虑以及对阖闾的忠诚；另一方面也增加了故事的传奇色彩和审美功能，比如椒丘忻之猛、要离之弱、庆忌之强之间的强烈反差，庆忌之死与要离之死场面的惊心动魄等。

《吴越春秋》中像这样使用张冠李戴、移花接木方式虚构的故事很多，再如白州犁身世的故事。《吴越春秋》中白州犁与郤宛是一个人，郤宛是白州犁的号，因费无极之谗而被楚平王诛。但据《左传》记载，白州犁和郤宛是两个人。前者于昭公元年为公子围（即后来的楚灵王）所杀，此时楚平王尚未即位。后者于昭公二十七年为鄢将师、费无极所陷害而自杀，而楚平王于前一年九月已经去世。可见，这两个人的死均与楚平王无关。作者如此曲意改铸史实，目的显然是为了表现楚平王的昏庸无道，显示伍子胥复仇的正义性。

除以上论述的虚构方式外，《吴越春秋》中还有些故事纯粹是无中生有，其性质完全是小说了。比如《勾践伐吴外传》中孔子访越之事①，发生在文种伏剑之后，也即公元前473年，而孔子的生卒年是公元前551至公元前479，可见其时孔子已死。虚构孔子访越、勾践不屑于学习中原礼仪这个事件只是为了表现勾践成霸之后的品性——志得意满，目空一切。当然，全书虚构色彩最浓的是勾践故事，《左传》《史记》中关于他的记载极少，这为作者的想象免去了桎梏。以勾践入吴侍夫差之事为例。《左传》《史记·越王勾践世家》都记载了勾践派文种请行成于吴，但并没有说到勾践入吴臣侍夫差之事。《国语·越语上》《国语·越语下》中有简

---

① 《越绝书》中虽也有此故事，但无法断定两者的源与流问题。

单记录，分别为："然后卑事夫差，宦士三百人于吴，其身亲为夫差前马""令大夫种守于国，与范蠡入宦于吴，三年而吴人遣之。"此外，《孟子·梁惠王下》《韩非子·喻老》中也有零星记载，分别为"惟智者为能以小事大，故太王事獯鬻，勾践事吴"①"勾践入宦于吴，身执干戈为吴王洗马"②。相比而言，《左传》《史记》的史实性要比大大强于其他史料，所以据此推测，勾践极有可能没有入吴。但是，《吴越春秋》是不在乎入吴事件是否为史实的，因为它的目的已经不是传"信"，而是传"奇"了。所以，它把《国语》中十余字的简单叙述衍生铺叙成五千五百余字的《勾践入臣外传第七》。整个故事的讲述方式完全文学化，其目的显然不是实录历史，而是讲述一个曲折生动、引人入胜的故事，塑造一个忍辱负重、能屈能伸的帝王。

2. 奇闻异事的广采博纳

《吴越春秋》的虚幻色彩还表现在大量的奇闻异事上，如梦幻、占卜、神话、传说等。它们共同构筑了一个神奇的世界，增强了《吴越春秋》叙事的文学性。这与《吴越春秋》一书产生的背景有密切关系。鲁迅在《中国小说史略》中说，"中国本信巫，秦汉以来，神仙之说盛行，汉末又大畅巫风，而鬼道愈炽；会小乘佛教亦入中土，渐见流传。凡此，皆张皇鬼神，称道灵异，故自晋讫隋，特多鬼神志怪之书。"而且，吴越地区又是巫文化盛行之地。《淮南子·人间训》说："荆人鬼，越人機。"③《史记·封禅书》中也说："是时既灭两越，越人勇之乃言：'越人俗鬼，而其祠皆见鬼，数有效。'"勇之是越巫。班固的《汉书·武帝纪》、张衡的《西京赋》都记录了他向汉武帝建议依照越俗营造建章宫以避火灾之事。"两汉时期，出身越地的很可能属于当地少数民族的巫者，曾经参与了文化重心地带社会史舞台上的表演。'越巫'曾经服务于汉王朝，担任高层神职人员。'越巫'也曾经作用于非常宽广的社会文化层面，对于民间信仰生活有长久的影响。"④赵晔所生活的东汉时期，谶纬学说大盛，深刻影响了当时的政治、社会和学术。巫文化也因谶纬的出现

① 杨伯峻译注：《孟子译注》，中华书局1960年版，第30页。
② 陈奇猷校注：《韩非子新校注》，上海古籍出版社2000年版，第447页。
③ 关于"機"，《说文解字》中有解释："機，鬼俗也，从鬼几声。"
④ 王子今：《两汉的"越巫"》，《南都学坛》（人文社会科学学报）2005年第1期。

而变得更加神秘。"它（巫文化）经过《易经》的归纳而升华为哲理，又经过'谶纬'而更富神秘色彩，再通过道教在民间广为传播，扩散到社会生活的各个方面。"① 赵晔生活在这样的文化土壤中，必然深受影响。《吴越春秋》不仅对《左传》《史记》中已有的神奇事件进行加工渲染，而且还增加了很多其他的神奇事件。

比如大禹故事。《越王无余外传》中将禹视为越国的始祖。但是关于越国始祖问题，史上至少有两种记载：一为越国是祝融之后，如《国语·郑语》中记载："祝融亦能昭显天地之光明，以生柔嘉之材者也，其后八姓；于周未有侯伯……融之兴者，其在芈姓乎？芈姓夔越，不足命也"；一为越国是大禹之后，如《史记·越王勾践世家》中载："越王勾践，其先禹之苗裔，而夏后帝少康之庶子也。"两者虽都是神话传说，但在秦汉时期，大禹的故事更具有普及性、通俗性、传奇性。最早的典籍《尚书·虞夏书》和《诗经·长发》《诗经·殷武》中都有关于大禹的神话传说。所以作者采纳了后者。将《吴越春秋》与《史记》中的大禹故事进行比较，可以发现，前者增加的神奇事件有：第一，鲧投水化黄熊而为羽渊之神；第二，釜山受天书明治水之道；第三，九尾白狐造反而娶涂山；第四，济江视察遇黄龙负舟；第五，治国有方、祥瑞并至；第六，驾崩后百鸟还为民田。受书治水、祥瑞征兆之类的事件明显受东汉谶纬学说的影响。受天书治水很容易让人联想到《易·系辞上》中的"河出图，洛出书，圣人则之。"河图、洛书象征圣人受命和太平理想，是汉代谶纬学说兴盛的思想传说根源。汉代出现了很多此类"受命神话"，有的是已有神话的改造，如伏羲、黄帝、尧、舜、禹等，有的是为了获得皇位而编造的。

祥瑞事件是谶纬学说的重要内容。虽然它早在《论语》中即有，如《子罕》中孔子曰："凤鸟不至，河不出图，吾已矣夫！"但真正把它上升到系统化、理论化的高度是董仲舒。他的天人感应思想为祥瑞灾异之说提供了理论根据。其后的谶纬学说就直接继承了这一思想。谶纬作者的想象力是十分神奇的，所以刘勰认为，"若乃羲农轩皞之源，山渎锺律之要，

---

① 史继忠：《巫文化对中国社会的影响》，《贵族民族研究》1997 年第 2 期。

白鱼赤乌之符，黄金紫玉之瑞，事丰奇伟，辞富膏腴，无益经典而有助文章"。①《吴越春秋》中的祥瑞事件很多。大禹治国有方，"凤凰栖于树，鸾鸟巢于侧，麒麟步于庭，百鸟佃于泽。"禹三十未娶，行到涂山时，有白狐九尾造访。禹认为是"王之证也"，于是娶涂山女子为妻。禹济江时，黄龙负舟，禹认为自己受命于天，黄龙是上天赐予他用的。九尾白狐和黄龙负舟事件可能采自于《吕氏春秋》②。百鸟还田则可能采自民间传说，表达了人民的美好愿望。郦道元的《水经注·渐江水》中载："昔大禹即位，十年，东巡狩，崩于会稽，因而葬之，有鸟来为之耘，春拔草根，秋啄其秽。"这个传说与吴越地区的鸟图腾崇拜有关。"我们可以看到从七千年前的河姆渡文化，历良渚文化，一直到春秋战国时期的吴越文化，我国长江下游宁镇地带、吴越地区遗存着大量的鸟图腾崇拜的史迹，崇鸟爱鸟也一直是这一地区古代文化的重要特色……它是该地区稻作农业文明历史长期发展和积累的结果。"③由以上分析可以看出，《吴越春秋》在叙述大禹故事时，追求故事的传奇色彩和审美价值。

《吴越春秋》中增加的神话传说除上述外，还有很多：如干将莫邪铸剑、剑匠杀子铸钩、湛卢之剑水行如楚、子胥文种俱化为涛神、处女试剑、袁公化猿、伍子胥南门显灵、公孙圣三呼三应、元常墓室飞沙、天生神木等传说。此外，《吴越春秋》中还有诸如占卜、详梦等事件，比如，子胥占卜得知若随使者去见其父必是死路一条，范蠡占卜得知夫差病愈的准确时间，公孙圣为吴王详梦断其身死国灭之灾等。诚如《四库全书总目》卷六六中关于《吴越春秋》（汉赵煜撰）的评说：

　　煜所述虽稍伤曼衍，而词颇丰蔚。其中如伍尚占甲子之日，时加于己；范蠡占戊寅之日，时加日出，有腾蛇青龙之语；文种占阴昼六阳昼三，有元武、天空、天关、天梁、天一、神光诸神名，皆非三代卜筮之法，未免多所附会。至于处女试剑、老人化猿、公孙圣三呼三应之类，尤近小说家言。然自是汉、晋间稗官杂记之体。徐天祐以为

　　① 黄霖编著：《文心雕龙汇评》，上海古籍出版社2005年版，第23页。
　　② 前者今本《吕氏春秋》不载，见《艺文类聚》卷七九，亦见于《天平预览》卷五七一，后者见《吕氏春秋·恃君览》，两者所记基本相同。
　　③ 史延延：《鸟图腾崇拜与吴越地区的崇鸟文化》，《社会科学战线》1994年第3期。

不类汉文，是以马、班史法求之，非其伦也。天祐注于事迹异同颇有
考证，其中如季孙使越、子期私与吴为市之类，虽犹有未及详辨者，
而原书失实之处，能纠正者为多。其旁核众说，不徇本书，犹有刘孝
标注《世说新语》之遗意焉。

《吴越春秋》的叙事与"马、班史法"是不同类的。它包含着众多的
"失实之处"，其中像处女试剑、老人化猿、公孙圣三呼三应之类的神奇
事件，充满了想象与虚构的成分，鲜明地体现了其叙事的文学性——
"贵幻""传奇"。

二　叙事时间和结构

《吴越春秋》叙事文学性的增强不仅体现在叙事内容上的虚构色彩，
还体现在叙事话语的改变，主要表现在叙事时间和叙事结构的处理上。它
一方面保留了史传叙事的痕迹；另一方面又显示出欲从史传中挣脱而去的
趋势。

从叙事时间上看，《吴越春秋》总体上仍保留了史传依时叙事的体
例，从吴越两国的起源开始，一直写到灭亡，中间凡是涉及朝代更替的大
事，则必定交代一番。但是，它在叙事时距上却显示了鲜明的文学色彩。
凡是叙事，必然要涉及时间问题，而且是两个时间概念——故事时间和叙
述时间，分别处于故事层面和话语层面。前者指事件发生所需的实际时
间，后者指叙述这个事件所花的时间，通常以文本的篇幅来衡量。时距就
是为了研究故事时间与叙述时间的关系提出的概念。最早的研究者是热奈
特。他用 TH 指故事时间，TR 指叙事时间，将其分为四种[①]：

停顿：$TR = n$，$TH = 0$。故：$TR \infty > TH$

场景：$TR = TH$

概要：$TR < TH$

省略：$TR = O$，$TH = n$。故：$TR < \infty TH$

---

① ［法］热拉尔·热奈特：《叙事话语　新叙事话语》，中国社会科学出版社 1980 年版，第
60 页。

　　综观史传的叙事时间，可以发现，由于史传涉及的故事时间非常漫长，所以它必然只能以概要式叙述为主，场景和停顿都很少。《穀梁传》成公元年中有一段叙述，"冬，十月。季孙行父秃，晋郤克眇，卫孙良夫跛，曹公子手偻，同时而聘于齐。齐使秃者御秃者，使眇者御眇者，使跛者御跛者，使偻者御偻者。萧同侄子处台上而笑之。"[①] 这有点近似于场景式叙事，但即使是这样，史学家刘知几也斥其太烦，认为以"各以其类逆"一句话就足可以概括"使秃者御秃者，使眇者御眇者，使跛者御跛者，使偻者御偻者"四句。从历史叙事来讲，这样的简化无可厚非。但若从文学叙事来讲，则会降低其形象性及审美功能。

　　文学叙事，必须创造出可以乱真的"第二自然"。"所谓'第二自然'就是指它所描绘出来的酷似真实生活的场景、事件过程和栩栩如生的人物形象"[②]。要达到这个目的，在叙事时间上就必须大量使用场景式叙述，减少概要式叙述。"等述（即场景）具有时间的连续性和画面的逼真性等特征，它主要用于表现人物在一定时间、空间的活动，构成一种戏剧性场面。"[③]《吴越春秋》正是在这一点上显示了它从史传中的剥离之势。现将其各章节的故事时间和叙事时间（以 word 版显示的字数来衡量）进行比较：

　　第一卷《吴太伯传》，从周的始祖后稷诞生到寿梦立，故事时间极长，无法算清。字数约为 1200。

　　第二卷《吴王寿梦传》，从寿梦元年到王僚立为吴王，故事时间为 59 年。字数约为 1100。

　　第三卷《王僚使公子光传》，从王僚二年到十三年，公子光弑僚自立，故事时间为 12 年。字数约为 4700。

　　第四卷《阖闾内传》，从阖闾元年到十年，故事时间为 10 年。字数约为 9000。

　　第五卷《夫差内传》，从夫差十一年到二十三年，故事时间为 12 年。字数约为 9100。

---

①　（晋）范宁集解，（唐）杨士勋疏：《春秋穀梁传注疏》卷第六，见李学勤主编《十三经注疏》，北京大学出版社 1999 年版，第 212 页。

②　董乃斌：《中国古典小说的文体独立》，第 182 页。

③　[法] 热拉尔·热奈特：《叙事话语　新叙事话语》，第 76 页。

　　第六卷《越王无余外传》，从大禹出生到越王元常，故事时间极长，无法算清。字数约为 2300。

　　第七卷《勾践入臣外传》，从勾践五年到七年，故事时间为 3 年，字数约为 5500。

　　第八卷《勾践归国外传》，从勾践七年到九年，故事时间为 3 年，字数约为 2900。

　　第九卷《勾践阴谋外传》，从勾践十年到十三年，故事时间为 4 年，字数约为 5200。

　　第十卷《勾践伐吴外传》，从勾践十五年到二十七年，故事时间为 13 年，字数为 7600。

　　从以上的粗略统计中可以看出，《吴越春秋》对于叙事时间的处理，既保留了史传叙事的痕迹，又显示了文学叙事正逐步从史传中挣脱的趋势。卷一、二、六写吴国越国早期的历史，作者选择了概述，所以其叙事时间非常短暂。卷三、四、五、七、八、九的叙事时间较长，最长的是《勾践入臣外传》，主要写了三个事件：

　　君臣饯别（2400 余字）：文种祝词，越王"仰天太息，举杯垂涕，默无所言"，文种再祝词；越王请大夫扶同、苦成、文种、范蠡、计倪评论自己遭辱之事，并一一应答；越王请皋如、曳庸、计倪等对诸大夫陈述自己的情况，将国事分别委托于他们；越王夫人据船而哭，见乌鹊啄江渚之虾而歌。

　　入吴为臣（2800 余字）：吴王不听伍子胥之谏，赦免越王，令其驾车养马，秘于石室之中；越王招降范蠡，范蠡不肯，于是与越王同入石室；越王与夫人素衣素食为仆三年，吴王登台而望其"君臣之礼存，夫妇之仪具"而感伤，太宰嚭趁机劝谏，吴王决定赦免越王，伍子胥坚决反对，太宰嚭则劝吴王施行仁德，吴王答应等自己的病好了就赦免他；越王求见吴王，尝其粪后说其病将在三月壬申日痊愈，吴王大悦，赞其"仁人"；吴王病愈，念越王之忠，文台纵酒，伍子胥不陪坐，太宰嚭谗言，越王君臣为吴王祝寿，吴王大悦；明日，伍子胥再次进谏，陈述赦免越王将的后果，吴王不听，赦越王。

　　越王归国（300 余字）：告别吴王，至渡口，"仰天而叹，泪下沾襟"，与范蠡感慨万端，至浙江之上，"望见大越，山川重秀，天地再清"。举国庆贺。

君臣饯别叙事完全场景化，故事时间很短，而叙事时间很长，通过此种叙事策略来突出越国君臣情深，同心同德，为越国日后的崛起作了铺垫。越王夫人之歌渲染了离别的氛围，极具抒情意味。入吴为臣故事时间为三年，它的时间标示按叙事顺序为：于是入吴，见夫差——三月，吴王召越往见——越往服犊鼻……三年……吴王登远台——后三月，乃择吉日而欲赦之——后一月，越王出石室——越王明日谓太宰嚭曰——其后，吴王如越王期日疾愈——明日，伍子胥入谏曰——于是遂赦越王归国。由以上可见，文章非常注意叙事的节奏，张弛有致。概述的部分很少，只用了22个字概述勾践在吴国三年的生活。其余都是场景叙事。而且其场景具有强烈的戏剧性。因为它多是围绕吴王、伍子胥、太宰嚭三人对越王是赦是杀问题的矛盾冲突展开。伍子胥主张诛杀，太宰嚭由于曾受贿赂，所以总是抓住一切机会为越王求情，夫差则经历了一番思想斗争，先是犹豫，后被越王言行感动，终于决定赦免越王。越王归国事件中，越王至三津之上仰天长叹，至浙江之上望见大越山川重秀掩面涕泣，这样的叙事方式都是纯粹文之笔也。

在叙事结构上，《吴越春秋》既有史传的痕迹，又显示出挣脱史传向文学靠近的趋势。从表层结构来看，《吴越春秋》是此前史书三大体例，也即国别体、编年体、纪传体的一次大融合。首先，它分国记事，叙述了吴越两国的历史。其次，它依照编年体的体例，依时叙事。最后，它分卷布局，每一卷都是一个帝王的传记，记录了他从生到死的人生轨迹。但是，如果深入细读文本，就可以发现，在其史书体例的表象下隐藏的却是一条文学叙事的暗流，即以核心事件为线索来结构全篇。

上卷中的卷三、卷四、卷五虽名为历代吴王传记，但贯穿其中的核心线索却是伍子胥复仇、忠而被杀的故事，所以其事件的选择编排都围绕它进行。比如，《王僚使公子光传》几乎就是伍子胥传。全篇约4680余字，关于伍子胥的约3700字，详细地叙述了伍子胥奔吴的原因、过程。文章先从伍子胥的祖父伍举之事写起。楚庄王沉湎于酒色，不理朝政。伍举以隐语巧谏，庄王自此发愤图强，遂称霸天下。庄王卒，灵王即位，建章华之台，伍举直谏，庄王从。楚平王时，伍子胥之父伍奢为太子太傅，费无忌为少傅。因平王娶妃之事，伍奢及其长子伍尚遭费无忌谗言陷害至死，伍子胥逃亡。这其中详细叙述的事件有：使者之诈，伍子胥与伍尚的谈话，奔宋路遇申包胥，与太子建奔郑，与建之子胜奔吴，使诈过昭关，渔夫夜渡，击绵女馈饭，见公子光，退耕于野，荐专诸，闻楚平王卒而坐泣于室，说服光趁吴兵在楚不得还之机刺杀王僚。如果将其与《左传》昭公二十三年的叙述相比，可以发现，关于吴王僚统治时期，发生的大事件还有很多，比如吴人伐州来，公子光献策，战于鸡父，大败顿、胡、沈、蔡、陈、许之师等。但是，因为它们与伍子胥无关，所以作者均未选载。伍子胥复仇、忠而被杀这条线索一直贯穿在其后的《阖闾内传》《夫差内传》中，从中可见作者选择事件的倾向性及其讲述忠臣衔冤故事的目的。

　　《吴越春秋》下卷叙述越国的兴亡史，但并非依时序事，而是以勾践复国事件为核心。卷六《越王无余外传》与卷七《勾践入臣外传》之间的时间并不衔接。勾践入臣是从勾践五年五月开始写起。据《左传》和《史记·越王勾践世家》记载，此前发生的与此相关的事件有：勾践元年，阖闾伐越，越王勾践败吴，阖闾伤足而死；勾践三年，春，伐吴。吴王夫差败越，吴军入越，勾践以余兵五千栖于会稽山，使大夫文种通过太宰嚭向吴王求和，勾践愿入吴为臣。三月，吴与越和。这些具有重要历史意义的事件在本文中都被省去了。作者把重心放在越王与众大夫临水祖道告别场景的大力渲染上，一方面，表现了越王悲伤中不失斗志；另一方面，表现了越国君臣之间的深情厚谊，这两点都为日后越国的崛起埋下了伏笔。越王入吴为臣后，在对待越王是杀是赦问题上，吴王、伍子胥、太宰嚭三人之间展开了激烈的矛盾冲突，故事就是在这个冲突中推进。董乃斌认为唐传奇标志着中国小说文体的独立的主要原因有六个，其中一个即是"戏剧因素的介入"。[①]《吴越春秋》的作者已经开始有意识地围绕冲突来选择事件、编排事件，体现了叙事文学性的增强。

　　《吴越春秋》结构上的文学化除了体现在以核心事件贯穿全篇外，还体现在前后文的互相照应、严谨有致上。卷三有一段叙述，"十二年，冬，楚平王卒。伍子胥谓白公胜曰：'平王卒，吾志不悉矣！然楚国有，吾何忧矣？'白公默然不对。伍子胥坐泣于室。"吴王僚十二年，作者仅写了这一件事，而且这个细节描写纯属想象，其作用是为了表现伍子胥内

心的仇恨之深，为卷四中的掘墓鞭尸作好铺垫。卷三中叙述了伍子胥遇害
逃亡时受渔父、击绵女之恩的故事，卷四中则以渔父之子退兵、投金漂水
之事与它呼应。卷四中作者在叙述完白喜奔吴时间后，宕开一笔，叙述吴
大夫被离与伍子胥的谈话：

> 吴大夫被离承宴，问子胥曰："何见而信喜？"子胥曰："吾之怨
> 与喜同。子不闻河上歌乎？同病相怜，同忧相救。惊翔之鸟，相随而
> 集；濑下之水，因复俱流。胡马望北风而立，越燕向日而熙，谁不爱
> 其所近，悲其所思者乎！"被离曰："君之言外也，岂有内意以决疑
> 乎？"子胥曰："吾不见也。"被离曰："吾观喜之为人，鹰视虎步，
> 专功擅杀之性，不可亲也。"子胥不然其言与之俱事吴王。①

这个事件以场景化叙述方式插入，一方面表现了伍子胥被报仇之心蒙
蔽了眼睛，看不清白喜的真面目，也听不进被离善意的劝言；另一方面也
为卷五中白喜谗言伍子胥埋下了伏笔。可见，《吴越春秋》叙事注重前后
文结构上的互相照应，使叙事显得完整连贯。

三 人物的功能与形象

《吴越春秋》标志着文学挣脱史学走向独立的趋势，被视为历史演义
小说的滥觞，与它在人物系统的建构和形象塑造上所取得的成就有密切关
系。一方面，它较多地继承了此前的史传，尤其是《史记》的写人艺术；
另一方面又有所突破和创新，是从历史到文学的发展过程中人物塑造艺术
的一次飞跃。

1. 人物系统的建构

每一部成功的叙事作品，其人物都是一个完整的系统。人物之间互相
联系，互相作用，形成特定的关系网。各个人物处于不同的位置，执行自
己特定的功能，协同完成作品思想意旨的传达和审美品质的建构。张竹坡
评点《金瓶梅》时就非常注重人物之间的有机联系及其功能。他虽没有

---

① （汉）赵晔撰，吴庆峰点校：《吴越春秋》，齐鲁书社 2000 年版，第 29 页。本书以下所
有《吴越春秋》的引文均来自于此书，不另注。

明确提出人物系统的概念，但却有此思维，比如："未出金莲，先出瓶儿；既娶金莲，又出春梅；未娶金莲，却先娶玉楼，未娶瓶儿，又先出敬济。文字穿插之妙，不可名言。若夫夹写惠莲、王六儿、贲四嫂、如意儿诸人，又极尽天工之巧矣。"①"写宋蕙莲、王六儿，亦皆为金莲写也。写一金莲不足以尽金莲之恶，且不足以尽西门、月娘之恶，故先写宋蕙莲，再写王六儿，总与潘金莲一而二、二而三者也。"② 从其评点中可知，一部优秀的小说，其人物关系设置是独具匠心的。

《吴越春秋》所涉及的人物达一百八十余位，将其与《左传》《史记》比较可以发现，其中的绝大多数人物都有历史原型，属于摹本人物或者部分虚构的人物③。有一些人物如干将、莫耶、钩师、越处女、袁公、击绵女、滕玉、太子友、公孙圣、要离等，史书上无记载，尽管别的书如《说苑》《韩诗外传》《吕氏春秋》《越绝书》等有所涉及，但这些书的真实性是无法与史书相比的，所以可将其归为全然虚构的人物。这些人物摆脱了历史事实的拘囿，完全是由作者自由设置的，最能体现作者在人物系统构建中的艺术匠心。他们具有多种功能，比如：

第一，衬托主要人物。人物系统中人物有主次之分，次要人物往往是用来衬托主要人物的。太子友、公孙圣，就是为表现夫差而设置的。夫差赐死伍子胥后，再次伐齐。"恐臣复谏，乃令国中曰：'寡人伐齐，有敢谏者，死！'"太子友就是在这种形势下以"螳螂捕蝉，黄雀在后"的隐语劝谏夫差的。这个故事可能来自于对《说苑·正谏》中同类故事的改编。《说苑》中的谏者为舍人的少孺子，夫差最终听从了谏言，罢兵休战。《吴越春秋》把谏言之人由少孺子改为太子友，把故事结果改为夫差没有听从谏言。这些变动都是为了更充分地表现夫差的刚愎自用，一意孤行，为其最后的灭亡作了铺垫。再如公孙圣，夫差决定兴兵伐齐，经过姑胥台。白天他在姑胥台上假寐，做了一个怪梦，醒后叫来太宰嚭为之占梦。太宰嚭认为此梦预示着伐齐将会成功，是个吉祥之兆。夫差虽然很高

---

① 张竹坡：《批评第一奇书金瓶梅读法》，见《金瓶梅》，齐鲁书社1991年版，第25页。
② 张竹坡：《金瓶梅寓意说》，见《金瓶梅》，齐鲁书社1991年版，第13页。
③ 傅修延在《讲故事的奥秘——文学叙述论》中根据叙述中虚构成分的多寡及"可能"的程度将人物分为摹本人物、部分虚构的人物、全然虚构的人物、非常的虚构人物四类，见该书237页。

兴，但还是有点不安。于是又召王孙骆占梦。王孙骆遂向他推荐了公孙圣。公孙圣虽然明知自己讲真话的结果是死路一条，但还是直言相告，认为此梦预示着吴国将为越国所灭，劝夫差按兵修德，无伐于齐。夫差勃然大怒，命令力士用铁锤击杀公孙圣。公孙圣临死前要求夫差把他带到深山，等以后相会时他会发出声响。夫差虽然答应了他的请求，但又恶言诅咒他。公孙圣死后，夫差出兵伐齐。数年后，勾践伐吴，夫差兵败而逃。到达馀杭山时，腹馁口饥，不得不食生稻、生瓜，应了公孙圣不得火食之言。至此心生悔意，念起公孙圣，向着余杭山三呼"公—孙—圣"，果然三呼三应。夫差悔恨至极，仰天呼曰："寡人岂可返乎？寡人世世得（事）圣也。"作者设置公孙圣这个人物，自始至终都是为了表现夫差的。夫差临伐齐前做梦，表明他内心的忧虑。但是当公孙圣向他直言伐齐后果后，他不愿面对现实，认为自己乃天之所生，神之所使，不会失败，所以残忍地杀害了公孙圣，表现了他的狂妄自大、一意孤行、凶残暴戾，预示着其日后必然灭亡的命运。等到真的兵败，夫差又真诚地痛悔不听公孙圣之言，表现了其性格的复杂的另一面。

第二，传递故事动力。有些次要人物在故事中具有传递故事动力、推动故事前进的作用。比如阖闾的女儿滕玉她与阖闾及其夫人一起用餐吃鱼时，阖闾把吃了一半的鱼给她吃。她认为这是父亲在侮辱他，怨而自杀。阖闾非常悲痛，不仅用大量珠宝玉石为滕玉陪葬，而且还以舞白鹤为饵，让百姓前去观赏，然后将他们诱入墓道活埋，为其陪葬。作者在此处设置这个人物的目的，不是为了塑造滕玉这个形象自身，而是一方面为了衬托阖闾的凶残暴戾，另一方面传递故事动力，推动故事发展。正因为阖闾的凶残暴戾至此，湛卢宝剑才"水行如楚"。阖闾闻楚王得剑后大怒，于是发兵攻打楚国，引发吴楚大战。

这些虚构人物在故事中只出现一次，类似于《左传》中的闪现型人物，但两者的不同在于：前者处在一个人物系统中，是整个系统中的一个有机组成部分，它对主要人物的衬托作用、对故事的推进作用大于其形象本身的意义；后者是孤立的个体，与其他人物之间没有多少联系。作者之所以写这个人物，是因为他的行为彰显或违背了礼的思想。比如石碏，他大义灭亲，为了国家利益，不惜杀死自己的儿子。石碏这个人物的意义就在于其行为本身符合史传作者所要宣扬的礼的思想。介之推不言禄，与母亲隐居深山至死，他的行为表现了忠于国家、不计报酬、重义轻利的高洁品质，这就是其人物形象的意义所在。

2. 个性化人物的塑造

个性化人物是一部好小说不可缺少的要素。《吴越春秋》是史与文的过渡之作。它没有完全摆脱历史叙事的藩篱，其中的人物形象有的也很单薄。但是，伍子胥、勾践、夫差的塑造是比较成功的，尤其是伍子胥。

朱光潜在综合了黑格尔等人关于艺术典型研究成果的基础上，提出典型人物应具有三大特征："第一是丰富性，'每个人都是一个整体，本身就是一个世界，每个人都是一个充满的有生气的人，而不是某种孤立的性格特征的寓言式的抽象品'"；"第二是明确性。一个有血有肉的人在性格上是丰富的多方面，但是在这些多方面之中'应该有一个主要的方面作为统治的方面'"；"第三是坚定性。即人物须始终是一致地忠实于自己的情致"。① 以此标准观察《吴越春秋》中的伍子胥，可以发现其已经具有典型人物的特征。

史书关于伍子胥的记载，最早见于《左传》，其记载的事件如下：因父亲被谗言陷害而逃亡；奔吴，察公子光之志，荐专诸，耕于野；向阖闾献伐楚之策，吴师因此大胜，伍子胥被重用；谏吴王不能与越和，不听；吴伐齐，越率众以朝，再谏，王不听，便属其子于鲍氏，王闻之，赐剑以死；将死，曰："树吾墓梓，梓可材也。吴其亡乎。"《左传》以记事为目的，事件散见于各年中，而且叙述又极其俭省，只简要地记载了人物的行动和言语，虽然从这些事件也可读出伍子胥的人格特征，如坚韧、隐忍、有治国治军之才、忠贞、耿直，但形象并不鲜明。《国语》为记言体，其《吴语》《越语》中记载了伍子胥的几次进谏之言，但无助于人物形象的立体化、鲜活化。其后，伍子胥故事在《韩非子》《吕氏春秋》《说苑》等作品中得到进一步丰富和发展，增加了过关索珠、用计胜楚、渔父助渡、入郢鞭坟等事件。这些分散在各部书中的事件在《史记·伍子胥列传》中得到一定程度的整合，伍子胥的形象也首次得到集中鲜明地呈现。由于司马迁欲借伍子胥故事以明己之志，突出的是其"弃小义，血大耻，名垂于后世""隐忍以就功名"的烈丈夫的形象，所以在选择事件时略去

---

① 朱光潜：《西方美学史》（下册），人民文学出版社 1999 年版，第 708 页。

了伍子胥为吴王出谋败楚之类的事件，对能表现其坚忍性格和复仇精神的事件进行了增饰，如逃亡途中的乞食、掘墓鞭尸复仇等。但《史记》毕竟是史官所为，在实录精神的指导下，无论是对事件的选择还是叙述，都只能在非常有限的范围内施展"诗心"。至《吴越春秋》中，伍子胥的性格的丰富性、鲜明性都有了一个很大的变化，主要表现在：

第一，主导人格特征非常鲜明。《吴越春秋》中的伍子胥，前期是复仇者形象，后期是忠而被杀的忠臣形象，而且后者胜过前者。为了突出这两个最主要的人格特征，作者一方面增加很多事件，比如，为表现伍子胥的复仇精神增加的事件有：逃亡时，"子胥行至大江，仰天行哭林泽之中，言：'楚王无道，杀吾父兄，愿吾因于诸侯以报雠矣，'"；到达吴国后，"乃被发佯狂，跣足涂面，行乞于市"；闻楚平王卒，"谓白公胜曰：'平王卒，吾志不悉矣！然楚国有，吾何忧矣？'白公默然不对。伍子胥坐泣于室"，等。另一方面，对史有所载事件进行渲染增饰，比如伍子胥与伍尚的对话、伍子胥路欲申包胥、渔父助渡、击绵女给食、入郢鞭尸等。关于伍子胥入郢后是鞭尸还是鞭坟，史上两种说法都有。《吕氏春秋·首时》《谷梁传·定公四年》《淮南子·泰族训》《说苑·奉使》均是鞭坟说，《史记》则首创鞭尸说。《吴越春秋》选择了鞭尸说，因为这更能表达伍子胥的复仇精神。《史记》所述比较简单："掘平王之墓，出其尸，鞭之三百，然后已。"《吴越春秋》则加以增饰。"伍胥以不得昭王，乃掘平王之墓，出其尸，鞭之三百，左足践腹，右手抉其目，诮之曰：'谁使汝用谗谀之口，杀我父兄，岂不冤哉？'"鞭尸场景的描画栩栩如生。

其次，次要人格特征很丰富。在伍子胥的复仇和尽忠事件中，其主要人格特征得到充分表现，比如隐忍、坚毅、忠贞、耿直、刚烈。如果仅此而已，那么伍子胥的形象很鲜明，但不够丰富，人物尚显得不够有血有肉，还不能成为一个具有典型性的人物。所以，作者在突出伍子胥主要人格特征的同时，还通过多个事件及细节丰富其次要人格特征，使其成为"一个充满的有生气的人"。比如渔父助渡事件，当渔父为其回家取饭食时，"子胥疑之，乃潜身于深苇之中。有顷，父来，持麦饭、鲍鱼羹、盎浆，求之树下，不见，因歌而呼之，曰：'芦中人，芦中人，岂非穷士乎？'如是至再，子胥乃出芦中而应。"离开渔父时，"诚渔父曰：'掩子之盎浆，无令其露。'"乞食击绵女事件中，"子胥已餐而去，又谓女子曰：'掩夫人之壶浆，无令其露。'"这些都表现了伍子胥的谨慎、稳重。后来，伍子胥引军击郑。郑献公大惧，在国中招募退兵者，渔夫之子应募。子胥军至，渔夫之子扣桡而歌"芦中人"，并乞求其保全郑国。"子胥叹曰：'悲哉！吾蒙子前人之恩，自致于此。上天苍苍，岂敢忘也？'于是乃释郑国，还军守楚，求昭王所在日急。"这件事表现了伍子胥言而有信、知恩图报的人格特征，丰富了人物的形象。

伍子胥的形象在《吴越春秋》中基本定型。后世关于伍子胥的文学文本如唐代《伍子胥变文》，元杂剧高文秀的《伍子胥弃子走樊城》、郑廷玉的《采石渡渔父辞剑》、吴昌龄的《浣纱女抱石投江》、李寿卿的《说诸伍员吹箫》，明代传奇戏曲中邱浚的《举鼎记》、梁辰鱼的《浣纱记》，明代小说《东周列国志》清代戏曲《清蒙古车王府藏曲本·吴越春秋》等，包含伍子胥故事的文本，都基本沿袭了《吴越春秋》的创造。

勾践也是《吴越春秋》中一个具有较高审美价值的人物形象，属于刘再复所说的"层递型"人物，其性格具有丰富性和发展变化性。勾践入吴为臣时心灰意冷，临水祖道君臣告别，在众大夫的劝慰与鼓励下，他颓唐丧气的内心才又升起了希望，故闻夫人怨歌后，发出了"孤何忧？吾之六翮备矣"的感慨。在吴国三年，忍辱负重，"越王服犊鼻，樵头夫人衣无缘之裳，施左关之襦。夫斫锉养马，妻给水、除粪、洒扫。三年不愠怒，面无恨色。"其毅力可谓惊人。为了取得夫差的信任，夫差生病，他竟然亲尝其粪以预言病愈之日。此举让吴王大为感动，赞其为"仁人也"。勾践的命运也因此获得了关键性的转折，从阶下囚变为了座上宾，并最终得以归国。归国后的勾践开始实施其复国之志，他一边卧薪尝胆，礼贤下士，内修其德，外布其道，暗地里富国强兵，同时使用各种阴谋削弱吴国实力，如献名山神木使之起宫室，导致吴国"民疲士苦，人不聊生"；献西施、郑旦二美女惑乱君王之心；故意谎言年毂不登向吴请籴，第二年"拣择精粟而蒸还于吴……于是吴种越粟，粟种杀而无生者，吴民大饥"。经过二十年的隐忍图存，终于一举消灭吴国。灭吴之后，勾践性格中的另一面表现出来了，残忍、阴鸷、猜忌多疑、刻薄寡恩，诚如范蠡之言："夫越王为人，长颈鸟啄，鹰视狼步。可与共患难，而不可共处乐；可与履危，不可与安。"越王称霸后，范蠡自行隐退，而文种不听其劝，贪恋权势，结果落得个赐剑而亡的可悲结局。勾践的性格特征经历了从忍辱负重、发愤图强到残忍阴鸷、刻薄寡恩的变化，是一个独具个性的人物。

夫差的性格也有特色。总体来说，他是个反面角色，残忍暴虐、刚愎骄纵是其最突出的人格特征。伍子胥不仅在伐楚、壮大吴国中功劳卓著，而且是助夫差顺利登上王位的关键人物。但是在勾践之事上，他听信太宰嚭谗言，不能容忍伍子胥的直言进谏，竟然赐剑令其自裁，并"取子胥尸盛以鸱夷之器，投之于江中……即断其头，置高楼上……乃弃其躯，投之江中"。公孙圣详梦不合其意，他"闻之索然作怒，乃曰：'吾天之所生，神之所使。'顾力士石番，以铁锤击杀之"。但作者并没有让夫差的性格单一化，而是在突出其恶的一面的同时，还写出了其善的一面。比如越国请籴时，他慷慨借粟万石，理由是"越王信诚守道，不怀二心，今穷归愬，吾岂爱惜财宝，夺其所愿？""勾践国忧，而寡人给之以粟，恩往义来，其德昭昭，亦何忧乎？"从这些言语中可见夫差也有仁义之心。他赐死伍子胥后，听了王孙骆的一番真言，又很后悔，很悲伤，欲杀太宰嚭。王孙骆认为现在杀太宰嚭只会让他再失一位大臣。他便依其所言，饶恕了太宰嚭。军败将死之时，他不接受勾践的怜悯，不愿意苟且偷生，宁愿伏剑自杀，并在临死前表现出知耻之心。由此可见，夫差的性格虽不如伍子胥、勾践鲜明突出，但其性格内部出现了矛盾对立的因素，显示了《吴越春秋》在人物塑造上的进步。

结　　论

中国的史官文化源远流长，"史贵于文"的观念由来已久，史传也因此而成为中国叙事文学的重要源头。特别是先秦时期，文史不分，史家之文，既不独属于史，也不独属于文，而是史与文共处的母体。史传处于中国叙事史的拓荒阶段，生产了文学叙事的可能性和规则，后世文学叙事的诸多要素的根都在史传中。以上各章系统地研究了史传叙事范型的具体内涵，梳理了史传培育的各种叙事要素在文学中的传承与演变的轨迹，现将在史传影响下形成的中国特色的文学叙事理论总结如下：

第一，史传"彰善瘅恶，树之风声"的教化目的决定着其特殊的叙事模式、叙事策略、人物形象等叙事要素的产生。这些要素在进入文学领域后，其形式和功能都会发生一定程度的变化。

孔子修《春秋》，自称"知我者其惟《春秋》乎！罪我者其惟《春秋》乎！"，可见其在客观叙述中确实寄寓着主观意旨，叙述之外包含着叙述，目的是为了实现彰善瘅恶的教化目的。后人将其修《春秋》的笔法称之为"春秋笔法"。它通过用字遣词、选择与隐含法则不一致的事件、叙述事件时对某些信息进行省略、歪曲等方式在显性文本中制造各种矛盾、空白等，以传达"春秋大义"。"春秋笔法"对后世文学叙事影响深远。在明清小说评点中，常作为"隐含的叙述"的同义语被广泛使用，其内涵分化为隐含的叙述比外显的叙述更丰富和隐含的叙述否定外显的叙述两种。

史传的教化功能要求其叙事里有权威性、客观性。所以，它必须采用上帝般无所不知的全知视角，而又尽量不透视人物的内心世界。但是，史传中极少数地方也出现了一些叙事视角的变体，成为文学叙事视角多样化的先声。史传叙事，为了"控制释义的播撒"，维护文本意向的稳定性，叙述者频繁地实施干预功能。干预主要发生在故事层面，包括解释性干预和评论性干预两种，后者的典型表现形式是"君子曰"。它成为后世文学中叙事干预的原型，话本小说中的"诗赞曰""诗云"都是它的变体。由于人物外貌无关乎史传彰善瘅恶的教化目的，所以它很少被关注，而最能彰显人物善与恶的行动则成为叙述的重心，造成了史传"行动＞性格"的叙事特点。人物行动是叙述的目的，人物性格只是行动的副产品，再加上史传叙事不能透视人物内心世界、属于事后叙述等因素，导致了史传中的人物形象以单一型和向心型为主，而且有明显的善恶二元化倾向，对后世文学有一定的负面影响。

　　第二，史传诞生于先秦时期，其特定的时代文化背景促成了某些特殊的叙事倾向与叙事艺术的形成。

　　人类社会的早期，生产力不发达，人们对世界的认知能力非常有限，所以虽然史官以实录为原则，但对于何为"实"何为"虚"的认识却与今天的人们有很大不同。因此，史传中记录了很多具有神话色彩的历史传说、民间故事、天命鬼神、灾异祯祥、卜筮梦兆等。这与史出于巫的文化传统和口耳相沿的传播方式也有关。这些神奇事件一方面培育了人们的虚构思维、虚构能力，虽然是无意识的；另一方面，培养了人们对于神奇怪异事件的浓厚兴趣。中国的古小说，作为"史氏流别"；就是从搜奇列异的志怪小说开端的，而且这种尚奇的倾向在很长一段时间内影响着叙事文学的创作方向。此外，预叙在西方小说中罕见，而在中国小说中却非常普遍，这与史传，特别是《左传》这个源头有关。《左传》中的预叙包含着一种叙事模式，即"预言—行动—应验"，而这种模式又是春秋时期发达的预占文化的产物。它最初只是对实现了的预占过程本身的记录。所以，它是叙事内容，不是叙事策略，其目的是教化，而不是审美。这些预叙都发生在故事层面，它进入文学叙事后，无论是形式还是功能都发生了变化，并且在宋代话本小说中大量地出现了另一种形式的预叙，即发生在话语层面的预叙。

　　第三，史传以实录为叙事原则，这决定着由它开启的中国文学叙事与以虚构性的史诗为源头的西方文学叙事的不同。

　　史传的体裁性质属于纪实型，纪实是其接受方式的社会文化的规定性特征。作为文学叙事的源头，它使中国文学中的纪实型叙事比虚构型叙事优先发展，不仅推动了笔记小说、传记文学这两个纪实型文类的产生和繁荣，促成了踵事增华的创作思维的出现，而且在叙事艺术上看，培育了国人对纪实型叙述的浓厚兴趣，使后世文学在很长时间内都以"拟事实"叙述为最高追求。小说在古代地位低下，常有稗史、逸史之称。这使它总是竭力仿效史书，表现在形式层面上，如全知叙事视角的运用，从不静态描摹人物的内心世界；行文结构上模仿编年体，有着浓厚的"以事系日"情结，常在叙述中标出明确的时间刻度，即使无事可书时也要借叙述者之口加上一句"一夜无话"这样的字眼；受纪传体的影响，喜欢以人名为篇题，有很多甚至直接就以"某某传""某某记"为题，叙述时喜欢采用人物传记的模式。当然，最明显的"拟事实"叙述追求表现在魏晋志怪小说集的作者自序和唐传奇的末尾。作者们常通过多种方式强调自己所记乃实录之辞，这使实录由史传的"事件信息之真""事件意义之真"逐步演变为文学的"文本艺术之真"——作为一种修辞，成为作者劝服读者接受的一种叙事策略。

第四，虚构是文学叙事区别于历史叙事的重要特征。随着史传中虚构成分的逐渐增多，文学便从史学中剥离而去了。

青铜铭文、《春秋》《尚书》在貌似实录的叙述中存在着名不副实的成分，这种"伪事实叙述"显示了虚构叙事在史传母体中的萌动。《国语》《左传》《史记》中，虚构叙事在不断地生长，主要表现在卫星事件的虚构和言语的拟代上。前者表现在对事件的因果、事件的加工、记言与记事三个方面的灵活处理上，后者表现在私密之言和内心之言的想象虚拟上。史传中的内心之言的展示方式主要有两种，即"内心独白"和"心理叙述"。史家拟代之言的功能主要有弥缝断裂的事件因果链、塑造人物形象等。总体来说，历史叙事中的虚构和文学叙事中的虚构是"不尽同而可相通"。

在从历史虚构到文学虚构的发展过程中，杂史杂传有着重要的过渡意义。将《左传》中的晏子与《晏子春秋》中的晏子进行比较可以发现历史上的真实人物进入文学的可能世界后所发生的变化，其变化的途径有：强化主要人格特征，增加其他人格特征，民间想象中的神化倾向。《战国策》中存在着大量的增饰之辞和纯属虚构的拟托文。它们虽不是自觉的文学创作，却在无意中向文学走近了一步。特别是其中的拟托文，其虚构叙事发生的五种方式——附会、套括、仿改、缀辑、衍生，近乎涵纳了后世历史小说尤其是新历史小说的所有虚构叙事类型。《吴越春秋》被视为历史演义小说的滥觞，其创作的目的已从"贵真"渐趋"贵幻"，从为史传"信"渐趋为文传"奇"。它不仅对史实进行大量的增饰改铸，而且广采博纳了很多神奇怪异之事。在叙事时距上，出现了大量的场景化叙事。在叙事结构上，表层的史书体例下隐藏的是文学叙事的结构，即以核心事件为线索来贯穿全篇。注重人物系统的建构和个性化人物的塑造，其中的伍子胥已具有典型人物的特征。这些都使它鲜明地呈现出文学从史学中剥离的趋势。

　　史传作为中国文学叙事的重要源头，在中国叙事史上具有拓荒的意义。与神话、子书相比，它对后世文学叙事的影响更全面，更具体，既有叙事之"技"的层面，也有叙事之"道"的层面。史传所培育的众多叙事要素具有重要的创始价值，在后世文学中既有传承，又有演变，深深地影响了中国文学叙事传统的形成。

参考文献

一 古籍

（汉）孔安国传，（唐）孔颖达疏：《尚书正义》，北京大学出版社1999年版。

（汉）郑玄注，（唐）孔颖达疏：《礼记正义》，北京大学出版社1999年版。

（汉）公羊寿传，（汉）何休解诂；（唐）徐彦，疏：《春秋公羊传注疏》，北京大学出版社1999年版。

（汉）司马迁：《史记》，中华书局1959年版。

（汉）班固：《汉书》，中华书局1962年版。

（汉）许慎：《说文解字》，中华书局1963年版。

（汉）董仲舒：《春秋繁露》，上海古籍出版社1989年版。

（汉）赵晔撰，吴庆峰点校：《吴越春秋》，齐鲁书社2000年版。

（晋）陈寿：《三国志》，中华书局1959年版。

（晋）杜预集解：《春秋经传集解》，上海古籍出版社1988年版。

（晋）范宁集解，（唐）杨士勋疏：《春秋穀梁传注疏》，北京大学出版社1999年版。

（晋）干宝撰，汪绍楹校注：《搜神记》，中华书局1979年版。

（南朝梁）刘勰著，范文澜注：《文心雕龙》，人民文学出版社2006年版。

（南朝梁）刘勰著，刘永济校释：《文心雕龙校释》，中华书局1962年版。

（唐）刘知几撰，（清）浦起龙释：《史通通释》，上海古籍出版社1978年版。

（宋）黎靖德编纂：《朱子语类》，中华书局 1986 年版。

（宋）洪迈撰，孔凡礼点校：《容斋随笔》，中华书局 2005 年版。

（宋）李昉等编：《文苑英华》，中华书局 1966 年版。

（宋）真德秀编：《文章正宗》，影印文渊阁四库全书本，上海古籍出版社 2003 年版。

（明）胡应麟：《少室山房笔丛》，中华书局 1958 年版。

（明）施耐庵、罗贯中著，（清）金圣叹、李卓吾点评：《水浒传》，中华书局 2009 年版。

（明）罗贯中著，（明）毛纶、（清）毛宗岗点评：《三国演义》，中华书局 2009 年版。

（清）永瑢等撰：《四库全书总目》，中华书局 1965 年版。

（清）阮元校刻：《十三经注疏》，中华书局 1980 年版。

（清）刘熙载：《艺概》，上海古籍出版社 1978 年版。

（清）冯李骅等撰：《左绣》，《四库全书存目丛书》本，齐鲁书社 1997 年版。

（清）蒲松龄撰，张友鹤辑校：《聊斋志异》（会校会注会评本），上海古籍出版社 1978 年版。

（清）曹雪芹著，（清）脂砚斋批评：《〈红楼梦〉脂砚斋批评本》，岳麓书社 2006 年版。

（清）章学诚著，叶瑛校注：《文史通义校注》，中华书局 1985 年版。

（清）梁玉绳：《史记志疑》，中华书局 1981 年版。

二 古代文学研究

吴则虞：《晏子春秋集释》，中华书局 1962 年版。

钱锺书：《管锥编》，中华书局 1979 年版。

杨伯峻：《论语译注》，中华书局 1960 年版。

杨伯峻：《孟子译注》，中华书局 1980 年版。

缪文远：《战国策考辨》，中华书局 1984 年版。

梁启雄：《荀子简释》，中华书局 1983 年版。

许维遹：《吕氏春秋集释》，中国书店 1985 年版。

韩兆琦：《〈史记〉评议赏析》，内蒙古人民出版社 1985 年版。

徐旭生：《中国古史的传说时代》，文物出版社 1985 年版。

杨燕起等编：《历代名家评史记》，北京师范大学出版社 1986 年版。

何建章：《战国策注释》，中华书局 1991 年版。

苏兴：《春秋繁露义证》，中华书局 1992 年版。

董乃斌：《中国古典小说的文体独立》，中国社会科学出版社 1994 年版。

孙绿怡：《〈左传〉与中国古典小说》，北京大学出版社 1992 年版。

沈玉成、刘宁：《春秋左传学史稿》，江苏古籍出版社 1992 年版。

韩兆琦：《中国传记文学史》，河北教育出版社 1993 年版。

（韩）朴宰雨：《〈史记〉〈汉书〉比较研究》，中国文学出版社 1994 年版。

石昌渝：《中国小说源流论》，三联书店 1995 年版。

黄怀信：《逸周书校补注译》，西北大学出版社 1996 年版。

罗宗强：《魏晋南北朝文学思想史》，中华书局 1996 年版。

王锦贵：《中国纪传体文献研究》，北京大学出版社 1996 年版。

丁锡根编著：《中国历代小说序跋集》，人民文学出版社 1996 年版。

苗壮：《笔记小说史》，浙江古籍出版社 1998 年版。

梁启超：《中国历史研究法》，上海古籍出版社 2006 年版。

郭丹：《史传文学——文与史交融的时代画卷》，广西师范大学出版社 1999 年版。

陈奇猷：《韩非子新校注》，上海古籍出版社 2000 年版。

徐元诰：《国语集解》，中华书局 2002 年版。

何新文：《〈左传〉人物论稿》，中国社会科学出版社 2004 年版。

黄霖编著：《文心雕龙汇评》，上海古籍出版社 2005 年版。

安平秋等著：《史记通论》，华文出版社 2005 年版。

可永雪：《〈史记〉文学研究》，华文出版社 2005 年版。

王明信、可永雪：《〈史记〉人物与事件》，华文出版社 2005 年版。

张高评：《春秋书法与左传学史》，上海古籍出版社 2005 年版。

杨光熙：《司马迁的思想与〈史记〉编纂》，齐鲁书社 2006 年版。

朱东润：《八代传叙文学》，复旦大学出版社 2006 年版。

鲁迅：《汉文学史纲要》，人民文学出版社 2006 年版。

鲁迅：《中国小说史略》，浙江文艺出版社 2000 年版。

三　国外叙事学研究

爱·摩·佛斯特：《小说面面观》，苏炳文译，花城出版社 1984 年版。

韦勒克、沃伦：《文学理论》，刘向愚等译，江苏教育出版社 2005 年版。

W. C. 布斯：《小说修辞学》，华明等译，北京大学出版社 1987 年版。

罗伯特·休斯：《文学结构主义》，刘豫译，三联书店 1988 年版。

里蒙—凯南：《叙事虚构作品》，姚锦清等译，北京三联书店 1989 年版。

热奈特：《叙事话语新叙事话语》，中国社会科学出版社 1980 年版。

什克洛夫斯基等著：《俄国形式主义文论选》，方珊等译，三联书店 1992 年版。

亚里士多德：《诗学》，陈中梅译，商务印书馆，1996 年版。

浦安迪：《中国叙事学》，北京大学出版社 1996 年版。

格雷马斯：《结构语义学》，吴泓缈译，三联书店 1999 年版。

亨利·詹姆斯著：《小说的艺术：亨利·詹姆斯文论选》，朱雯等译，上海译文出版社 2001 年版。

库尔泰：《叙述与话语符号学》，怀宇译，天津社会科学出版社 2001 年版。

托多洛夫：《批评的批评》，王东亮等译，三联书店 2002 年版。

戴卫·赫尔曼主编：《新叙述学》，马海良译，北京大学出版社 2002 年版。

J. 希利斯·米勒：《解读叙事》，申丹译，北京大学出版社 2002 年版。

苏珊·S. 兰瑟：《虚构的权威：女性作家与叙述声音》，黄必康译，北京大学出版社 2002 年版。

利科：《虚构叙事中时间的塑形》，王文融译，三联书店 2003 年版。

马克·柯里：《后现代叙事理论》，宁一中译，北京大学出版社 2003 年版。

詹姆斯·费伦：《作为修辞的叙事》，陈永国译，北京大学出版社 2003 年版。

马克·柯里：《后现代叙事理论》，宁一中译，北京大学出版社 2003 年版。

海登·怀特：《后现代历史叙事学》，陈永国、张万娟译，中国社会科学出版社 2003 年版。

海登·怀特：《形式的内容：叙事话语与历史再现》，董立河译，文津出版社 2005 年版。

米克·巴尔：《叙述学：叙事理论导论》，谭君强译，中国社会科学出版社 2005 年版。

普罗普：《故事形态学》，贾放译，中华书局 2006 年版。

约翰·克罗·兰色姆：《新批评》，王腊宝、张哲译，江苏教育出版社 2006 年版。

罗兰·巴特：《S/Z》，屠友祥译，上海人民出版社 2006 年版。

华莱士·马丁：《当代叙事学》，伍晓明译，北京大学出版社 2006 年版。

詹姆斯·费伦、彼得·J. 拉比诺维茨：《当代叙事学指南》，申丹等译，北京大学出版社 2007 年版。

罗兰·巴特：《符号学历险》，李幼蒸译，中国人民大学出版社 2008 年版。

罗兰·巴特：《文之悦》，屠友祥译，上海人民出版社 2009 年版。

Dolezel, Lubomer. *Narrative Modes in Czech Literature*. Toronto：University of Toronto Press, 1973.

Chatman, Seymour. *story and discourse：Narrative Structure end Fiction And Film*. Ithaca：Cornell University Press，1978.

Cohn, Dorrit. *Transparent Minds：Narrative Mode for Presenting Consciousness in Fiction*. Princeton：Princeton University Press，1978.

Martin, Wallace. *Recent Theories of Narrative*. Ithaca：Cornell University Press，1986.

O'nell, Patrick. *Fictions of Discourse：Reading Narrative Theory*. Toronto：University of Toronto Press, 1994.

Fludernik, Mlnika. *Towards a "Natural" Narratology*. London：Routledge，1996.

Prince, Gerald. *A Dictionary of Narratology*. Revised Edition. Lincoln：University of Nebraska Press，2003.

四　国内叙事学研究

赵毅衡：《新批评——一种独特的形式主义文论》，中国社会科学出版社 1986 年版。

陈平原：《中国小说叙事模式的转变》，上海人民出版社 1988 年版。

张寅德编选：《叙述学研究》，中国社会科学出版社 1989 年版。

傅修延：《讲故事的奥秘——文学叙述论》，百花洲文艺出版社 1993年版。

罗钢：《叙事学导论》，云南人民出版社 1994 年版。

赵毅衡：《苦恼的叙述者：中国小说的叙述形式与中国文化》，十月文艺出版社 1994 年版。

杨义：《中国古典小说史论》，中国社会科学出版社 1995 年版。

杨义：《中国叙事学》，人民出版社 1997 年版。

赵毅衡：《当说者被说的时候—比较叙述学导论》，中国人民大学出版社 1998 年版。

申丹：《叙述学与小说文体学研究》，北京大学出版社 1998 年版。

傅修延：《叙事：意义与策略》，江西高校出版社 1999 年版。

张新科：《唐前史传文学研究》，西北大学出版社 2000 年版。

丁琴海：《中国史传叙事研究》，国际文化出版社公司，2002 年版。

谭君强：《叙事理论与审美文化》，中国社会科学出版社 2002 年版。

王靖宇：《中国早期叙事文研究》，上海古籍出版社 2003 年版。

傅修延：《文本学——文本主义文论系统研究》，北京大学出版社 2004 年版。

胡亚敏：《叙事学》，华中师范大学出版社 2004 年版。

潘万木：《〈左传〉叙述模式论》，华中师范大学出版社 2004 年版。

申丹等：《英美小说叙事理论研究》，北京大学出版社 2005 年版。

唐韵梅：《唐代小说承衍的叙事研究》，里仁书局（台北），中华民国九十四年版。

傅修延:《先秦叙事研究——关于中国叙事传统的形成》,东方出版社 2007 年版。

张世君:《明清小说评点叙事概念研究》,中国社会科学出版社 2007 年版。

谭君强:《叙事学导论》,高等教育出版社 2008 年版。

陈果安等著:《明清叙事思想研究》,湖南师范大学出版社 2008 年版。

申丹,王丽亚:《西方叙事学:经典与后经典》,北京大学出版社 2011 年版。

熊江梅:《先秦两汉叙事思想研究》,湖南师范大学出版社 2011 年版。

李作霖:《魏晋至宋元叙事思想》,湖南师范大学出版社 2011 年版。

董乃斌:《中国文学叙事传统研究》,中华书局 2012 年版。

赵毅衡:《广义叙述学》,四川大学出版社 2013 年版。

后　记

　　这是在我的博士学位论文基础上写成的一部书，也是我的第一部书。即将付梓，心头有几分欣喜，但更多的则是忐忑：担心自己的研究水平太差了，研究内容肤浅了，片面了，甚或有漏洞，有硬伤等。我只能安慰自己：我在路上，在努力向前，在迈步。人生的每一步，都只是起点，不能停息的是脚步，如日子一样久远。

　　将我领到文艺学，具体说是叙事学路上的是我的博导傅修延先生。正是在他的谆谆教导和悉心指导下，我的学位论文才得以按时完成，我才能够拥有 2012 年夏天的快乐与轻松。还记得论文写作到了最后的关键时刻，我陷入了困境，一筹莫展，先生指导我看福柯、罗兰·巴特等人的书，并启示我如何思考，让我有一种茅塞顿开、豁然开朗的感觉，也更深刻地体会到先生曾经跟我说的——"读博是学术上的一次脱胎换骨"——的意味。我之前一直研究中国现当代文学，读的书多是文学作品，研究能力本就平平，现在又转到文艺学，面临着理论功底薄弱、抽象思维能力不强、学术研究"问题"意识不足等困难，通过三年的学习，有一定的改变。但是，这离先生的要求还很远，心中倍感愧疚。所幸的是，先生已经给了我一个新的起点，我会在将来的日子里更加的努力，以实际行动报答先生的教诲之恩！因为一直以来和先生同在南昌工作，所以虽然毕业了，还是经常去先生那里蹭课听。他对学术的热爱，他坚持不懈的学术追求，他的勤奋刻苦，使我感动，钦佩，也时时鞭策着我。

　　中国叙事传统研究是一个非常有意义，也非常有意思的话题，而史传与中国文学叙事传统又是个老话题，却也是个常写常新的话题，因为它们的内涵太丰富，关系太紧密。我试图在西方叙事学理论及其研究思路、方法的启示下，通过文本细读，全面系统地总结出在史传影响下形成的中国文学叙事传统的特点，比较中西方文学叙事传统的异同，探索其背后的社会文化内涵。由于能力有限，知识面狭窄，学术积累不够，有很多问题都没有展开或深入，比如本书仅研究了史传对传统小说的影响，对其他叙事文学如戏剧戏曲、俗讲变文等没有研究，中西方比较研究的视野也没有落到实处。我不敢说我的研究能给别人带来什么，只敢说对我自己是有帮助的。它丰富了我的古代文学知识，改变了我的知识结构，提高了我的理论思维能力，是我学术道路上的一次成长，让我有信心开始新的征程。

感谢参加我博士学位论文答辩的著名汉学家、美国普林斯顿大学的浦安迪教授、华中师范大学的胡亚敏教授、中国人民大学的张永青教授以及江西师范大学的赖大仁教授、颜敏教授、陶水平教授！他们对我的鼓励和爱护，让我感到温暖；他们对论文提出的许多具体的、建设性的意见，为我后来的修改打下了基础。感谢江西省社会科学院将本书列入"院学术文库"，使之得以顺利出版；感谢中国社会科学出版社编辑冯春凤老师为本书所做的工作。感谢所有关心、支持和帮助我的前辈学者、老师、朋友，感谢深深爱着我的亲人们！

倪爱珍

2015 年 4 月 21 日

南昌　青山湖